LA GUÉRISON DU MONDE

Philosophe et sociologue, Frédéric Lenoir est chercheur associé à l'École des hautes études en sciences sociales (EHESS) et producteur de l'émission *Les Racines du ciel* sur France Culture. Il est l'auteur de nombreux essais traduits en de nombreuses langues, dont notamment *Socrate, Jésus, Bouddha, Petit traité de vie intérieure* et *Du bonheur, un voyage philosophique*.

Paru dans Le Livre de Poche :

COMMENT JÉSUS EST DEVENU DIEU
L'ORACLE DELLA LUNA
LE SECRET
SOCRATE, JÉSUS, BOUDDHA

En collaboration avec Violette Cabesos :

LA PAROLE PERDUE
LA PROMESSE DE L'ANGE

FRÉDÉRIC LENOIR

La Guérison du monde

FAYARD

© Librairie Arthème Fayard, 2012.
ISBN : 978-2-253-17647-3 – 1re publication LGF

À tous ceux qui œuvrent
pour la guérison du monde

« Soyez le changement
que vous voulez dans le monde. »

GANDHI

AVANT-PROPOS

Peut-on être heureux dans un monde malheureux ?

J'ai consacré mes derniers ouvrages à la question de la sagesse personnelle, qui permet à chacun de trouver davantage de sérénité, de sens, de joie. Loin d'être égoïste, ce travail sur soi conduit nécessairement à une amélioration de la qualité de nos relations avec les autres et avec le monde. Et nous souhaitons pour le monde ce que nous nous souhaitons à nous-mêmes de meilleur : la paix et l'harmonie. Or nous faisons tous le constat que le monde va de plus en plus mal.

De tous les maux qui meurtrissent la planète et l'humanité, la plupart des politiques et des médias semblent n'en retenir qu'un : la crise économique. Et ils ne voient bien souvent qu'un unique remède miracle pour y répondre : le retour de la croissance par la relance de la consommation.

Notre monde est malade. Mais la crise économique et financière actuelle n'est qu'un symptôme de déséquilibres beaucoup plus profonds. Nous verrons tout au long de cet ouvrage que la crise du monde moderne a des racines lointaines et des ramifications multiples. Et la solution qui nous est proposée est à la fois trop partielle et parfaitement illusoire sur le long terme, puisque les ressources de la planète sont limitées et que l'accroissement brutal de la consommation au cours des dernières décennies constitue précisément un des éléments du problème global que nous sommes censés résoudre.

Pour guérir le monde, il ne suffit pas de se concentrer sur un seul symptôme et de penser que, en le traitant avec une bonne dose d'antibiotiques, tout repartira comme avant. Il convient de considérer le monde pour ce qu'il est : un organisme complexe et, qui plus est, atteint de nombreux maux : crise économique et financière, certes, mais aussi crise environnementale, agricole, sanitaire ; crise psychologique et identitaire ; crise du sens et des valeurs ; crise du politique, c'est-à-dire du vivre-ensemble, et cela à l'échelle de la planète. La crise que nous traversons est systémique : elle « fait système » et il est impossible d'isoler les problèmes les uns des autres ou d'en ignorer les causes profondes et intriquées. Pour guérir le monde, il faut donc tout à la fois connaître la véritable nature de son mal et pointer les ressources dont nous disposons pour le surmonter. C'est ainsi que j'ai conçu ce livre.

La première partie propose un diagnostic de la maladie qui affecte notre monde : secteur par secteur, mais aussi de manière transversale, en essayant de comprendre ce qui relie toutes les crises sectorielles entre elles. Il m'est apparu dès lors nécessaire d'ouvrir cette analyse par un regard historique sur les immenses mutations auxquelles notre monde s'est trouvé confronté au cours des deux derniers siècles : fin de la ruralité et explosion urbaine, accélération de la vitesse, boom démographique et allongement de la durée de vie, globalisation de l'information et de l'économie, expansion mondiale des droits de l'homme et de la démocratie. Nous pourrons ainsi comprendre comment ces mutations extrêmement rapides – et qui n'ont fait que s'accélérer au cours des trois dernières décennies – ont bouleversé non seulement nos modes de vie, mais aussi notre équilibre psychologique et nos fonctions cérébrales. L'accélération du temps vécu et le rétrécissement de l'espace qui en résulte constituent deux paramètres, parmi d'autres, d'une mutation anthropologique et sociale aussi importante à mes yeux que le passage, il y a environ douze mille ans, du paléolithique au néolithique, quand l'être humain a quitté un mode de vie nomade au sein de la nature pour se sédentariser et construire les premiers villages… qui deviendront cités, puis royaumes, empires et civilisations.

Au terme de ce processus millénaire de concentration et de reliaison, nous assistons aujourd'hui, pour la première fois dans l'histoire humaine, à l'avènement d'une civilisation à l'échelle de la planète. Nous sommes tous interdépendants. Mais cette civilisation n'est pas suffisamment le fruit d'un dialogue des cultures et reste trop exclusivement portée par les bouleversements technologiques qui l'ont produite. Parfois pour le meilleur (démocratie et droits de l'homme), mais parfois aussi pour le pire (idéologie

consumériste, financiarisation de l'économie, homo-
généisation culturelle, etc.), elle est le résultat d'une
hégémonie de l'Occident, de sa maîtrise technique,
de certaines de ses valeurs, bonnes ou mortifères.
Elle reste aussi, de manière paradoxale, menacée par
des modèles sociaux hérités de la révolution du néolithique et qui deviennent encore plus destructeurs
à l'échelle planétaire : coupure de l'homme et de la
nature, domination de la femme par l'homme, absolutisation des cultures et des religions, etc.

Le processus de la guérison du monde passe
d'abord par une critique lucide et argumentée des
logiques mécanistes et mercantiles qui sont à l'origine
de bien des dérèglements de la Terre et des sociétés humaines. L'homme et la planète qui l'héberge,
en effet, ne sont pas des marchandises. La vie n'est
pas seulement quantifiable. La guérison du monde
passe aussi par une reformulation des valeurs éthiques
universelles à travers un authentique dialogue des
cultures et par une refondation du lien entre l'être
humain et la nature, l'homme et la femme, l'individu
et la transcendance.

Nous verrons alors que bien des voies et des expériences de guérison s'offrent à nous. Je cite ainsi de
nombreux exemples d'hommes et de femmes, d'associations, d'entreprises ou d'ONG qui ont mis en
place, de manière très concrète, des voies alternatives
permettant de respecter et de guérir la Terre, l'humanité, la personne humaine. Je montrerai aussi comment le chemin de la guérison passe à l'intérieur de
chacun de nous, non seulement grâce à une conver-

sion de notre regard et parfois de nos modes de vie, mais aussi par un nécessaire rééquilibrage entre notre vie active et notre vie intérieure, entre notre cerveau logique et notre cerveau intuitif, entre nos polarités masculines et féminines. Car, sans une transformation de soi, aucun changement du monde ne sera possible. Sans une révolution de la conscience de chacun, aucune révolution globale n'est à espérer. La modernité a mis l'individu au centre de tout. C'est donc aujourd'hui sur lui, plus que sur les institutions et les superstructures, que repose l'enjeu de la guérison du monde. Comme Gandhi l'a si bien exprimé : « Soyez le changement que vous voulez dans le monde. »

Par-delà tous les rafistolages éphémères d'une pensée et d'un système à bout de souffle, une immense révolution est en marche : celle de la conscience humaine. Elle ne concerne encore qu'une minorité d'individus et les signaux qu'elle émet sont faibles. Mais, parce qu'elle est mue par les deux grandes forces qui donnent sens à l'univers – la vie et l'amour –, rien sans doute ne pourra l'arrêter. Seul le temps nous est désormais compté. Car nous savons aussi que les comportements égoïstes et irresponsables continuent leur œuvre de sape des sociétés humaines et de destruction des écosystèmes de la planète. Nul ne sait où ni quand se situera le point de non-retour. Raison de plus pour aller de l'avant !

I
La fin d'un monde

1

Des bouleversements inédits

« C'est plus comme avant ! » a-t-on coutume de dire à chaque époque. Il n'existe sans doute pas une seule génération qui n'ait eu l'impression de vivre de profonds bouleversements. Le monde est en mouvement permanent. Pourtant, nous connaissons depuis deux siècles, parfois même depuis seulement quelques décennies, des mutations de très grande ampleur, inédites dans l'histoire de l'humanité. Il n'est pas exagéré de dire que le monde a plus changé entre nous-mêmes et nos arrière-grands-parents qu'entre leur époque (le début du XXe siècle) et le monde antique. La plupart des bouleversements intervenus dans nos modes de vie sont liés à une révolution technique sans précédent dans l'histoire. Certains sont issus de processus séculaires qui se sont brutalement accélérés, comme l'urbanisation. D'autres sont apparus plus subitement, comme la globalisation de l'information. Tous ont en commun non seulement d'être le fruit de la démultiplication des découvertes technologiques, mais aussi de plonger l'humanité dans une situation radicalement nouvelle. Nous allons voir quels défis, quelles mutations anthropologiques, parfois quels problèmes vitaux posent ces bouleversements. Mais commençons par pointer ces principales mutations sans équivalent dans l'histoire humaine, pourtant vieille de plusieurs centaines de milliers d'années*.

LA FIN DE LA RURALITÉ, L'EXPLOSION URBAINE

En 1800, à peine 3 % des êtres humains vivaient dans les villes : hormis les élites politiques, sociales, culturelles et religieuses, et ceux qui gravitaient autour d'elles, ainsi que quelques commerçants qui assuraient les services, l'écrasante majorité de la population mondiale était rurale. C'est là, dans les campagnes, que se trouvaient les moyens de subsistance issus de la chasse, de la pêche en rivière, de l'élevage ou de l'agriculture. La vie était rythmée par les saisons. Les migrations étaient rares. La plupart des individus naissaient et mouraient dans le même village ou dans un rayon ne dépassant pas quelques dizaines de kilomètres. Tel fut le cas pendant des millénaires, depuis que l'homme a commencé à se sédentariser, il y a environ quinze mille ans.

Le processus d'urbanisation s'est fortement accéléré en Europe à la fin du XVIIIᵉ siècle sous l'effet de

---

* Le lecteur guère intéressé par ce rappel historique abondamment chiffré pourra survoler ce chapitre ou passer directement au suivant.

la révolution industrielle qui vit le jour au Royaume-Uni, puis en France, avant de toucher l'Allemagne et de gagner les États-Unis au milieu du siècle suivant.

En 1900, 15 % de la population occidentale était devenue urbaine. En 1950, ce chiffre atteignait 30 %. Le phénomène s'est ensuite développé de manière exponentielle en s'élargissant au monde entier. Ainsi, en 2008, soit tout juste deux siècles après les débuts du processus d'urbanisation, nous avons franchi le cap du *half-half* : 50 % de ruraux pour 50 % d'urbains à l'échelle mondiale. En 1900, douze villes au monde comptaient plus d'un million d'habitants. En 1950, elles étaient quatre-vingt-trois, dont deux, New York et Londres, étaient ce qu'on appelle des mégapoles, rassemblant plus de 10 millions d'habitants. Aujourd'hui, il existe vingt-trois de ces « méga-villes ».

L'urbanisation du Sud a été plus tardive que celle du Nord, mais le phénomène s'y est développé de manière beaucoup plus brutale. En effet, jusqu'au début des années 1950, la majorité des habitants du tiers monde étaient des ruraux. La colonisation, les guerres notamment civiles, la misère, l'absence de services de base (écoles, hôpitaux...) ont poussé, et continuent de pousser, de larges pans de la population vers des cités tentaculaires, grandies trop rapidement pour être équipées de véritables infrastructures ou pour avoir fait l'objet de mesures d'urbanisme conséquentes. En Chine, par exemple, le taux d'urbanisation est passé, en trente ans, de 18 à 50 %, et continue de grimper. Du fait du boom industriel, les mégapoles chinoises sont avides de main-d'œuvre et le gouvernement encourage les agriculteurs à abandonner leurs terres pour œuvrer dans le secteur industriel et celui des services. Le pays comptait une quarantaine de grandes villes à la fin des années 1940 ; leur nombre a dépassé le millier, dont une centaine regroupe plus d'un million d'habitants. En contrepartie, et pour nourrir sa population, la Chine a opté pour une solution qui peut paraître étonnante pour un pays aussi vaste : la location ou l'achat de terres arables dans les pays pauvres – eux-mêmes sous-alimentés –, notamment le Soudan, le Tchad ou l'Éthiopie. Ainsi, au cours de ces dernières années, des États ont cédé des dizaines de millions d'hectares de terres arables à des pays étrangers, expulsant les populations locales, contraintes, à leur tour, de migrer vers les bidonvilles suburbains.

Pour s'en tenir au cas de la France, celle-ci, au sortir de la Seconde Guerre mondiale, restait un pays rural dont 30 % de la population travaillait directement dans l'agriculture. Aujourd'hui, huit Français sur dix vivent dans des zones urbaines, et seulement un million de personnes participent régulièrement à l'activité des 514 800 exploitations agricoles françaises. Les petites et moyennes exploitations tendent par ailleurs à disparaître au profit de conglomérats agro-industriels, ce qui ajoute aux difficultés que connaissent les exploitants, soumis à des rythmes infernaux et concurrencés par des produits moins onéreux en provenance de l'étranger où le coût de la main-d'œuvre est moins élevé. Ceux-là, qui finissent par renoncer, rejoignent à leur tour les rangs des nouveaux urbains.

On estime que, en 2025, de 65 à 80 % de la population mondiale sera urbaine. Nous sommes donc en train de vivre un tournant historique dont il est malaisé de jauger toutes les conséquences.

L'ÈRE DE LA VITESSE

La locomotive à vapeur a été inventée en 1805. Vingt ans plus tard fut inaugurée en Angleterre la première ligne de chemin de fer commerciale pour passagers et marchandises ; la vitesse de pointe y était le double de celle de la diligence que nos aïeux empruntaient pour se déplacer à quelque 20 km/h. Les détracteurs du rail avaient alors bondi et, à coups d'arguments « scientifiques », avaient annoncé qu'en se déplaçant à une vitesse supérieure à 50 km/h, l'homme deviendrait fou. Deux siècles plus tard, une nouvelle génération de trains roule à 360 km/h, une broutille face aux avions qui nous transportent déjà à 900 km/heure – pour ne pas parler du Concorde qui atteignait allégrement les 2 170 km/h, permettant au voyageur quittant Paris d'arriver à New York... bien avant l'heure (locale) de son départ.

La Terre s'est terriblement rétrécie. Et encore ne s'agit-il là que des déplacements physiques ! A-t-on encore réellement besoin de bouger quand, en quelques fractions de seconde, on peut se « téléporter » par visioconférence à l'autre bout de la planète

grâce à Internet ? Nous n'avons plus besoin d'aller à
la poste pour acheminer une lettre, attendre qu'elle
parvienne à son destinataire et que celui-ci nous
réponde à son tour : un mail envoyé d'un simple
clic, et l'affaire est réglée presque à la vitesse de la
lumière (un signal dans un câble circule à 720 millions de km/h, contre plus d'un milliard de km/h
pour la lumière). En fait, on n'a plus besoin de perdre
son temps à se déplacer pour quoi que ce soit : dans
un monde où les rythmes s'accélèrent, les machines
nous permettent d'aller toujours plus vite. L'un des
exemples les plus frappants est celui de la Bourse :
il n'y a pas si longtemps, les opérations étaient cantonnées au sein de ces temples, le palais Brongniart
à Paris ou le London Stock Exchange à Londres, où
s'agglutinaient *traders* et autres donneurs d'ordres,
et où le passage aux écrans digitaux pour afficher les
cours fut perçu, en son temps, comme une avancée
majeure. Mais le palais Brongniart n'existe plus – il a
été transformé en centre de conférences – et le London
Stock Exchange est devenu, pour les initiés, le nom
du site Internet où les actions s'échangent en continu,
à toutes les heures du jour et de la nuit, en temps réel
et surtout à une vitesse ahurissante. Une opération
aller-retour, c'est-à-dire la mise en vente, puis la vente
effective d'actions, prend en moyenne… 100 micro-
secondes ! Cette spéculation électronique, faite par
des ordinateurs surpuissants, constitue aujourd'hui
l'essentiel des transactions financières aux États-Unis
comme en Europe, et permet à ses acteurs d'empo-
cher des milliards de dollars de profit chaque année.
Et pourtant ce laps de temps est apparemment perçu

comme encore trop long par les *traders* qui, dans leur quête de la vitesse infinie, frétillent à la perspective de la mise en place de coûteux réseaux de fibres optiques reliant les principales places boursières, qui leur feront gagner de précieux millièmes de seconde à chaque transaction.

La vitesse de transfert des informations a fait mieux que s'accélérer : elle a été multipliée par dix millions depuis le début du XXe siècle ! Oublions l'ère du télégraphe, décidément trop lointaine – et qui impliquait elle aussi un acheminement physique. Il y a trente ou quarante ans, le télex régnait encore en maître, et les téléscripteurs crépitaient dans toutes les rédactions, crachant les nouvelles lettre par lettre, mot par mot. On s'impatientait autour des machines… mais on attendait. Aurions-nous encore cette incroyable patience, nous qui trépignons si Internet ne nous obéit pas au doigt et à l'œil, et qui considérons les modems et autres bas débits d'il y a dix ans comme des vestiges de l'Antiquité ? La machine doit désormais aller plus vite que notre pensée – les nouvelles machines le font d'ailleurs très bien, alignant en des temps records des calculs si complexes qu'aucun cerveau humain n'aurait pu les accomplir en moins de plusieurs semaines.

PLUS NOMBREUX ET PLUS VIEUX

L'accélération des progrès technologiques révolutionne aussi notre environnement et notre système de soins, bouleversant la démographie et notre espérance de vie. Le 31 octobre 2011, nous avons officiellement franchi le cap des 7 milliards d'habitants sur Terre. Chiffre démentiel si on le replace sur la courbe d'évolution de la population mondiale. Au début du XVIIIe siècle, la planète comptait à peu près 650 millions d'habitants. Deux siècles plus tard, en 1900, ce chiffre avait grimpé à 1,6 milliard. La natalité n'avait pas brusquement explosé, mais les progrès, même balbutiants, en matière de médecine et d'hygiène permettaient à beaucoup plus d'enfants de survivre. Au fur et à mesure que ces progrès s'accomplissaient, notre nombre augmentait, et en octobre 1999 le cap officiel des 6 milliards d'humains était atteint. Il ne nous a pas fallu plus de douze ans, jusqu'en octobre 2011, pour grandir d'un milliard supplémentaire.

Les dernières projections de l'ONU publiées en mai 2011 montrent que cette hausse devrait se poursuivre, mais non plus de manière exponentielle – la croissance démographique ralentissant à mesure que les pays se développent économiquement et, surtout, que la condition et l'éducation des femmes s'améliorent. Une projection haute annonce 10,6 milliards de Terriens en 2050 et 15,8 milliards en 2100. Un scénario bas, moins vraisemblable selon la majorité des démographes, table sur un pic de 8,1 milliards en 2050, suivi d'un déclin qui nous ramènerait, en 2100, à 6,2 milliards. Ces différences dans les scénarios de demain s'expliquent en partie par de subtiles variations du taux de fécondité au sein des diverses populations du globe. En moyenne, ce taux est passé de 5 enfants par femme dans les années 1950 à 2,5 en 2010, avec de fortes disparités, les deux extrêmes étant Taïwan avec 0,7 enfant et le Niger avec 7 enfants par femme. Aujourd'hui, dans ce domaine, l'humanité est divisée en deux moitiés presque égales. Dans l'une, qui recouvre principalement les pays dits riches, le taux de fécondité est tombé au-dessous de 2,1 enfants par femme, ce qui ne suffit pas à assurer le renouvellement des générations et se traduit donc par une décroissance démographique accompagnée d'un vieillissement inquiétant de la population. Dans l'autre, essentiellement les pays du Sud, la fécondité reste élevée, mais à des degrés divers : pour une partie d'entre eux, notamment en Afrique, elle pourrait se traduire d'ici à 2100 par un accroissement de 250 % de la population (qui passerait de 1,2 à 4,2 milliards d'individus).

La fécondité n'est pas seule en cause dans la croissance de la démographie planétaire. Un autre facteur joue un rôle considérable : l'allongement de l'espérance de vie. Pour m'en tenir à la France, la durée de vie moyenne a, selon les chiffres de l'INED (Institut national des études démographiques), triplé en deux siècles et demi, passant de 25 ans en 1740 à plus de 80 ans aujourd'hui. À l'échelle mondiale, l'espérance de vie moyenne est, selon les statistiques de l'OMS (Organisation mondiale de la santé), de 70,5 ans (76 dans les pays riches, 65 dans les pays pauvres). Elle devrait passer à 81 ans à l'horizon 2100. À condition que les maladies dites de civilisation (cancer, diabète, etc.) qui frappent les populations des pays riches n'inversent pas ces courbes à moyen terme. C'est le cas aux États-Unis, où l'espérance de vie a diminué de quelques semaines depuis 2010.

Aujourd'hui, le monde compte à peu près 470 millions d'humains de plus de 65 ans. En 2025, ils seront plus de 820 millions. C'est un âge où, il y a quelques décennies à peine, on était considéré comme vieux. Désormais, la question se pose de savoir ce qu'est la vieillesse : faudra-t-il bientôt avoir 100 ans pour être considéré comme vieux ? Jusqu'à une période tout à fait récente, vivre centenaire relevait de l'inconcevable. Or, l'espérance de vie a connu un formidable bond en avant. Déjà, en 1900, selon l'INED, la France recensait 100 centenaires. Ils étaient 16 269 en 2011 ! On s'attend à ce qu'ils soient 50 000 avant 2030, voire… 200 000 en 2060. Il faut dire qu'une grande partie des efforts de la recherche médicale contemporaine porte sur le vieillissement, ou plutôt sur les moyens de le retarder, et sur des promesses de longévité. Chaque mois, près d'un millier d'articles scientifiques sont publiés autour de cette thématique. Dans le domaine de la génétique, des résultats de rajeunissement spectaculaires ont été obtenus sur des souris en intervenant sur le gène produisant une enzyme spécifique, la télomérase. D'autres manipulations ont permis de tripler la durée de vie d'un petit ver de terre. Ce n'est cependant pas l'immortalité qui est dans la ligne de mire des chercheurs : leur objectif est de nous faire vieillir en bonne santé. En matière de prévention, l'alliance de la biologie et de l'informatique (avec des disciplines comme la bionique, la bioinformatique, l'intelligence artificielle, la biocybernétique, etc.) ouvre des champs d'exploration qui, il y a quelques années à peine, relevaient de la science-fiction. On se dirige ainsi à grands pas vers l'ère des biopuces à ADN qui permettront de détecter les « erreurs » du métabolisme, par exemple un accès d'hypertension, une défaillance cardiaque, une chute du taux d'insuline, et d'en aviser automatiquement l'individu ou… son médecin traitant. Les applications de surveillance médicale se multiplient sur les téléphones portables, les instruments d'analyse corporelle se font de plus en plus performants. La médecine de demain sera aussi probablement celle des « pièces détachées », des organes de substitution que l'on fabriquera sur mesure à partir de cellules souches, et elle permettra de prolonger la vie… jusqu'à quelle limite ? 140 ans, selon certaines estimations qui nous font aujourd'hui sourire. Mais Buffon ne faisait-il pas rire ses contemporains quand il affirmait qu'un être humain pourrait théoriquement vivre 100 ans ?

GLOBALISATION DE L'INFORMATION

Un bouleversement médiatique majeur s'est produit le 11 septembre 2001. Ce jour-là, des kamikazes d'al-Qaïda déroutaient quatre avions dans le ciel américain, les transformant en bombes géantes. Les deux premiers avions, on s'en souvient, s'écrasèrent, à dix-huit minutes d'intervalle, sur les tours jumelles du World Trade Center, à New York. Le premier crash prit le monde entier par surprise. Pourtant, il ne fallut pas plus de deux ou trois minutes pour que la planète entière soit informée. Il n'est plus besoin d'être à côté de son poste de radio ou de télévision, c'est Internet qui a pris le relais, l'information y circulant à la vitesse de l'éclair, alimentée par des SMS, des photos, des vidéos tournées en direct. La Toile a connu à ce moment précis son premier engorgement massif ; malgré des difficultés de connexion, des millions d'internautes purent suivre en direct l'explosion du second avion, puis les opérations de sauvetage qui suivirent. Grâce aux SMS envoyés par ceux qui étaient restés prisonniers dans les tours en flammes, nous fûmes également à même de suivre les événements « de l'intérieur », chose qui n'aurait jamais pu se produire sans les développements des technologies de la communication : téléphones portables avec leurs caméras intégrées, smartphones qui dominent aujourd'hui le marché, Internet, évidemment, grâce à quoi chacun peut sortir de son rôle de spectateur pour devenir informateur.

Il n'y a pas si longtemps, un événement planétaire mettait vingt-quatre heures à nous parvenir, parfois plus si, pour le « couvrir », les rédactions devaient dépêcher sur place leurs envoyés spéciaux qui prenaient le temps d'enquêter, puis d'écrire leurs articles, enfin de les envoyer ou téléphoner pour impression. Par ailleurs, aucun média ne pouvait couvrir toute l'information : pour des nouvelles plus spécifiques concernant telle région du monde ou tel secteur d'activité, il fallait se procurer des médias spécialisés – ou la presse du pays qui nous intéressait. En 2009, il nous a paru normal de suivre en direct la révolte des Iraniens contre leur gouvernement par le biais de vidéos mises en ligne par les acteurs de cette révolution. Sans ces vidéos, nous n'aurions sans doute su que peu de chose de cette révolte. Pas plus que ce que nous avions su, par exemple, en 1982, du terrible massacre de Hama où, en l'espace de quelques jours, une vingtaine de milliers de civils syriens, soupçonnés de fomenter une rébellion, furent massacrés de sang-froid par les troupes gouvernementales de Hafez el-Hassad. À cet épisode préfigurant la guerre civile actuelle en Syrie, on peut opposer les événements de 2011 dits du « printemps arabe », baptisés « révolutions 2.0 » en référence au rôle prépondérant qu'y ont joué téléphones portables et réseaux sociaux sur la Toile, moyens nouveaux grâce auxquels purent être mobilisés les manifestants et alertées les opinions publiques internationales. Le phénomène de globalisation et d'instantanéité de l'information touche d'ailleurs tous les domaines : quand Lady Diana est morte en 1997, on a assisté à un emballement médiatique planétaire, de même qu'au décès de Jean-Paul II ou de Michael Jackson. Le choc des images du tsunami de 2006 ravageant les côtes asiatiques ou de celui de 2011 balayant la ville de Sendai au Japon a permis de mobiliser une aide internationale massive, constituée en partie de millions de dons venus du monde entier.

Selon les chiffres de l'Union internationale des télécommunications, une agence de l'ONU, on compte à l'heure actuelle un peu plus de 2 milliards d'utilisateurs d'Internet à travers le monde, et 5 milliards d'abonnés à la téléphonie mobile. À lui seul, Facebook rassemble 600 millions d'inscrits qui viennent y échanger, contester, informer. Nous nous acheminons en quelque sorte vers ce paysage planétaire ainsi décrit par Edgar Morin : « La globalisation de la fin du XXe siècle a créé les infrastructures communicationnelles, techniques et économiques d'une société-monde ; Internet peut être considéré comme l'ébauche d'un réseau neuro-cérébral semi-artificiel d'une société-monde[1]. »

MONDIALISATION ÉCONOMIQUE ET FINANCIÈRE

Ce qu'on appelle la « mondialisation », c'est la formation de liens d'interdépendance de plus en plus étroits entre les activités des habitants des différents pays du monde, ce qui implique bien entendu des transferts de biens, d'argent, de compétences, voire de personnes et d'entreprises (délocalisations). En somme, des échanges. La démarche opposée serait l'autarcie, que l'on peut également nommer positivement autosuffisance. Le mot « mondialisation » est d'apparition relativement récente : il a été introduit dans la langue française à la fin des années 1950 pour traduire le mot anglais *globalization*, et son usage s'est répandu à partir des années 1980. Mais le phénomène, au sens d'échanges économiques entre différentes parties du monde, est en fait très ancien. Depuis qu'il existe des cités, c'est-à-dire depuis cinq ou six mille ans, les unes ont vendu aux autres ce qu'elles ne savaient pas ou ne pouvaient pas produire, tout en recevant la contrepartie en nature ou en argent. La première vaste zone d'échanges commerciaux, créée au IIe millénaire avant notre ère, allait de l'Indus aux rives sud de la Méditerranée. Les Perses, les Chinois n'ont pas tardé, quelques siècles plus tard, à prendre le train en marche. Ces échanges ont parfois suivi les conquêtes militaires, mais leur conséquence directe fut le brassage des hommes et des civilisations. En témoignent, par exemple, ces vases grecs de l'Antiquité trouvés en Chine, tel statuaire gréco-romain en Afghanistan, l'usage des épices très tôt répandu dans la région du Croissant fertile, etc. Vieille donnée historique, la « mondialisation » a cependant toujours surpris, parfois inquiété ceux qui la vivaient. Au XVIIIe siècle, Montesquieu fut de ceux-là, constatant : « Aujourd'hui, nous recevons trois éducations différentes ou contraires : celle de nos pères, celle de nos maîtres, celle du monde. Ce qu'on nous dit dans la dernière renverse toutes les idées des premières[2]. »

Ces échanges étaient-ils pour autant signe de globalisation au sens actuel du terme ? Il y a cinq cents ans, des plantations entières, en Inde, travaillaient pour l'« exportation », et des potiers syriens revendaient l'ensemble de leurs produits manufacturés aux commerçants qui s'étaient fait une spécialité des allers-retours sur la Route de la soie. Cependant, l'échelle de ces échanges restait limitée à quelques individus ou communautés, et la faillite du potier syrien ne mettait en péril ni l'ensemble du trafic, ni la survie de l'économie d'une région entière participant au système. Avec l'industrialisation et le développement des moyens de communication terrestres, maritimes et aériens, les échanges ont atteint des proportions nouvelles. D'une part, les usines du Nord sont devenues dépendantes des matières premières à bas prix importées du Sud. D'autre part, les pays producteurs ont commencé à échanger leurs produits manufacturés de manière massive, entraînant, au début du XXe siècle, un premier mouvement de repli qui s'est traduit par l'instauration de barrières douanières conçues, par chaque pays, comme moyen de protéger ses productions autochtones et les équilibres de sa propre économie. Mais les spéculateurs étaient déjà à l'œuvre et, pour les encourager, Wall Street, la Bourse américaine, avait mis en place un système d'achat d'actions à crédit dans lequel s'engouffrèrent des investisseurs du monde entier. L'éclatement de la « bulle » ainsi créée aboutit au premier krach boursier de l'histoire : en s'effondrant, Wall Street entraîna toutes les autres Bourses et ébranla l'ensemble de l'économie mondiale.

Pourtant, au sortir de la Seconde Guerre mondiale, ce passé semble oublié. La mondialisation connaît alors une nouvelle accélération, mais elle est de plus en plus inégale ; elle se déploie au profit des grandes puissances qui ont gagné la guerre et qui établissent leur hégémonie économique, en même temps que politique, sur la planète. Aux flux des biens s'ajoutent les flux financiers qui se comptent en milliers de milliards de dollars, la spéculation domine le commerce, les multinationales brouillent le paysage en instituant des monopoles qui faussent la concurrence. En 1947, le libre-échange est consacré par le

GATT (« accord général sur les tarifs douaniers et le commerce »), tandis que le FMI (Fonds monétaire international), créé trois ans plus tôt, se donne pour objectif de fixer les règles du jeu monétaire. En 1995, l'OMC (Organisation mondiale du commerce) s'érige en cadre de négociation pour fixer (et développer) les règles du libre-échange. À ce moment, la machine s'est emballée ; la « société-monde », dont tous les rouages s'interpénètrent, est déjà en place en matière financière et économique. Dans ce monde-là, le planteur de cacao ivoirien, l'ouvrier chinois et le col blanc français sont concernés au même titre par le moindre frémissement de la Bourse et des taux de change. En effet, aucun domaine n'échappe à l'appétit des *hedge funds*, ces fonds capitalistiques qui investissent dans un but strictement spéculatif, vendent et achètent pour garantir les meilleurs rendements à leurs investisseurs. Aucune régulation ne vient freiner leur voracité. Immeubles à Manhattan, usines en Inde, terres arables en Afrique : des « bulles » de prix, gonflées de manière totalement artificielle, se créent.

Au début des années 2000, l'éclatement de la bulle Internet aurait pu tenir lieu de signal d'alarme. Ce ne fut pas le cas : les spéculations reprirent de plus belle. En 2007, le dégonflement brutal d'une autre « bulle », celle de l'immobilier américain, toucha de plein fouet les établissements financiers. Il s'agissait en fait d'une crise du crédit : les actionnaires et les managers se sont attribué l'essentiel des profits dégagés par les fabuleux gains de productivité dus à la révolution informatique, aux dépens des salariés qui n'en ont rien perçu. Le système capitaliste a développé outrancièrement le crédit aux particuliers, le faisant passer pour une sorte de salaire différé. Les ménages surendettés n'ont pas pu honorer leurs traites et, privés de liquidités, rendus insolvables pour certains, ils provoquèrent une crise économique qui, par un effet boule de neige prévisible, affecta l'ensemble de la planète... y compris l'ouvrier chinois, le planteur ivoirien et le col blanc français, ultimes rouages d'une machinerie aux proportions devenues monstrueuses. Le mouvement ne pouvait que s'amplifier. L'intervention des États, l'année suivante, pour tenter de sauver, plus que des établissements bancaires, un système global, a entraîné une déroute encore plus grave, et a déclenché la crise des dettes souveraines : en 2009, le PIB mondial reculait de 2,2 %. Plusieurs pays, dont les États-Unis, entraient en récession, et les Bourses mondiales s'effondraient. À l'automne 2012, nous ne sommes pas encore sortis de cette crise, nous n'avons sans doute même pas atteint son point d'orgue, mais elle aura peut-être servi de catalyseur à une prise de conscience, puisque, y compris parmi les chantres du libéralisme, un ample mouvement appelle désormais à une régulation du système bancaire et financier.

MONDIALISATION DES DROITS DE L'HOMME

La dernière grande mutation planétaire n'est pas liée en tant que telle aux progrès techniques, mais plutôt à la projection à l'échelle mondiale des valeurs politiques occidentales modernes : les droits de l'homme et la démocratie. On dit que le plus ancien traité portant sur les droits de l'homme serait le « cylindre de Cyrus », cylindre d'argile sur lequel est inscrite une proclamation du roi de Perse, Cyrus II, consécutive à sa prise de Babylone, vers 540 avant notre ère. L'ONU l'a même fait traduire en 1971 dans toutes les langues officielles. De fait, cette proclamation constituait une avancée considérable en reconnaissant des droits, notamment la liberté de culte, aux ressortissants de l'empire, surtout aux habitants de Babylone : les déportés, essentiellement les Juifs, étaient enfin laissés libres de regagner « leurs résidences ». Mais il n'est pas encore question pour autant d'égalité entre tous les individus ; pendant des siècles va d'ailleurs perdurer la conviction profonde que si droits il y a, seuls certains sont concernés : ceux qui, sans conteste, sont des « humains », catégorie dont reste exclue une grande partie de l'humanité. Faut-il rappeler à ce sujet la célèbre controverse qui, en 1550, à Valladolid, en Espagne, opposa, à la demande du pape, le chanoine Sepulveda au dominicain Bartolomeo de Las Casas ? La question, pour l'Église, était de savoir si les Indiens d'Amérique étaient « des créatures de Dieu et nos frères dans la descendance d'Adam, ou, au contraire, des êtres d'une catégorie distincte, ou encore même des sujets de l'Empire du Mal » (propos introductif du légat du pape, 15 août 1550), auquel cas ils étaient assimilables à des machines. À la suite de cette controverse, l'Église reconnut l'humanité des Indiens... et, du

coup, donna son blanc-seing à la traite des Afri-
cains, qu'elle qualifia d'« esclaves-nés ». Il faudra
attendre 1839 pour que, dans la lettre *In Supremo*,
le pape Grégoire XVI condamne la mise en esclavage de tout individu, quel qu'il soit.

C'est sans doute en Amérique qu'a commencé
la longue marche des droits de l'homme. De *tous*
les hommes. En 1776, alors que l'Europe continuait de
s'interroger sur l'humanité de certains, la Déclaration
d'indépendance des États-Unis proclamait que « tous
les hommes sont créés égaux ». Quelques années plus
tard, en 1789, la Déclaration des droits de l'homme
et du citoyen fut votée en France par l'Assemblée
constituante. A-t-elle été influencée par la Déclaration
d'indépendance américaine, dont elle reprend en son
article premier l'idée que « tous les hommes naissent
et demeurent libres et égaux en droits » ? Ou bien est-
elle simplement issue de l'humanisme des Lumières ?
Le débat à ce sujet n'est pas clos. Quoi qu'il en soit,
ces déclarations n'ont aboli ni l'esclavage, ni les discriminations. Ce chemin-là, nous n'avons d'ailleurs pas
fini de le parcourir. Les avancées sont certes considérables, mais des failles subsistent. Des instances internationales ont été mises en place, servant de recours
pour juger et condamner les dictateurs sanguinaires.
Leur fonctionnement bat encore de l'aile – celui de
la Cour internationale de justice, créée en 1998, qui
siège à La Haye, en est encore à ses balbutiements.
Néanmoins, aujourd'hui, jusque dans le village le plus
reculé d'Afrique ou d'Asie, les individus savent qu'ils
ont des droits, même si ceux-ci sont bafoués. Le mouvement semble inéluctable.

C'est l'un des effets les plus spectaculaires de la mondialisation, associée à une diffusion massive des moyens de communication : désormais au courant de ce qui se passe sur le reste de la planète, plus aucun peuple ne souhaite subir le joug de tyrans comme il s'est largement pratiqué depuis des millénaires. Jusqu'à la fin du XXᵉ siècle, il était entendu que la démocratie était un fait occidental. Les peuples d'Amérique latine, d'Afrique, d'Asie, du Moyen-Orient étaient ignorés du vent de liberté qui avait soufflé sur l'Europe de l'Ouest et l'Amérique du Nord. Les premières brèches sont apparues dans des pays que l'on aurait crus à jamais voués à l'injustice. En Afrique du Sud, le régime de l'apartheid s'est écroulé à la fin des années 1980. Au même moment, les dictatures militaires d'Amérique du Sud, installées et soutenues par les États-Unis, commencèrent à céder la place à des régimes démocratiques. En 1989, l'effondrement brutal du mur de Berlin ouvre de nouvelles perspectives aux peuples d'Europe de l'Est que l'on en était venu à considérer comme condamnés définitivement à subir la mainmise soviétique. Les États qui gravitaient autour de l'URSS ont été les premiers à s'engouffrer dans la voie démocratique, de manière plus ou moins pacifique comme la Pologne ou l'ex-Tchécoslovaquie, au prix du sang lors de l'éclatement de l'ex-fédération yougoslave. Les anciennes républiques soviétiques ont, pour certaines, réussi à franchir le pas. D'autres se révoltent encore contre des directions autoritaires. Le rêve de liberté et de démocratie a gagné les pays arabes en janvier 2011 quand un pauvre marchand

ambulant s'est immolé à Sidi Bouzid, bourgade tuni-
sienne, déclenchant une révolution populaire qui,
trois semaines plus tard, eut raison du dictateur Ben
Ali, contraint de fuir son pays. La contagion a été
immédiate. D'abord dans les pays arabes dont les
populations, en particulier les jeunes, qui suivaient
minute par minute l'évolution de la situation en
Tunisie sur les chaînes satellitaires, notamment al-
Jazeera, se sont à leur tour organisées, *via* Internet,
pour prendre d'assaut des régimes qui les tenaient
depuis trop longtemps en otages. On connaît la
suite de l'histoire : la fin de Moubarak en Égypte,
de Kadhafi en Libye, le départ du dictateur yémé-
nite, Ali Abdullah Saleh, l'organisation d'élections
relativement libres au Maroc, les massacres sanguinaires en Syrie contre ceux qui réclament à leur tour
la liberté. Ce « printemps arabe » connaîtra sans
doute des répressions, il finira peut-être même en
« automne islamiste ». Il n'en a pas moins débordé
les pays arabes. Toujours en 2011, on a vu les Ivoi-
riens obtenir des élections libres et le Sénégal chas-
ser démocratiquement le vieux président Wade. On
a vu le régime birman s'ouvrir à l'opposition, ne
serait-ce que de manière timorée, et lever enfin la
chape de plomb qui écrasait depuis deux décennies
la célèbre opposante Aung San Suu Kyi, désormais
élue par son peuple au Parlement. La Chine reste
certes bien éloignée de la démocratie, mais des
signes d'ouverture y sont incontestables même s'il
ne s'agit que de « soupapes », destinées à calmer
des contestations de plus en plus perceptibles. À
l'exception de quelques « trous noirs », la majorité

des dirigeants de la planète sont aujourd'hui plus ou moins conscients du fait qu'il ne pourra plus, à moyen terme, exister de sanctuaire pour les dictateurs.

2

Un nouveau tournant axial
de l'histoire humaine

Chacune de ces grandes mutations, rapidement passées en revue dans les pages précédentes, est porteuse de conséquences infiniment plus vastes que ce que l'on pourrait imaginer à première vue. J'en donnerai un seul exemple : les progrès de la médecine, qui nous procurent un formidable allongement du temps de vie « en bonne santé », nous amènent à repenser de fond en comble l'organisation traditionnelle du travail, de la famille, de l'habitat, du financement des retraites, etc. Mon propos n'est pas d'analyser ici chacune de ces mutations, avec les conséquences sociétales parfois vertigineuses qu'elles engendrent, mais de les envisager dans une perspective d'ensemble. Or celles-ci renvoient non seulement à un changement radical de nos modes de vie, mais aussi à une révolution de notre rapport au temps et à l'espace, à une véritable mutation anthropologique, à une transformation en profondeur de l'être humain : de son cerveau, de sa manière de penser, de la conception qu'il a de lui-même, de sa relation à l'absolu, de ses aspirations, du sens qu'il imprime à sa vie et qu'il prête au monde.

Prenons l'exemple du passage de la campagne à la ville. Le paysan qui devient urbain ne se contente pas de changer d'outils de travail, d'emploi du temps et de cadre de vie : ce sont aussi ses désirs, ses valeurs, sa conception de la vie qui se trouvent bouleversés. Il n'a plus les mêmes priorités, il se transforme en fonction de son nouvel environnement, tout à la fois il s'y adapte et se « déracine ». Or, ne sommes-nous pas tous aujourd'hui plus ou moins des « déracinés » dont la pensée et la vie sont plus ou moins conditionnées par les échanges d'information et de marchandises à l'échelle de la planète entière ? Pour le meilleur et pour le pire, nous assistons à l'avènement d'un monde globalisé qui modifie l'être humain dans toutes ses dimensions : neuronale, psychologique, économique, sociale, culturelle, spirituelle.

LE TEMPS S'ACCÉLÈRE, L'ESPACE RÉTRÉCIT

L'une des mutations psychologiques majeures que nous vivons concerne notre rapport à l'espace et au temps. Communément, on distingue temps objectif et temps subjectif. Ces deux temps sont bien réels, mais selon deux modes particuliers. Si le temps objectif, celui de Chronos, est mesurable par l'avancée de l'aiguille sur le cadran de l'horloge, le second est celui dans lequel nos affects sont mis en scène. Qu'est-ce qui accélère lorsque nous parlons d'« accélération » du temps ? Le temps objectif, parce qu'il est une constante universelle, ne peut accélérer. C'est donc le temps subjectif qui change de cadence à l'époque de la modernité et de l'ultramodernité. La cadence dont je parle, ce sont les rythmes de la vie humaine, individuelle et sociale. On a trop souvent considéré que le temps chronologique était le seul temps réel, car mesurable : le temps subjectif, trop « psychologique », intime, incertain, n'avait pas droit de cité. Pourtant, avoir l'impression que le temps va plus ou moins vite n'est pas une illusion, même si la montre dit le contraire : ce sont deux vérités qu'il faut apprendre à articuler.

Le philosophe allemand Hartmut Rosa note que dans la « modernité classique », c'est-à-dire à peu près jusqu'aux années 1970, les changements notables se produisaient à l'échelle d'une génération[3]. Aujourd'hui, qu'il s'agisse de mode, de goût, de jeux, de lieux, de façons de vivre et de faire, l'évolution n'est pas seulement rapide, elle est permanente. Les structures familiales, les appartenances politiques ou religieuses, les parcours professionnels ne sont pas épargnés par la vitesse qui nous emporte. Rosa a ainsi calculé qu'un homme de trente-cinq ans a déjà vécu trois fois la vie de son grand-père (il a en moyenne changé par trois fois de compagne, de poste de travail, de domicile…). Sans compter que, là où son grand-père lisait un journal le matin et s'estimait bien informé, lui-même doit, pour éprouver ce même sentiment, suivre en permanence le flot de nouvelles qui lui parviennent sur son ordinateur, sa tablette numérique ou son téléphone portable. Nous ressentons que le temps nous manque de plus en plus, qu'une journée ne nous suffit plus pour accomplir l'ensemble de nos tâches quotidiennes. Notre rapport au temps, le « temps vécu », s'est trouvé totalement bouleversé au cours de ces dernières décennies. « Prendre son temps » et *a fortiori* le perdre sont devenus des luxes dans une société qui ne tolère plus la lenteur. Rosa compare volontiers l'homme contemporain à un jongleur obnubilé par l'impératif de ne rater aucune des options qui se présentent à lui. Le *multitasking*, c'est-à-dire la capacité d'accomplir plusieurs tâches en même temps, devient une règle implicite : on répond au téléphone tout en pianotant sur son ordinateur, on se déplace en train ou en métro en répondant à ses mails, on téléphone en conduisant. On confond de plus en plus vie professionnelle et vie privée, de peur que les obligations (ou ce que nous percevons comme telles) de la première ne soient escamotées par celles de la seconde.

À l'accélération du rythme de vie s'ajoute l'accélération du changement social. C'est la société dans son ensemble qui semble saisie en tout par l'urgence. De telle sorte que l'apprentissage ne peut plus être le fruit d'années de formation au travail : celle-ci, désormais, se fait en continu. Et gare à celui qui rate une marche ! La menace d'être « dépassé » plane perpétuellement au-dessus de nos têtes : sitôt acquises, nos connaissances sont déjà obsolètes. Nous devons sans cesse nous « mettre à jour », comme nous mettons à jour les logiciels de notre ordinateur. On assiste ainsi de plus en plus à un hiatus entre le temps des humains (qui porte en lui les richesses de la culture, de l'imaginaire, de la socialité, de la subjectivité) et le temps chronologique (celui du monde moderne avec son productivisme, son économie matérielle, ses « cadences infernales »). Le philosophe Paul Virilio estime que cette accélération conduit au triomphe de l'« immédiateté ». À ses yeux, les conséquences sont aussi décisives qu'inquiétantes : « Nous sommes dans une société où le tempo est donné par l'ordinateur. Or, le temps humain n'est pas le temps des machines. Avant, le temps humain, c'était le passé, le présent, le futur. Aujourd'hui, c'est du 24/24, du 7 jours sur 7, c'est l'instantanéité. Ça explique combien il est difficile de vivre, de tout concilier, ça explique les suicides professionnels… Il ne faut pas que le réflexe remplace la réflexion. Il faut se laisser le temps de réfléchir, le temps d'aimer[4]… »

La révolution technologique, supposée nous offrir une vie plus confortable, notamment en nous dégageant du temps libre, n'a donc pas tenu toutes ses promesses, nous plongeant au contraire bien souvent dans le stress ou la dépression. En 1988, Jacques Ellul faisait déjà ce constat : nous avons inventé des machines plus rapides en espérant dégager du temps pour travailler à un rythme plus détendu ; au lieu de quoi, nous en sommes venus à vivre nous-mêmes à un rythme plus rapide, pour nous aligner sur celui de ces machines que nous ne cessons de perfectionner… pour qu'elles aillent encore plus vite ! Le sociologue avait alors été l'un des premiers à dénoncer avec force le « mythe du progrès » qui s'est traduit par l'« obsession du changement à tout prix[5] ». Le durable est dépassé, il faut sans cesse bouger, se renouveler, il faut en permanence du nouveau. Innovation et vitesse sont devenues synonymes de « mieux ».

Ce n'est pas seulement notre rapport au temps qui se trouve bouleversé. C'est également notre rapport à l'espace. Comme le temps, l'espace revêt de nombreuses expressions au gré des échelles retenues pour notre représentation du monde. Ces niveaux de réalité spatiale vont du local au continental, du régional au planétaire en passant par le national.

On peut jauger l'impact psychologique, social et culturel de cette dynamique spatiale à l'impression que nous avons que l'espace tend à se rétrécir. J'ai précédemment rappelé à quel point la révolution des transports, les innovations technologiques avaient transformé en profondeur notre perception du temps, ne serait-ce qu'en raison de la modification du sens de la vitesse. Les mêmes causes ont pareillement changé notre vie dans l'espace. Il en va ainsi de la volatilité des repères spatiaux dans la construction de notre conscience. Avant l'essor du capitalisme industriel, et même encore dans de nombreuses régions en Europe jusqu'aux années 1960, notre conscience quotidienne était déterminée par l'appartenance à un lieu : le local, le proche. Certes, nous savions qu'au-delà de ce lieu existaient des mondes différents. Mais, mis à part les soldats ou certains marchands, bien peu de gens avaient une expérience de cette pluralité géographique. Notre conscience de ces autres mondes était en quelque sorte médiatisée par les récits de voyageurs ou la lecture. Aujourd'hui, le plus lointain est en même temps le plus immédiat. Il suffit de sortir de chez soi, y compris dans les villages de la ruralité la plus éloignée, pour faire l'expérience de l'autre, de l'étranger. Les restaurants italiens, indiens, japonais, chinois ou marocains sont partout. Par ailleurs, avec les NTIC (nouvelles technologies de l'information et de la communication), comme la télévision numérique, satellitaire, Internet, la téléphonie, le monde dans sa pluralité pénètre la sphère intime du domicile familial. La notion de « frontières » a beau rester une clé pour saisir les dynamiques du monde, celles-ci deviennent poreuses. En tout cas, l'espace, en se fragmentant et se rétrécissant, crée une situation psychologique, sociale et culturelle radicalement nouvelle.

J'ajouterais que le développement sans fin des réseaux interconnectés bouleverse l'organisation même de la société. Très schématiquement, les sociétés humaines depuis la révolution du néolithique s'organisent selon un modèle fractal. Peu de gens au sommet qui savent, qui décident, qui dirigent ; beaucoup de monde à la base qui suit, qui se conforme, qui éventuellement choisit les dirigeants si l'on se trouve dans un système démocratique. Ce même schéma se reproduisait traditionnellement de la cellule familiale à la paroisse, de la paroisse à la province, de la province au royaume, etc. En dépit de la démocratisation, nous vivons toujours dans des structures hiérarchisées à tous les niveaux. Or l'interconnexion généralisée crée un nouveau mode d'organisation essentiellement horizontal, et non plus vertical. Désormais, tout le monde est à égalité, tout le monde peut intervenir, tout le monde peut se déplacer, tout le monde peut échanger. Ainsi naissent des structures fluides, changeantes, informes, incontrôlées, au sein desquelles se forment les courants d'opinion, se transforment les consciences et les comportements, et que décrit fort bien Joël de Rosnay dans son récent ouvrage, *Surfer la vie*[6]. Nous avons vu ces nouvelles formes d'organisation à l'œuvre lors de l'élection de Barack Obama en 2008, au cours de la mobilisation pour l'interdiction des gaz de schiste en 2011 et, plus que tout, dans les révolutions du « printemps arabe ». C'est donc une nouvelle forme d'organisation sociale que le progrès technique met en place : on vit dans une société qui s'est délocalisée dans les espaces immatériels des réseaux.

Autre conséquence de la globalisation et de la rapidité de l'information : nous sommes submergés par des nouvelles ou des données qui nous parviennent en flot continu par Internet ou sur nos téléphones portables. Nous ne savons ni les trier ni les hiérarchiser – cette tâche était jadis dévolue aux journalistes, intermédiaires qui ont cessé d'être indispensables sur ce plan. Du coup, elles se retrouvent toutes mises sur un pied d'égalité, qu'il s'agisse du divorce d'une star de la chanson, de massacres commis en Afrique ou en Asie, d'une découverte révolutionnaire ou d'un tsunami ravageur. Le risque de ce « trop plein », et plus encore de ce nivellement, est d'entraîner une banalisation de l'information qui, à force d'être traitée sur le mode anecdotique, tend à paralyser notre capacité à réagir, notre aptitude à mesurer l'urgence ou l'importance de telle information par rapport à telle autre. Un second risque nous guette : à force de subir et de nous habituer à ce flot continu d'informations, nous ne savons plus les contextualiser pour les comprendre. L'information se transforme dès lors en spectacle ; elle cesse de donner lieu à des analyses, celles-ci menaçant d'être cantonnées aux revues sérieuses que nous sommes, avouons-le, peu nombreux à lire. Nous ne nous arrêtons plus sur un fait pour en cerner les enjeux : un événement balaie l'autre et, le soir venu, nous avons déjà relégué dans l'oubli les informations qui nous ont été communiquées le matin.

Pression temporelle constante et modification du sens de l'espace sont la source de peurs et de stress, et, pour certains qui n'arrivent plus à suivre le rythme effréné de la modernité, de problèmes physiques ou psychiques plus ou moins graves, telle la dépression. J'aurai l'occasion de revenir sur ce point au chapitre suivant.

LA RÉVOLUTION NÉOLITHIQUE

Avant de poursuivre notre réflexion sur les bouleversements de notre époque et leurs conséquences sur l'homme et le monde, j'aimerais poser une question d'ordre historique. Existe-t-il dans l'« histoire longue » un moment aussi crucial que celui que nous traversons ? Un moment où l'homme a vu muter ses modes de vie, sa manière de penser son rapport au monde, et ce, à l'échelle de la planète ? En remontant le cours de l'histoire, on peut consta-

ter que des tournants aussi importants que la fin
de l'Empire romain ou la Renaissance ne sauraient
répondre à ces critères, ne serait-ce que parce qu'ils
n'ont concerné qu'une partie de l'humanité. Pour
trouver un tel bouleversement à l'échelle planétaire,
il faut en fait remonter à un moment qui précède
la naissance et l'avènement des civilisations. Il va
même en être la cause lointaine. Il s'agit du passage
du paléolithique au néolithique. Ce tournant décisif
où l'être humain a quitté un mode de vie nomade de
chasseur-cueilleur pour un mode de vie sédentaire
d'agriculteur-éleveur. Avant d'en revenir à notre
époque, remontons donc environ 12 000 ans en
arrière, à cette grande bifurcation qui façonna alors
un homme nouveau, de même que notre XXIᵉ siècle
est en passe de façonner une humanité nouvelle.
Nous verrons en quoi cette « pré-histoire » éclaire
en profondeur ce que nous sommes en train de vivre.

Pendant des centaines de milliers d'années,
l'homme connaît un mode de vie quasi immuable, à
quelques évolutions près. Chasseur-cueilleur nomade,
il apprend peu à peu à tailler des silex, invente
quelques outils rudimentaires, taille des encoches
qui nous paraissent aujourd'hui énigmatiques sur des
pierres aux formes peu usuelles qu'il rencontre au
cours de ses incessantes migrations. Des centaines de
millénaires s'écoulent entre le moment où il se met
debout pour arpenter le monde et celui où il commence à manifester l'expression d'une pensée symbolique au travers des rituels de la mort. On a découvert
à Qafzeh et à Skhul des tombes datées d'environ
100 000 ans avant notre ère qui montrent des corps

enterrés en position fœtale, la tête tournée vers l'est, recouverts de couleur ocre et parfois accompagnés d'armes ou de nourriture. Il va encore falloir attendre plusieurs dizaines de milliers d'années avant que cet homme découvre un nouveau moyen d'expression qui témoigne d'une pensée symbolique : les peintures rupestres, dont les plus anciennes, retrouvées en Australie et en Tanzanie, datent de plus de 45 000 ans. Ces peintures ne sont pas spécifiques à une région donnée ; on ignore comment cet art s'est répandu, mais le fait est que des millions d'œuvres, réalisées au fond de grottes, ont été découvertes à ce jour dans cent soixante pays sur les cinq continents. Que signifiaient-elles ?

Il est probable que nos lointains ancêtres avaient à peu de chose près les mêmes croyances que les populations nomades qui vivent aujourd'hui encore de la chasse et de la cueillette, en symbiose avec la nature : une religiosité à laquelle on donne, depuis le milieu du XIXe siècle, le nom de chamanisme, par référence au *saman* toungouse qui entre en transe quand il s'allie avec les esprits. Le chamanisme est une religion de la nature, de l'horizontalité ; il ne postule pas l'existence d'un ordre surnaturel, supérieur au naturel, mais d'un monde invisible, aussi réel que notre monde visible et en contact permanent avec lui. Certains individus sont chargés, au sein de chaque groupe, de la négociation avec les différents esprits invisibles de la nature, de manière très fonctionnelle, sans que cela implique des prières ou des sacrifices, mais plutôt un don et un contre-don. Tel est encore le cas chez les peuples chamaniques étudiés par les ethnologues modernes, que

ce soient les Inuits, les Bushmen ou les Aborigènes.
Certains spécialistes ont ainsi avancé l'hypothèse que
les différentes peintures rupestres de la préhistoire,
qui représentent essentiellement des animaux, aient
été l'œuvre de chamans qui s'enfermaient dans les
entrailles de la terre pour communiquer, en état de
transe, avec les esprits des animaux avant ou après
la chasse.

Le basculement commence à se produire environ
13 000 ans avant notre ère, quand la Terre sort len-
tement d'une ère glaciaire qui a duré 100 000 ans.
Sous l'effet du réchauffement, la planète devient plus
habitable, d'abord au Proche-Orient où, 12 500 ans
avant notre ère, surgissent les premières formes de
sédentarisation. Wadi Natouf, près de Jéricho, où ont
été découvertes des maisons rudimentaires en terre et
bois, a donné son nom à ce que l'on appelle la civilisation natoufienne, charnière entre le paléolithique
(qui représente la partie de loin la plus longue de
l'histoire de l'humanité) et le néolithique. Le climat se
radoucit, les plantes deviennent abondantes, l'homme
apprend à cueillir les céréales, à les moudre, puis à les
stocker ; il apprend aussi – d'abord timidement – à
apprivoiser de petits animaux, puis à les élever. Les
bases de la révolution néolithique sont posées. D'un
siècle à l'autre, de menus changements interviennent
encore : ici, on apprend à polir la pierre ; là, à cultiver des plantes pour se nourrir au lieu de les cueillir
dans la nature.

Vers 10 000 ans avant notre ère, la civilisation
natoufienne est remplacée par la khiamienne, qui tire
son nom du village de Khiam, sur les rives de la mer

Morte. C'est là qu'on a trouvé les premières traces du pas de géant effectué par l'humanité quand elle a construit des maisons plus grandes en y prévoyant des pièces de stockage (ce qui signifie que l'homme maîtrise alors à peu près l'agriculture – suffisamment, en tout cas, pour constituer des réserves de nourriture) et des enclos (le chasseur est donc devenu éleveur). Le chambardement du mode de vie est total : désormais, en cas de sécheresse ou pendant la saison froide, on ne meurt plus de faim, on puise dans ses stocks ; les outils s'améliorent, le rendement de la terre aussi, les productions se diversifient ; c'est l'homme qui décide ce qu'il plantera, quelle bête il tuera. Il sait dorénavant qu'il peut contrôler la nature, la manipuler, la façonner pour qu'elle se plie à ses besoins.

On a aujourd'hui du mal à mesurer l'ampleur de cette révolution et son impact non seulement sur les conditions de vie matérielles, mais aussi sur les consciences. Elle touche tous les secteurs de la vie : l'habitat, bien sûr, mais également la démographie avec l'apparition de villages de plus en plus développés où les individus vivent bien plus âgés que lorsqu'ils se réfugiaient dans les grottes sous la menace permanente de la faim et des éléments naturels. L'homme étant mieux nourri, sa musculature et son cerveau se développent. Son agilité et son instinct de survie, en revanche, diminuent probablement, puisqu'il n'a plus à fuir sans cesse les dangers en grimpant aux arbres ou sur les rochers.

La révolution touche aussi progressivement les structures familiales et sociales. En effet, le « nouvel homme » possède désormais des biens : une maison, des animaux, un bout de terre qu'il cultive. Il est « propriétaire », et la question de la transmission de ces biens, donc de l'héritage, ne tarde pas à se poser. La notion de lignée gagne en importance : on léguera ce qu'on possède à ses descendants ; on est redevable à ses ascendants de ce qu'ils ont légué. L'espérance de vie ne dépasse pas 30 à 35 ans, mais émerge la figure du « vieux sage » qui a de l'expérience et qui saura transmettre son savoir à ceux qui lui succéderont. Un culte des ancêtres se met parallèlement en place, comme en témoignent les crânes gravés mis au jour dans les fondations des maisons. Une hiérarchie s'instaure de manière presque naturelle. L'homme n'est plus égal aux animaux, et tous les hommes ne sont plus égaux entre eux : une distinction s'opère entre les individus qui détiennent un certain pouvoir dans la société et les autres, entre ceux qui possèdent plus et ceux qui possèdent moins. Entre les femmes et les hommes également, avec l'établissement d'un système patriarcal.

9 000 ans avant notre ère, les premières agglomérations relativement importantes apparaissent au Proche-Orient. À son tour, l'Europe sort peu à peu de l'ère glaciaire. Vers le IVe millénaire avant notre ère, elle emprunte la voie inaugurée au Proche-Orient. Il n'y a presque plus de points communs entre la vie qui s'organise dans les cités et celle que menaient les chasseurs-cueilleurs dans les forêts. Et de même que les peintures rupestres étaient apparues quasi simultanément sur tous les continents, le modèle de sédentarisation se répand presque en même temps aux quatre coins de la planète : autour du

Bassin méditerranéen, mais aussi en Chine, en Inde, dans le sud de l'Amérique et bientôt en Europe. Il n'est désormais plus question de vagabondage, en tout cas pour les habitants des cités – s'il subsiste bien entendu des groupes de chasseurs-cueilleurs perpétuant l'ordre ancien, ceux-là sont perçus comme une menace par les nouveaux citadins au même titre que la nature sauvage à laquelle ceux-ci appartenaient autrefois.

La ville est en effet un espace séparé de la nature par des murs, des fortins. En son sein, l'ordre doit régner. Une hiérarchie de plus en plus complexe s'y met en place. Le chef se fait seconder par une administration, les tâches sociales sont réparties : dorénavant, il y a ceux qui dirigent et administrent les affaires de la cité, ceux qui cultivent, ceux qui combattent les ennemis extérieurs, ceux qui prient. Cette répartition restera en vigueur au cœur de toutes les cités, puis des royaumes, des empires et des civilisations jusqu'à l'époque moderne.

Sur le plan religieux, le bouleversement est d'une ampleur équivalente, et il s'orchestre autour de l'émergence de figures que l'homme du paléolithique ignorait : celles des dieux qui ont détrôné les esprits. Prières et rituels sacrificiels prennent le pas sur les échanges avec ceux-ci. Les dieux et déesses, contrairement aux esprits, sont nommés et dotés d'une personnalité propre. L'ordre naturel n'est pas nié, mais intériorisé, et l'homme s'arroge le rôle central de médiateur entre le cosmos et le monde terrestre : il est l'ordonnateur des rituels qui permettent au monde de se maintenir. Des espaces sacrés, plus grands et plus beaux que les habitations ordinaires, sont instaurés : les temples. Les notions de bien, de mal et de morale émergent, et occupent une place centrale dans le fonctionnement de la cité. Des lois terrestres voient le jour parallèlement aux rituels ; elles tirent leur légitimité des lois célestes. Les dieux aussi se hiérarchisent en panthéons complexes où l'entité suprême, dont le roi est le reflet sur terre, est secondée par une armée d'autres dieux. L'horizontalité cède le pas à la verticalité. Au ciel aussi, le masculin l'emporte peu à peu sur le féminin tandis que se développent les sociétés patriarcales et que se constitue un clergé exclusivement masculin.

L'introduction de l'écriture est un autre bouleversement radical. En écrivant, l'homme se dote d'une mémoire. Sa manière de penser le temps se transforme. À partir d'un passé, il se projette dans un futur. On peut désormais se référer à ce qui se faisait hier, on peut accumuler les connaissances, puisqu'on ne se limite plus à la seule transmission orale, toujours volatile et parcellaire. En Chine, l'écriture à visée divinatoire sur les carapaces de tortue est l'ancêtre des idéogrammes. En Mésopotamie, elle permet de cartographier le ciel et de suivre le mouvement des étoiles pour donner naissance à l'astrologie – c'est là qu'ont été définis les douze signes du zodiaque tels que nous les connaissons encore de nos jours. La notion d'histoire émerge, les dynasties se forgent et, à partir de ce qu'il a appris et noté, l'homme va pouvoir se livrer aux exercices d'abstraction pour tenter de prévoir ses lendemains.

UNE RÉVOLUTION CÉRÉBRALE

Cette organisation progressive au sein des cités, ces progrès et cette accumulation des savoirs, cette mise en place d'une hiérarchie tant terrestre que céleste, sont le fruit de ce que le sociologue Max Weber appelle le « processus de rationalisation ». Il souligne à juste titre que l'on ne saurait dire avec exactitude quand il a commencé. L'homme a sans doute toujours eu tendance à vouloir rationaliser son existence, à chercher les meilleurs moyens possibles en vue d'une fin qu'il souhaite atteindre. Mais, avec ce changement radical de mode de vie, le processus de rationalisation entre dans une phase d'accélération déterminante... qui ne s'est plus jamais démentie ni arrêtée.

Ce processus de rationalisation entraîne une modification de notre organisation cérébrale, ou plutôt des capacités de réaction de notre cortex à certaines catégories de stimuli. On sait que notre cortex s'organise autour de deux polarités : le cerveau droit est le plus intuitif, le plus émotionnel, le plus artistique aussi ; le gauche est celui de la rigueur, de la rationalité, de la logique. En nous tous coexistent ces deux cerveaux, nous sommes tous « *homo sapiens demens* », pour reprendre la formule lancée par Edgar Morin. Le génie de l'homme, dit-il, « est dans l'intercommunication entre l'imaginaire et le réel, la logique et l'affectif, le spéculatif et l'existentiel, l'inconscient et le conscient, le sujet et l'objet. [...] Il est dans la brèche de l'incontrôlable où rôde la folie, dans la béance de l'incertitude et de l'indécidabilité où se font la

recherche, la découverte, la création[7] ». On peut supposer que les chasseurs-cueilleurs nomades utilisaient
assez peu leur cerveau gauche. En revanche, leur
survie dépendait du développement de leur cerveau
droit, de leur « sixième sens » quasi animal, pour
se prémunir des dangers, mais aussi pour entrer en
contact avec le monde de l'invisible, celui des esprits.
Avec la révolution du néolithique, la donne s'inverse :
désormais, c'est le cerveau gauche qui prend le des-
sus, puisque c'est lui qui, dans ce contexte nouveau,
offre à l'homme les opportunités de survie. Celui-ci
n'a plus autant besoin d'intuition pour parer au danger immédiat qui peut surgir de n'importe où, mais
d'organisations pour planifier les dangers à venir et
coordonner les moyens de leur faire face en utilisant
de manière rationnelle les nouveaux outils à sa disposition.

Il en va de même pour la religion, qui se rationa-
lise. C'est une classe à part qui prend en charge les
relations avec les dieux : la caste des prêtres. Alors
que les chamanes, pour entrer en contact avec les
esprits, vivaient des états de conscience modifiés
induits par la musique ou l'absorption de substances
hallucinogènes, les prêtres, eux, ont surtout élaboré
une organisation et un rituel très codifiés pour entrer
en relation avec les dieux : le sacrifice. Il ne s'agit
plus d'« éprouver » le sacré, mais de « faire » le sacré
(étymologie du mot « sacrifice »). Il ne s'agit plus de
mimer la relation avec les esprits en sorte qu'elle se
concrétise, mais d'accomplir une tâche organisée, à
la manière des fonctionnaires œuvrant dans l'administration terrestre afin de résoudre les problèmes

concrets. Les rituels deviennent si complexes que les laïcs en sont *de facto* écartés. Ces rituels-là ne suscitent plus d'émotion, ils ne sont pas source d'une expérience intérieure : ce sont des tâches (gestes, paroles) déterminées qu'il faut accomplir avec précision afin de garantir la bonne marche du monde. À son tour, la religion cesse de solliciter le cerveau droit : elle devient l'affaire du cerveau gauche[8].

Cette même démarche se retrouve dans la naissance et le développement de toutes les grandes civilisations d'Orient et d'Occident. De fait, pour se construire et grandir, celles-ci ont besoin d'assurances quant à l'ordre inébranlable du monde, elles ont aussi besoin de croire qu'en cas de désordre il existe des solutions appropriées, ce que sont les rituels et les sacrifices. Toutes les civilisations se développent selon le même schéma. D'une certaine manière, on assiste aujourd'hui à l'aboutissement de ce processus de rationalisation que Max Weber a appelé le « désenchantement du monde » : avec l'avènement progressif de la raison critique, le monde a perdu son « aura magique ». Il n'est plus considéré comme traversé de forces et de fluides invisibles, mais plutôt comme une « chose » que l'on peut analyser et comprendre, mais aussi manipuler et exploiter. La posture cartésienne qui consacre la rupture entre l'homme et la nature – « l'homme est maître et possesseur de toutes choses », écrit Descartes – n'est que la conséquence ultime du long processus de rationalisation qui s'est intensifié depuis le néolithique.

UN NOUVEAU TOURNANT AXIAL DE L'HUMANITÉ

Dans son ouvrage *Sens et origine de l'histoire*, le philosophe Karl Jaspers a pointé quatre moments où l'être humain a connu de profondes transformations de ses modes de vie et de pensée : le tournant du néolithique, la constitution des grands empires antiques, le milieu du Ier millénaire avant notre ère (développement des grands courants de sagesse du monde) et la Renaissance (avènement de la modernité). Avec le recul, je pense que les deux moments les plus cruciaux de l'histoire humaine, ceux de la plus grande mutation anthropologique, sont d'une part le tournant du néolithique, d'autre part l'époque actuelle qui voit s'épanouir toutes les virtualités de la modernité inaugurée à la Renaissance. C'est pourquoi je préfère qualifier notre époque d'« ultramodernité » plutôt que de « postmodernité ». Cette dernière expression, fréquemment utilisée, entend mettre l'accent sur le désenchantement moderne, marqué notamment par la fin du mythe du progrès. Mais elle présente l'inconvénient de laisser croire qu'on serait sorti du processus de la modernité. Or il n'en est rien. Les principaux fondements du monde moderne (raison critique, individualisation, globalisation) sont toujours – et même de plus en plus – à l'œuvre, et les révolutions technologiques qui en découlent ne cessent de s'accélérer, ainsi que nous l'avons vu. On assiste donc plutôt, depuis quelques décennies, à une accélération de la modernité. Certes, une modernité désenchantée, qui a laissé se perdre en route la plupart de ses grands récits fondateurs, hormis celui sur la démocratie et les droits de l'homme. Cette ultra-modernité constitue une étape décisive dans le développement de la modernité depuis la Renaissance, non seulement parce qu'elle voit se déployer toutes ses virtualités, mais aussi parce qu'elle se planétarise.

On a vu le bond de géant accompli par l'humanité au tournant du paléolithique et du néolithique. Ces mutations ont concerné la société, la religion, le système de valeurs, le mode de vie ; elles ont aussi touché le cerveau de l'homme, qui en a été transformé. Je suis convaincu que ce que l'on vit aujourd'hui engendrera des mutations aussi radicales qui concerneront elles aussi notre être le plus profond. Nous ne sortirons pas indemnes des immenses bouleversements qui affectent tout notre environnement. À cela s'ajoute une autre dimension que j'ai déjà évoquée : l'incroyable accélération selon laquelle ces bouleversements adviennent. Ce que nos ancêtres ont traversé en quelques millénaires, nous l'appréhendons en quelques décennies. Les enfants d'aujourd'hui sont nés dans un monde globalisé. Ils savent qu'il existe différentes religions et différentes cultures, ils n'ignorent rien des réalités de la vie, y compris celles de la sexualité, alors que les plus âgés – les jeunes adultes d'aujourd'hui – en faisaient la découverte progressive par des livres, des magazines, des discussions, par le truchement d'une tierce personne désormais remplacée par l'ordinateur. Est-ce un bien, est-ce un mal ? Mon propos n'est pas de diaboliser les mutations que nous vivons, et je me limiterai à un constat : celles-ci ne seront pas sans incidences sur notre fonctionnement psychique.

Elles auront également des conséquences sur notre rapport aux autres, à la nature, à la spiritualité. Le parcours ne sera pas aisé, ni exempt d'embûches. Mais nous n'avons d'autre issue que de relever ce grand défi. Nos ancêtres surent se rassurer en érigeant deux « sécurités » : l'une, verticale, qui était Dieu (ou les dieux) ; l'autre, horizontale, qui était les frontières, héritières des enclos des premiers villages. Nous avons tué les dieux, nous avons renversé ou effacé les frontières. Ces « sécurités », c'est en nous-mêmes que nous devons dorénavant les trouver.

DÉCLIN DE L'OCCIDENT ?

Au début des années 1920, le philosophe allemand Oswald Spengler publia un livre qui connut un énorme retentissement : *Le Déclin de l'Occident* (*Der Untergang des Abendlandes*). S'inspirant d'une idée de Goethe, il compare les différentes cultures humaines à des organismes vivants qui naissent, se développent, arrivent à maturation et forment une civilisation, puis commencent à décliner avant de disparaître. Il donne à ces quatre moments les noms des quatre saisons : le printemps, porteur d'espoir et de création ; l'été, où la maturation engendre le progrès ; l'automne, où les fruits de cette culture viennent à épanouissement ; enfin l'hiver, le déclin, la mort avant la naissance d'autre chose. Il identifie huit grandes cultures dont la durée de vie moyenne, écrit-il, a été d'à peu près un millénaire : celles de Mésopotamie, d'Égypte, de Chine, d'Inde, d'Amérique du Sud, la culture gréco-romaine, celle du monde arabe, enfin celle de l'Occident.

Spengler situe la naissance de la culture occidentale au XIᵉ siècle. Celle-ci, prédit-il, est donc en fin de vie. À l'époque où son livre fut publié, il déclencha une levée de boucliers. Mais, aujourd'hui, qui mettrait en doute le fait qu'une page de notre histoire est en train de se tourner ? Tous les indicateurs le montrent : au XXIᵉ siècle, forte de sa puissance démographique, mais aussi dorénavant économique et technologique, c'est l'Asie qui dominera le monde, y compris sur le plan politique. D'ores et déjà, dans les sommets internationaux, le président chinois, devenu grand argentier de la planète, est bien plus courtisé que ses homologues, président américain inclus. Et c'est en Chine, en Inde et en Corée du Sud que s'installent désormais les entreprises technologiques de pointe : elles y bénéficient d'un vivier de jeunes cerveaux et d'un esprit novateur qui tend malheureusement à s'estomper, voire à disparaître, en Europe.

Pour autant, à propos du moment actuel, je ne parlerai pas, comme Spengler, de « fin de la civilisation occidentale », mais plus précisément d'avènement d'une civilisation mondiale occidentalisée. Tout le paradoxe est là : l'indéniable déclin de l'Occident en tant que civilisation particulière s'accompagne d'une mutation/globalisation du monde selon le modèle occidental. Car, force est de le reconnaître, toutes les cultures du monde empruntent maintenant la plupart de leurs traits à l'Occident. Les élites du monde entier, que ce soit en Asie, au Moyen-Orient, en Afrique ou en Amérique du Sud, ont intégré nombre de valeurs, de coutumes, de manières d'agir, de se vêtir et même de penser occidentales.

L'expansion de la civilisation occidentale débute à la Renaissance. À cette époque, l'Europe, qui connaissait une profonde révolution philosophique, économique, sociale et culturelle, s'est « projetée » sur l'ensemble de la planète, qu'elle a commencé à dominer. Elle l'a fait pour trois types de raisons. D'une part, pour des raisons économiques, à savoir la recherche de matières premières : l'or, les minerais, les pierres précieuses, les épices. D'autre part, pour des raisons idéologiques, puisque l'une de ses ambitions déclarées était de convertir l'humanité à la foi chrétienne. Enfin, tout simplement, par une curiosité qui se traduisit par les récits de périples dans ces contrées extraordinaires où les gens ne s'habillaient pas « comme nous », ne vivaient pas « comme nous », ne fonctionnaient pas « comme nous ». C'est également à la Renaissance qu'a émergé la notion moderne d'individu. Cet avènement du « sujet autonome », d'un homme qui refuse d'être seulement modelé par les traditions, mais qui veut être le « législateur de sa propre vie », comme le soulignera Emmanuel Kant, constitue une révolution philosophique sans précédent dans l'histoire. Elle sera à l'origine de toutes les révolutions politiques et sociales ultérieures qui ont façonné le visage de l'Occident moderne. Or, du fait de l'autre grand mouvement amorcé à la Renaissance par l'Occident, celui de la globalisation du monde, ce processus d'individualisation a progressivement gagné toute la planète.

Au cours des vingt dernières années, la lame de fond de ces principaux vecteurs de la modernité – individualisation, raison critique, globalisation – est devenue une déferlante planétaire, s'accélérant de manière exponentielle avec l'introduction d'outils technologiques, en particulier les nouveaux moyens de communication. Notre globe est devenu un village interconnecté où informations et rumeurs se répandent instantanément, où les coalitions d'individus librement assemblés autour de telle ou telle cause se nouent à une échelle supranationale. En somme, le déclin de l'Occident s'accompagne de l'essor d'une civilisation à l'échelle de la planète qui emprunte ses principaux traits à la civilisation occidentale. L'avènement du « sujet autonome » a conduit à celui des droits de l'homme et de la démocratie, qui ne cessent de se mondialiser. La raison critique a ouvert la voie aux révolutions scientifiques et technologiques modernes, qui s'étendent aujourd'hui à la planète entière – même si leurs bienfaits ne touchent pas également, loin de là, tous ses habitants. La civilisation occidentale n'est pas en train de mourir, mais elle se métamorphose à l'échelle du monde en intégrant d'autres schèmes culturels qui lui étaient étrangers. Ceux-ci ne remettent néanmoins jamais en cause ses postulats fondamentaux, qui n'ont cessé de se fortifier et de se globaliser depuis la Renaissance : le primat de l'individu sur le groupe et de la raison critique sur la pensée mythique ou religieuse. Autrement dit, on a beau manger tunisien ou chinois aux quatre coins de la planète, regarder des films iraniens ou lire des mangas japonais, cela ne change rien au fait que les matrices du monde global restent celles de l'Occident.

Pour autant, il ne faut pas se leurrer : si l'essor d'une civilisation occidentale planétarisée dans le cadre de l'ultramodernité peut être source d'amélioration des conditions de vie, de démocratisation ou d'émancipation des individus, il pose aussi d'énormes problèmes. Bien des symptômes de la maladie du monde, que nous allons examiner dans le prochain chapitre, proviennent justement de cette mondialisation extrêmement rapide du modèle occidental. L'actuelle civilisation globale, celle de la mondialisation-occidentalisation, n'est pas le seul futur possible, et il est envisageable – et, de mon point de vue, nécessaire – de faire advenir une vraie civilisation planétaire, fruit d'un dialogue entre les grandes civilisations historiques avec leurs mémoires, leurs cultures, leurs langues, leurs spiritualités. Sans quoi, nous risquons non seulement de continuer à vivre longtemps à l'heure du « choc des civilisations », bien décrit par Samuel Huntington, mais aussi de sombrer dans une sorte de *fast-food* planétaire où toutes les cultures s'appauvrissent à l'extrême pour intégrer les cadres standardisés d'une mise sur le marché de biens matériels, culturels, et même spirituels, obéissant exclusivement aux logiques marchandes des multinationales.

3

Les symptômes d'un monde malade

L'essor technologique de ces deux derniers siècles et les grandes mutations que j'ai évoquées ont permis d'améliorer considérablement le sort de l'être humain sur une bonne partie de la planète. Nous vivons plus longtemps et en meilleure santé. Les machines nous ont libérés des tâches quotidiennes les plus pénibles. De plus en plus d'humains sont libres en principe de choisir leur métier, d'élire leur conjoint, d'opter pour telle religion ou pour l'absence de religion. Même s'ils restent fragiles, la démocratie et les droits de l'homme progressent un peu partout. Pourtant, notre monde va mal. Il est comme un corps malade épuisé par de nombreux symptômes qui témoignent de graves déséquilibres et dysfonctionnements. Je vais m'attacher maintenant à pointer les principaux symptômes de cette maladie du monde. Nous verrons, au chapitre suivant, qu'ils sont tous liés entre eux par certaines logiques révélant que ces crises économique, psychologique, écologique, politique et sociale que nous traversons ne sont que les symptômes d'une crise systémique, une sorte de « mégacrise », fruit de la « mégarévolution » que nous sommes en train de vivre à l'échelle de l'histoire humaine.

CRISE ENVIRONNEMENTALE

En 1970, sollicités par le Club de Rome, quatre chercheurs du prestigieux MIT (Massachusetts Institute of Technology) élaborent un rapport énumérant les menaces que fait peser la croissance économique sur le devenir de la Terre. *Limits to Growth*, plus connu sous le nom de « Rapport Meadows », est publié en 1972. Il est traduit l'année suivante en français sous le titre *Halte à la croissance ? Rapport sur les limites de la croissance* (Fayard). Le monde occidental est alors à l'apogée des Trente Glorieuses : la progression économique est très forte et nous sommes entrés de plain-pied dans la société de consommation à outrance. Que nous disent les quatre chercheurs du MIT, Dennis et Donella Meadows, Jorgen Randers et William Behrens ? Tout simplement que l'humanité court à sa perte. Ils pointent du doigt les quatre drames qui nous attendent. Le premier est la surpopulation – la planète comptait alors 3,6 milliards d'habitants, et les projections faisaient état de 10 milliards au milieu du XXIᵉ siècle. Le deuxième, directement lié à cette démographie galopante, est l'épuisement des ressources naturelles et alimentaires. Le troisième concerne plus spécifiquement l'épuisement des ressources non renouvelables comme le gaz, le charbon ou le pétrole. Enfin, le quatrième est la pollution, qui ne pourrait qu'augmenter de manière exponentielle, mettant en danger l'ensemble de l'écosystème. Et les chercheurs d'avancer une thèse que seuls quelques courants minoritaires – ceux de la dynamique « New Age » ou de l'écologie politique naissante – avaient commencé à défendre : le monde, disaient-ils, doit être pris comme un ensemble dont toutes les parties sont interdépendantes. Mettre à mal l'une ou l'autre, par exemple l'environnement, entraînera à terme un effondrement général du système. Et d'énoncer la seule solution qu'ils envisagent : sortir de la spirale de la croissance (sans toutefois écrire une seule fois le mot « décroissance »).

Il n'en fallut pas davantage pour que ces précurseurs soient traînés dans la boue par les milieux politiques et financiers, qui dénoncèrent leur ignorance des concepts élémentaires de l'économie. Il est vrai qu'à l'époque le discours du Club de Rome était inaudible, même si, en 1972, se tint sous les auspices de l'ONU la première conférence internationale sur l'environnement à Stockholm. Bien des années plus tard, en 2009, Dennis Meadows a reçu le Japan Prize, la plus haute distinction scientifique japonaise, pour ses travaux sur l'antagonisme entre la hausse de la démographie mondiale et la disponibilité des ressources naturelles. Le gaz, le pétrole et le charbon représentent en effet 81 % de la consommation énergétique mondiale. On se doute bien que ces sources d'énergie ne sont pas inépuisables : les nouvelles mines, les nouveaux gisements portent sur des volumes plus faibles, sur des

types d'hydrocarbures dont l'extraction, fort coû-
teuse, pose de graves problèmes écologiques, tandis que la consommation de ces ressources, elle, ne
cesse d'augmenter. Il en va de même pour les autres
ressources naturelles, comme les minerais (or, fer,
argent, uranium). Par exemple, pour ce qui est du
fer, le développement du secteur de l'acier depuis
la fin de la Seconde Guerre mondiale a entraîné
une explosion de sa consommation, qui dépasse les
1,7 milliard de tonnes annuelles – chiffre ahuris-
sant, même si les réserves s'établissent à plusieurs
dizaines de milliards de tonnes, et qui est encore
amené à croître avec le boom économique enregistré
par certains pays émergents. La Chine consomme
ainsi à elle seule environ un tiers des principaux
métaux, alors que son sous-sol ne contient que 8 %
des réserves mondiales. C'est aussi le cas de ce qu'on
appelle les « terres rares », indispensables aux technologies d'avenir, et dont les gisements, localisés
pour l'essentiel en Afrique centrale, font l'objet
de toutes les convoitises. Mais c'est également le
cas d'une autre ressource, l'eau, qui constitue l'un
des grands enjeux du XXIe siècle. Dans un rapport
publié en 2000, « Vision pour l'eau et la nature »,
l'Unesco a pointé à ce sujet quatre grandes menaces.
La principale est tout simplement l'épuisement des
ressources du fait de la surconsommation entraî-
née par la hausse démographique. Une deuxième
menace réside dans la fragmentation des cours d'eau
par des barrages, des levées, des dérivations : 60
des 227 plus grands fleuves du monde ont ainsi
été « torturés » par l'homme au cours des dernières

décennies. Depuis le début du XXe siècle, 50 % des zones humides de la planète ont disparu, notamment parce que ces fleuves connaissaient des crues qui, du coup, ne se produisent plus, alors qu'elles transformaient les environs en marécages saisonniers (le Nil), ou parce que les sources d'arrivée de l'eau ont été déviées (cas de la mer d'Aral). Par ailleurs, des zones marécageuses ont été drainées et asséchées pour être construites. Une troisième menace résulte de l'introduction d'une agriculture intensive – avec des espèces végétales particulièrement gourmandes en eau comme le maïs – qui contribue également au tarissement des nappes phréatiques. En 2000, date de ce rapport, la consommation mondiale était de 4 milliards de mètres cubes par an, dépassant les capacités de renouvellement des réserves. Depuis lors, ce chiffre n'a cessé de croître. L'agriculture représente à l'heure actuelle 70 % de la consommation globale en eau. Sachant que les surfaces irriguées, qui regroupent aujourd'hui 260 millions d'hectares, vont largement s'étendre pour répondre aux besoins alimentaires. La pollution constitue le quatrième danger. On estime que, chaque jour, deux millions de tonnes de matières de vidange, pour certaines hautement toxiques, sont déversées dans la mer et les cours d'eau. Et ce ne sont pas seulement les pays en développement qui sont ici incriminés : en Europe, par exemple, seuls 5 des 55 plus grands fleuves sont jugés non pollués par l'Unesco.

L'autre grand dossier écologique est celui du réchauffement climatique, tenu jusqu'à récemment pour une baliverne. Le premier à avoir tiré la son-

nette d'alarme est un chimiste suédois : Svante
Arrhenius, prix Nobel de chimie en 1903, publia en
1896 un article jugé alors mineur, « De l'influence de
l'acide carbonique dans l'air sur la température de la
Terre ». Il y décrivait l'« effet de serre » (sans utiliser cette expression), démontrant qu'un doublement
du CO_2 dans l'atmosphère entraînerait un réchauffement planétaire d'à peu près 5 °C, ce qui aurait
des conséquences catastrophiques pour l'humanité.
Plusieurs décennies plus tard, en 1967, alors que
les relevés de température terrestre montraient que
celle-ci avait tendance à croître, Syukoro Manabe
et Dick Wetherald prévoyaient que ce doublement
interviendrait avant le début du XXIe siècle, et ils
pronostiquaient une élévation moyenne de la température de 2,5 °C. C'est peu dire qu'ils n'ont pas été
pris au sérieux : jusqu'au milieu des années 1980,
la majorité des scientifiques en étaient encore à se
demander, malgré les relevés effectués depuis le début
du XXe siècle, s'il existait un réchauffement climá-
tique « avéré ».

Cependant, la diminution manifeste de l'étendue
de la banquise, l'élévation significative du niveau
des mers, le recul des glaciers ont constitué des
preuves suffisamment alarmantes pour qu'une partie
de ces mêmes scientifiques commencent à reconnaître qu'ils n'avaient plus affaire à une interrogation, mais à un constat : le réchauffement du climat
terrestre ne fait plus l'ombre d'un doute. En 1992,
la Déclaration de Rio sur l'environnement et le développement, édictée dans la foulée d'une conférence
mondiale organisée par l'ONU, le réaffirmait : « Les

États doivent coopérer dans un esprit de partena-
riat mondial en vue de conserver, de protéger et de
rétablir la santé et l'intégrité de l'écosystème terrestre » (principe 7). Or, les pays les plus pollueurs
ont refusé d'appliquer cette déclaration. C'est le cas
des États-Unis, mais aussi de la Chine, de la Corée
du Sud ou de l'Iran, qui ont même doublé leurs
émissions de CO_2 entre 1990 et 2008. Réunis à Rio
en juin 2012 à l'occasion des vingt ans du sommet,
les chefs d'État n'ont pu que constater une nouvelle
fois leur incapacité à se mettre d'accord pour ériger
des règles internationales en matière de protection
de l'environnement et de lutte contre le réchauffement climatique.

En 1998, le Muséum américain d'histoire naturelle publiait les résultats d'une étude menée auprès
de quatre cents scientifiques spécialisés dans les
sciences biologiques, intitulée *Biodiversity in the next
millenium* (« La diversité durant le prochain millénaire »). 70 % d'entre eux estimaient que les trente
prochaines années seraient celles de la « sixième
extinction des espèces », la seule à être imputable
à l'activité humaine et non à des catastrophes naturelles. Selon l'Union mondiale pour la nature, dans
moins de cinquante ans, jusqu'à 50 % des espèces
animales et végétales connues pourraient ne plus exister. En cause, bien sûr, la déforestation, notamment
des zones tropicales. Selon la FAO, bien qu'ayant
reculé entre 2000 et 2010, celle-ci se poursuit à
un rythme alarmant dans beaucoup de pays. Son
« évaluation des ressources forestières mondiales »

publiée en 2010 fait état de 13 millions d'hectares de forêts qui disparaissent chaque année. Mais il y a une bonne nouvelle : de nombreux pays, dont la Chine, l'Inde et les États-Unis, font désormais des efforts de reboisement portant sur des millions d'hectares, de telle sorte qu'au cours de la première décennie du nouveau millénaire, la perte nette de surfaces boisées n'a été en moyenne annuelle que de 5,2 millions d'hectares.

Ce chiffre reste néanmoins énorme. Le déboisement participe de manière critique au réchauffement climatique : les forêts sont en effet des puits de carbone. Lorsqu'une forêt disparaît, ce carbone se libère dans l'atmosphère. Or, le carbone est l'un des principaux gaz à effet de serre, responsables du réchauffement qui aujourd'hui menace. Les variations climatiques ont aussi, selon de récentes études, leur part de responsabilité dans l'amincissement, voire la disparition de la couche d'ozone qui nous protège des rayonnements du soleil en absorbant une grande partie des UVB – lesquels altèrent l'ADN animal et végétal. La réduction de l'ozone atmosphérique, également liée aux émissions de gaz, est sans doute une des bombes à retardement qui mettent désormais en péril la vie sur Terre.

Je suis engagé depuis plus de vingt ans dans le combat en faveur de l'écologie. Non seulement parce que j'aime la nature et souffre de la voir saccagée, mais surtout parce que je suis convaincu qu'il en va à très court terme (moins d'un siècle, ce qui n'est rien à l'échelle de l'épopée de notre histoire) de la disparition possible de la vie humaine sur la planète bleue. Ainsi, la très sérieuse revue scientifique *Nature* vient de publier une étude alarmante selon laquelle les écosystèmes de la planète pourraient connaître un effondrement irréversible d'ici à 2100 (*Approaching a state-shift in Earth's biosphere*, 6 juin 2012)[9]. Les auteurs de l'étude, vingt-deux chercheurs appartenant à une quinzaine d'institutions scientifiques internationales, expliquent que les activités humaines pourraient faire basculer brusquement le système climatique vers un nouvel état d'équilibre auquel les écosystèmes ne pourront pas s'adapter, rendant notamment la vie humaine impossible sur Terre. Le seuil critique correspondrait à l'utilisation de 50 % des ressources terrestres. Or, aujourd'hui, 43 % des écosystèmes terrestres sont déjà utilisés pour subvenir aux besoins des hommes. Les chercheurs appellent donc les individus et les États à un profond changement des modes de vie.

En 2003, j'ai publié avec mon ami l'astrophysicien Hubert Reeves un ouvrage dénonçant toutes les menaces pesant sur l'environnement. Depuis lors, la situation n'a cessé d'empirer, et cela, malgré une sensibilisation et une mobilisation de plus en plus amples des opinions publiques, surtout en Europe. En France, par exemple, les enquêtes indiquent que 87 % de nos concitoyens sont sensibles aux problèmes d'environnement, que 71 % pratiquent le tri de leurs ordures, que 66 % ferment leur robinet pour éviter de dilapider inutilement une ressource naturelle (étude Crédoc, 2011). Cependant, à l'échelle des États, il n'en va pas de même. Un seul outil juridique contraignant a été adopté en matière de réduction des gaz à effet de serre : le protocole de Kyoto, conclu en décembre 1997 et entré en vigueur en février 2005. Mais il n'est contraignant que pour ses signataires, parmi lesquels seuls trente-six pays industrialisés et aucun des pays les plus pollueurs que sont les États-Unis et la Chine. Ce que nous écrivions en épilogue reste, hélas, d'une cruelle actualité : « Cette complexité croissante que nous percevons tout au long de l'histoire de l'univers est-elle viable ? Quinze milliards d'années d'évolution pour l'avènement d'un être capable de découvrir l'origine de l'univers dont il est issu, de déchiffrer les comportements des atomes et des galaxies, d'explorer le système solaire, de mettre à son service les forces de la nature, mais incapable de se mobiliser pour empêcher sa propre élimination ! Voilà, en résumé, le drame auquel nous sommes confrontés aujourd'hui[10]. »

CRISE AGRICOLE

L'agriculture mondiale est en crise. Je ne reviendrai pas sur sa dimension environnementale qu'on vient d'aborder. Je voudrais seulement mettre l'accent sur deux aspects qui me semblent déterminants : la crise alimentaire mondiale et le choix agro-industriel.

À la fin du XXe siècle, on a pu croire en Occident que la question de la faim dans les pays du tiers monde relevait du passé, qu'elle avait été réglée, même si, ici ou là, subsistaient encore quelques poches de grande pauvreté. Pourtant, en 2007-2008, l'humanité a traversé l'une de ses plus terribles crises alimentaires. La FAO – l'organisation des Nations unies s'occupant des questions agricoles et alimentaires – estimait que trente-sept pays étaient gravement menacés par la famine. La principale cause de cette crise fut la hausse vertigineuse du prix des denrées entrant dans l'alimentation de base, essentiellement les céréales (blé, riz, soja, maïs) et les produits laitiers. Entre février 2007 et février 2008, l'indice FAO des prix des produits alimentaires passa de 139 à 219. Cette augmentation, intervenue dans les cours des marchés internationaux, a empêché beaucoup d'États de répondre convenablement à la demande alimentaire de leur population. Comme le déclara le directeur général de la FAO, Jacques Diouf, cette hausse n'a pas uniquement eu des conséquences alimentaires, mais aussi « un impact dévastateur sur la sécurité de nombreux peuples et sur les droits de l'homme[11] ».

Comme toute crise, la crise agricole et ses conséquences alimentaires plongent leurs racines dans des causes conjoncturelles et structurelles. Parmi ces dernières, les spécialistes relèvent l'augmentation du prix du baril de pétrole, ou encore la diminution des superficies de terres arables. Mais on peut aussi souligner la puissance du modèle de consommation occidental et les risques alimentaires qu'entraîne sa généralisation. Ainsi, la Chine et l'Inde connaissent depuis quelques années une forte hausse de la consommation de viandes et de laitages au détriment des produits de l'agriculture traditionnelle. Or on sait que l'élevage, qui a pour objectif de produire des protéines animales, est un secteur qui nécessite un important investissement céréalier. Le résultat est que des terres autrefois utilisées pour produire des aliments de base destinés à l'ensemble de la population sont dorénavant affectées à la satisfaction des besoins consuméristes des classes moyennes de ces pays. Même si, en 2008, la crise a été réglée par une chute des cours sur les marchés internationaux, l'instabilité des prix agricoles demeure l'un des grands problèmes de l'agriculture mondiale.

Voyons maintenant l'impact de certains choix technologiques sur les pratiques paysannes. Celles-ci, durant des millénaires, sont restées identiques à elles-mêmes, que ce soit en Asie, en Afrique, en Amérique du Sud ou en Océanie. Leur caractère communautaire, fondé sur les villages, les familles et les clans, assurait à tous une relative autonomie alimentaire. L'alimentation de base provenait d'une agriculture de proximité dont le périmètre était souvent celui de l'espace villageois ou régional. La colonisation européenne a profondément transformé ces systèmes agricoles. D'autocentrés, ils deviennent « extravertis » ; autrement dit, avant d'être au service des populations locales, ils vont d'abord répondre aux besoins des métropoles coloniales.

Cette inscription des agricultures dans les réseaux de l'économie-monde va également se manifester sur le plan des méthodes et des outils de production. Le dernier exemple en date, qui remonte aux années 1990-2000, est celui des OGM (organismes génétiquement modifiés). Faisant fi du principe de précaution, les grandes multinationales de l'agro-industrie,

Monsanto en tête, font la promotion auprès des paysans du Sud de semences génétiquement modifiées. Les taux de productivité sont supérieurs à ceux des semences traditionnelles, comme leur résistance aux maladies. Mais l'un des grands problèmes posés par les OGM est qu'ils sont liés à des stratégies de monoculture remettant en cause la biodiversité. Depuis leur utilisation, ces semences « technologiques » doivent être achetées à nouveau à chaque saison par des paysans pauvres pour la plupart. Réunis en 2008 à Djakarta, en Indonésie, pour une convention internationale, les paysans du mouvement Via Campesina, qui rassemble des syndicats agricoles du monde entier, déclaraient : « Dans beaucoup de pays, nous assistons à l'interdiction croissante de maintenir, de préserver, d'échanger et de cultiver nos propres semences. Notre connaissance et notre savoir-faire sont en train de disparaître et nous sommes forcés d'acheter des semences produites par les entreprises transnationales dont les bénéfices ne cessent d'augmenter. Ces compagnies sont en train de produire des organismes génétiquement modifiés (OGM) et de développer les monocultures, ce qui a pour conséquence la perte de nombreuses espèces et de la biodiversité en général[12]. »

Une autre illustration de la puissance d'intervention de la technique dans la vie agricole est ce que l'on appelle la « biopiraterie », qui implique à la fois les disciplines du vivant, comme la génétique et la biologie moléculaire, les disciplines juridiques, concernant notamment les brevets et les droits de propriété intellectuelle, et l'anthropologie, avec les savoir-faire des communautés paysannes à travers le monde. Hubert Reeves explique ainsi que la biopiraterie, « c'est l'appropriation des savoirs ancestraux des peuples autochtones par des sociétés commerciales dans le domaine de l'alimentation, de la cosmétique ou de la pharmacie. Cela est ressenti comme le pillage des pays du Sud[13] ».

Cela ne signifie pas que les paysans du monde entier refusent les progrès techniques en eux-mêmes. Leur parole est claire : ils entendent participer aux choix agricoles, notamment ceux qui concernent leurs communautés locales. L'enjeu réside dès lors dans la capacité de gérer socialement (au sens de la justice sociale) et écologiquement (dans le respect de la bio-diversité) la technique, qui doit rester un simple instrument.

CRISE ÉCONOMIQUE ET FINANCIÈRE

« On pensait que la croissance économique globale bénéficierait à tout le monde. Les riches deviendraient peut-être plus riches, mais chacun en profiterait et verrait son niveau de vie augmenter. C'était la bonne affaire du système de marché. Mais, aujourd'hui, il semble que les inégalités augmentent dans de nombreux pays et que l'écart entre riches et pauvres se creuse, en particulier au cours des vingt-cinq dernières années. » L'auteur de ces lignes n'est autre que Jeremy Clift, rédacteur en chef de *Finance et Développement*, le trimestriel qui porte la voix du FMI (éditorial de septembre 2011). Il faut dire que les chiffres sont éloquents : au niveau mondial, en 2005, un rapport du PNUD (Programme des Nations unies pour le développement) établissait que les 50 personnes les plus riches au monde totalisaient un revenu annuel supérieur à celui des 416 millions les plus pauvres. Pour l'année 2010, deux grandes firmes, Capgemini et Merill Lynch, fournissent une indication supplémentaire : les 11 millions d'individus les plus riches se sont partagé un patrimoine de 42 700 milliards de dollars et, en dépit de la crise, leurs revenus ont crû de 9,7 % (pour 1,6 % de moyenne mondiale). Le septième rapport du BIT (Bureau international du travail) sur les « Indicateurs clés du marché du travail », publié en octobre 2011, rappelle aussi que près d'un milliard d'individus dans le monde vivent avec moins de 2 dollars par jour.

Cependant, depuis le début du nouveau siècle, la sphère économique planétaire a connu des changements conséquents. Le curseur de la ligne de faille qui séparait jusque-là un Nord richissime d'un Sud semblant condamné à la pauvreté s'est déplacé. Certes, les inégalités Nord/Sud persistent, l'Afrique reste à la traîne, et le niveau de vie de nombreuses couches de la population, en Inde ou en Amérique du Sud, demeure dramatiquement bas. Mais un certain nombre de pays émergents, en tête desquels la Chine, le Brésil et même l'Inde, ont rejoint le club des grandes puissances économiques. Ils tendent désormais à dépasser une Europe qui ploie sous les dettes et ne parvient pas à juguler l'effrayante montée du chômage qui paralyse ses économies largement malmenées, depuis 2007, par la crise financière mondiale. Actuellement troisième puissance économique mondiale derrière les États-Unis et le Japon, la Chine, avec ses réserves monétaires excédant les 3 200 milliards de dollars, est en voie de détrôner bientôt le Japon et peut-être même, dans plusieurs années, les États-Unis, pour devenir la première puissance économique du globe.

Autre phénomène : le développement rapide des inégalités à l'intérieur de chaque pays, aussi bien du Sud que du Nord – c'est le cas dans seize des vingt pays riches de l'OCDE, où ces inégalités sont en augmentation continue depuis le milieu des années 1980. L'exemple type est celui des États-Unis, où elles se sont gravement creusées sous l'effet de la crise économique mondiale et des choix politico-économiques libéraux. En 2010, selon les chiffres du Bureau fédéral du recensement, 49,1 millions d'Américains, soit 16 % de la population, vivaient sous le seuil de pauvreté, soit un niveau sans précédent. À l'autre bout de l'échelle, les 1 % les plus riches ont gagné ensemble plus que le total des revenus des 40 % les plus pauvres : une disparité qui n'avait jamais été constatée depuis les années antérieures au krach boursier de 1929 et à la crise des années 1930. De même, il y a trente ans, le revenu annuel des cent plus grands P-DG américains représentait 39 fois le salaire moyen ; aujourd'hui, leur revenu, stock-options comprises, est 1 000 fois supérieur au salaire moyen.

Cette explosion des inégalités est d'abord due à la réaction libérale qui a emporté le monde occidental depuis l'ère Reagan-Thatcher. Dès lors que l'entreprise n'a plus comme seul objectif que d'augmenter le profit, que la spéculation ne connaît plus aucun frein, il est inévitable que les riches s'enrichissent. Ce qui serait un demi-mal si cet enrichissement profitait à tous. Mais ce n'est pas le cas, car la mondialisation frappe le prolétariat des pays industriels : les délocalisations des industries dans les pays où la main-d'œuvre coûte moins cher ont entraîné une hausse du chômage dans les pays développés, touchant en particulier les couches de population les moins qualifiées. En même temps, les progrès technologiques ont accru la marginalisation des personnes les moins formées, qui se sont retrouvées à l'écart des nouvelles spécialisations dans le monde du travail. L'évolution des normes sociales et l'amenuisement progressif, au nom de la rigueur budgétaire, des dispositifs de protection instaurés par les États-providence ont asséné un coup fatal aux plus pauvres, qui se sont retrouvés encore plus démunis. « La clé de la croissance est la généralisation de l'éducation, explique Branko Milanovic, économiste en chef à la Banque mondiale. Or c'est là un objectif difficile à atteindre tant que la répartition des revenus n'est pas relativement égale au sein de la société [...]. Aujourd'hui, les économistes sont donc plus sévères à l'égard des inégalités qu'ils ne l'étaient par le passé[14]. »

Les changements technologiques et les décisions politiques ne sont pas seuls en cause dans la crise économique mondiale. Celle-ci est largement liée au phénomène de la mondialisation néolibérale, autrement dit à la dérégulation généralisée des échanges et de la finance instaurée à partir des années 1980. D'ailleurs, depuis, le nombre de crises financières n'a fait qu'augmenter jusqu'en 2007 : les États-Unis et, avec eux, d'autres États se trouvent alors au cœur de la fameuse crise des *subprimes*, née de la « titrisation » de créances toxiques ou douteuses provenant de la bulle immobilière du début des années 2000. Le marché de l'immobilier sombre, les fonds de retraite sont atteints, de même que les relations interbancaires. Enfin, depuis 2009, le désastre financier de la Grèce, écrasée par une dette publique souveraine insoutenable, affecte l'ensemble de l'Europe. D'autres pays se trouvent dans une situation de très grande fragilité pour des raisons comparables, comme l'Irlande, le Portugal, l'Espagne, l'Italie. Cette dernière crise, devenue continentale, est au cœur de toutes les angoisses et de tous les agendas internationaux...

CRISE DU POLITIQUE

Après la chute du mur de Berlin (1989), la disparition de l'Union soviétique et le démantèlement du « bloc de l'Est » (1991), beaucoup crurent que la démocratie allait s'installer dans ces pays et même s'étendre, au-delà, à toute la surface de la Terre. Plusieurs responsables ou intellectuels américains évoquèrent un « nouvel ordre mondial » (George Bush père), ou encore une « fin de l'Histoire » (Francis Fukuyama). Le couple typiquement occidental « démocratie/libre-échangisme » allait présider à la direction des affaires du monde. À bien des égards, les attentats du 11 septembre 2001 et la guerre contre l'Irak qui s'ensuivit, menée par George W. Bush comme « une croisade du Bien contre le Mal », sonnèrent l'heure des désillusions. Loin de finir, l'Histoire explosait de toutes parts. Et si l'on assistait bien à une libéralisation de certains régimes, la bataille démocratique et celle qui lui est liée – la bataille pour les droits de l'homme – sont encore loin d'être gagnées. Que ce soit en Russie, en Biélorussie, en Ukraine ou dans les pays d'Europe centrale, on a souvent réduit le processus de démocratisation à la libéralisation des marchés. Au lieu de s'enraciner dans la culture politique et la vie de partis qui restent marqués par la tentation autoritaire, le processus a permis le développement de mafias, de groupes de pression économiques conduits par des oligarques, alors même que de vastes pans de la population demeurent dans une situation de grande précarité. On peut dire la même chose pour les pays du Sud qui se sont démocratisés, comme en Amérique du Sud et en Afrique. On ne sort pas indemne de décennies de régimes autoritaires, voire de dictatures sanguinaires. La faiblesse des recettes fiscales, la dépendance des économies à l'égard des flux financiers internationaux, la représentativité artificielle des partis politiques – qui, parfois, ne sont pas l'expression de courants d'idées, mais les outils de dynamiques sociales infrapolitiques comme le régionalisme ou le tribalisme –, sont quelques-uns des facteurs qui fragilisent l'élan démocratique. Il est manifeste que le lien très fort qui a été établi entre démocratisation et libéralisation économique s'est révélé contre-productif, car il a renforcé chez certaines couches de la population la thèse que l'idéal démocratique n'était qu'un slogan utilisé par les puissants de ce monde pour asseoir leur domination économique et exploiter les plus faibles. On comprend dès lors combien il est important d'associer cet idéal non pas tant au libéralisme qu'à l'exigence de justice sociale.

On estime aujourd'hui que la plupart des conflits de par le monde sont liés à une question identitaire. J'aurai l'occasion de montrer que cette question n'est pas univoque, car le phénomène identitaire peut revêtir des formes assez diverses, allant de la revendication ethnique (cas des « minorités nationales ») à la revendication religieuse (cas des « minorités religieuses » ou des courants sociaux qui aspirent à faire de la religion le premier marqueur de la collectivité). Par ailleurs, il faut reconnaître que, dans certains conflits, la rhétorique identitaire des protagonistes ne doit pas masquer l'existence de causes environnementales (comme l'accès à certaines ressources naturelles telles que l'eau), de causes économiques (la misère d'une région peut ainsi entraîner des migrations de population dans une autre) ou de causes politiques (comme la volonté de puissance d'un État sur un autre). Sous ses multiples expressions, le phénomène identitaire peut donc être aussi bien la matrice réelle d'un conflit que son habillage ou son prétexte.

L'une des clés qui permet de comprendre l'importance de ces conflits est, me semble-t-il, l'imposition

à la planète entière d'un modèle particulier d'organisation de la cité : l'État-nation, qui s'est imposé
d'abord en Europe à partir du XVIIe siècle, puis dans
le reste du monde à mesure qu'il fut conquis ou
influencé par ce modèle. C'est ainsi que les formes
d'organisation impériales, qui font cohabiter davantage d'hétérogénéité, de peuples, de cultures, voire
de langues, réunis sous la bannière de l'empire, se
sont effacées au profit des États cherchant à former
des communautés plus homogènes, à faire émerger
un « vivre ensemble » dépassant les clivages et les
communautarismes. Ainsi, la France, exemple par
excellence de l'État-nation de type jacobin, a toujours essayé d'assimiler dans un moule sociocultu-
rel commun les diverses populations présentes sur
son territoire. On voit bien que, dans ce cas précis,
la question excède largement le thème de l'immigration récente venue de terres d'islam. La logique
culturelle assimilationniste a d'abord été appliquée
aux Bretons, aux Occitans, aux Basques, aux Alsa-
ciens, aux Corses, puis aux immigrés venus d'autres
pays d'Europe : Polonais, Italiens, Espagnols, Portugais, etc. La francisation linguistique du territoire,
liée à l'instruction publique obligatoire, a été l'un
des principaux outils de cette relative homogénéisa-
tion stato-nationale. Certes, il faut reconnaître que
l'État-nation est une forme politique qui a accompagné l'émergence de l'autonomie du sujet moderne.
En effet, en faisant disparaître les formes impériales
(ou d'autres formes équivalentes), la dynamique de
l'État-nation mettait au pas les multiples appartenances dans lesquelles les individus étaient enserrés

(clan, communauté, religion, corporation, etc.). Avec l'État-nation, il ne restait plus qu'un seul lien dans l'espace public, avec son expression directe, le droit de vote : le lien entre l'individu et l'État. Les « corps intermédiaires » furent généralement marginalisés dans ce processus.

Le conflit identitaire éclate lorsque, dans le même espace géographique, existent plusieurs groupes socioculturels et que la forme privilégiée est celle de l'État-nation. C'est manifeste en Afrique noire (Ouganda, Nigeria, Soudan, Rwanda, Côte d'Ivoire), où des conflits explosent périodiquement parce que, à l'issue de la décolonisation, dans les années 1950-1960, on a plaqué la forme de l'État-nation (un État = un peuple homogène) sur les nouvelles constructions étatiques. Or, la fragmentation clanique, tribale, la surdétermination de l'appartenance à une région minent l'émergence de cet État-nation. On peut dire la même chose en Asie centrale, au Haut-Karabakh, dans les Balkans (Bosnie, Kosovo, Macédoine), en Europe centrale et orientale (Transylvanie, pays Baltes, Biélorussie), en Asie (Kurdistan, Cachemire, Inde, Chine) et dans certaines régions d'Amérique du Sud (minorités et majorités amérindiennes). En tout cas, la liste des conflits identitaires est longue et appelle à réfléchir à l'organisation politique des pays concernés : fédération démocratique ou État-nation.

Même si le facteur religieux n'est pas assimilable au facteur ethnique ou linguistique, la volonté d'affirmer la supériorité de l'appartenance religieuse relève de la même dynamique identitaire. Dans un très grand nombre de cas, ces facteurs sont d'ailleurs liés. D'où l'importance de ne pas surestimer l'un par rapport aux autres. Ainsi, derrière le conflit des Balkans entre musulmans et orthodoxes, on est d'abord confronté à une gestion catastrophique de la transition politique après la dissolution de la Yougoslavie (dans laquelle les diverses communautés coexistaient de façon conviviale). Derrière des mouvements islamistes comme le Hezbollah au Liban ou le Hamas en Palestine, on est d'abord face à des dynamiques de nature territoriale, car ils expriment essentiellement des logiques nationalistes. De même, en Irlande du Nord, tout au long des XIXe et XXe siècles, le clivage entre catholiques et protestants ne faisait que traduire (en même temps qu'il l'occultait) le rapport colonial inégal qui rendait les Irlandais dépendants des Anglais. Dernier exemple : celui du conflit entre bouddhistes et hindous au Sri Lanka, dans lequel les premiers soutiennent la répression gouvernementale contre les seconds ; en réalité, le conflit a lieu d'abord entre les Cinghalais et la population tamoule originaire des États du sud de l'Inde.

Cela ne signifie pas que le facteur religieux n'intervient sur les scènes politiques nationales et dans les relations internationales que sur le mode identitaire. Il existe également, même si elles sont minoritaires, des logiques « purement » religieuses : ainsi le djihâdisme armé de certains courants islamistes aspirant à une conquête du monde de type théologique. Ces islamistes particuliers s'opposent d'ailleurs parfois durement à d'autres qui lient leur destin à des dynamiques culturelles ou nationales, et les musulmans sont les premières victimes du djihâdisme. Cet islamisme à tendance planétaire se rapproche davantage, par son esprit, de certaines Églises évangéliques ultraconservatrices (souvent liées aux Églises anglo-saxonnes rayonnant à partir des États-Unis), lancées dans des campagnes de conversion massive à la foi chrétienne, et qui ont, par exemple, massivement soutenu la guerre en Irak de George W. Bush.

L'Europe centrale et orientale et les pays du Sud ne sont pas les seuls à connaître des retards ou des difficultés sur le plan démocratique. Le monde occidental subit également les contrecoups d'une crise du politique. Avec la mondialisation néolibérale, l'État national a perdu nombre de ses prérogatives, notamment en matière d'économie. C'est le cas de la monnaie, comme l'euro qui a remplacé les devises nationales. Étape vers une Europe fédérale et intégrée politiquement pour ses fondateurs, la monnaie unique est restée orpheline d'une ambition politique à l'échelle du Vieux Continent. Par ailleurs, la construction européenne en panne, avec son duo Commission européenne (Bruxelles)/ Parlement européen (Strasbourg), son déficit de vision politique d'ensemble et le poids donné à la technocratie ont renforcé l'impression d'un éloignement des centres de pouvoir par rapport aux populations. Jürgen Habermas peut ainsi qualifier la société européenne de « post-démocratique[15] ». Si l'on associe ces phénomènes à la « crise des idéologies » (les « grands récits » idéologiques des XIXe et XXe siècles ne font plus recette), à la « crise du militantisme » (qui se traduit par une défiance à l'égard des partis, considérés comme des appareils de prise du pouvoir davantage que comme des lieux de débats et d'engagements désintéressés), nous avons là les ingrédients d'une crise relative de la démocratie en Occident. À l'évidence, le risque de voir s'y instaurer des régimes dictatoriaux est très faible, mais nous n'en avons pas moins assisté, ces dernières années, à l'émergence de discours sécuritaires évoquant de fâcheuses réminiscences. Les thèmes du supposé « danger de l'immigration », de l'« identité nationale menacée », des « frontières à défendre », débordent les franges habituelles de l'extrême droite et s'instillent dans de nombreuses couches de la population. Les très bons scores électoraux du Front national aux élections présidentielle et législatives françaises de 2012 sont à cet égard révélateurs, tout comme ceux des partis d'extrême droite dans l'Europe du Nord et du Centre, notamment en Hongrie et en Autriche.

On peut également s'inquiéter des taux d'abstention de plus en plus élevés constatés dans la plupart des États européens, comme aux États-Unis, qui attestent cette défiance d'une partie de la population pour la « chose politique ». L'abstentionnisme affecte essentiellement les jeunes, les couches les plus pauvres ou en situation de précarité. Ce n'est sans doute pas la démocratie en soi qui est en crise, mais la forme représentative qu'elle a prise avec la figure de l'élu, dépositaire de la volonté populaire et de l'intérêt général. L'engouement pour la vie associative et les engagements citoyens pour l'humanitaire, la solidarité internationale ou l'intensification de la vie locale donnent à penser que le défi consisterait à mieux articuler la démocratie représentative avec des formes de démocratie participative.

CRISE SANITAIRE ET PSYCHOLOGIQUE

Grippe aviaire, vache folle, sida... : on ne compte plus les paniques mondiales liées à l'apparition de nouvelles maladies infectieuses. Celles-ci ont toujours existé, mais l'accroissement de la mobilité des personnes à l'échelle de la planète rend leur propagation beaucoup plus rapide, et nul point du globe ne peut aujourd'hui être épargné par une pandémie.

Je n'insisterai pas ici sur les pathologies infectieuses, mais sur celles, « occidentales », qui deviennent, sous l'effet de la mondialisation, des pathologies planétaires : obésité, dépression, diabète, allergies, différents types de cancers et de maladies cardiovasculaires. Toutes ces maladies sont regroupées sous la suggestive appellation « maladies de civilisation », parce qu'elles sont liées au mode de vie occidental, incluant certains comportements alimentaires (consommation excessive de graisses animales, de laitages, de sel et de sucres, de céréales raffinées, etc.), certaines attitudes corporelles (recul de l'activité physique, immobilité croissante du corps)... Pour prendre le seul exemple de l'obésité, le docteur Ties Boerma, qui dirige le département Statistiques sanitaires et systèmes d'information à l'OMS, déclarait il y a peu : « Dans toutes les régions du monde, l'obésité a doublé entre 1980 et 2008. Aujourd'hui, un demi-milliard de personnes (12 % de la population mondiale) sont considérées comme obèses. » C'est sur le continent américain que le taux d'obésité est le plus élevé, avec 26 % de la population adulte. Aux États-Unis, l'obésité est la deuxième cause de décès après le tabac. Selon certaines estimations, d'ici à 2025, près de 2,3 milliards d'adultes au monde seront en surpoids, et plus de 700 millions seront obèses.

La crise de la « vache folle », dans les années 1990, a révélé une grave dérive du système agroalimentaire : pour des raisons de rentabilité, de nombreux éleveurs avaient pris l'habitude de donner à manger des farines animales à des herbivores, créant ainsi chez les bovins une infection dégénérative du système nerveux central, maladie mortelle transmissible à l'homme. Aujourd'hui, ce sont les OGM qui sont sur la sellette. Nous avons déjà évoqué les sérieux problèmes que les organismes génétiquement modifiés, produits par les grandes multinationales de l'industrie agro-alimentaire, posaient quant à la biodiversité et à l'indépendance des petits exploitants. Mais l'article publié le 19 septembre 2012 dans la revue américaine *Food and chemical Toxicology* a fait l'effet d'une bombe. Il révèle les résultats d'une étude menée dans le plus grand secret par une équipe française pendant deux ans sur deux cents rats, et qui prouvent la très haute toxicité des OGM[16]. Quand on sait que nous pouvons absorber fréquemment des OGM à travers la viande, les œufs ou le lait d'animaux ayant été nourris par du maïs ou du soja transgénique, cette étude donne des sueurs froides et prend à contre-pied non seulement les groupes producteurs d'OGM qui se sont toujours refusés à mener de telles études, mais aussi les diverses autorités sanitaires qui ne le leur ont jamais imposées, ce qui montre une fois de plus, notamment après l'affaire du Médiator en France, la collusion d'intérêt entre les laboratoires pharmaceutiques ou les grands groupes agro-alimentaires et les soi-disant experts chargés de veiller à la santé publique. On peut pointer derrière ces graves dysfonctionnements une implacable logique marchande, que les autorités publiques ont bien du mal à encadrer, même quand la santé des personnes est en jeu. « Les multinationales ont asservi nos États », n'hésite pas à affirmer l'ancienne ministre de l'environnement, Corinne Lepage. Elle n'a sans doute pas tort[17].

Il nous faudrait évoquer aussi le grave problème des addictions au tabac, à l'alcool, aux drogues. L'impact de ces fléaux engendre une double violence. La première s'exerce directement contre soi, selon un processus d'autodestruction pouvant, dans certains cas, conduire au suicide. La seconde s'exerce sur l'environnement proche : par exemple, à travers le phénomène du « tabagisme passif » qui affecte les non-fumeurs, ou encore avec l'alcoolisme fœtal qui affecte les enfants durant la grossesse ; sans compter les violences liées aux trafics et à la dépendance vis-à-vis de la drogue. Mais ces dépendances prennent de nombreuses formes. La sociologue Christine Castelain-Meunier souligne avec raison : « Hier, nous étions portés, encadrés. Aujourd'hui, nous sommes des électrons libres ! En cherchant à s'affranchir de tous les carcans, l'individu hypermoderne s'est retrouvé vulnérable. Il a finalement troqué les contraintes de jadis contre d'autres dépendances : au travail, au jeu ou à Internet[18]… »

Voilà qui m'amène à aborder une autre composante de la crise sanitaire occidentale et mondiale : le phénomène du mal-être psychique, de la démence, de la dépression. Parce qu'elles sont intimement liées à notre mode de vie, et en particulier aux bouleversements intervenus dans nos repères sociaux, culturels, spatio-temporels, ces pathologies peuvent aisément prendre place parmi les maladies de civilisation. Dans un communiqué de presse du 11 avril 2012, l'OMS a annoncé que les cas de démence devraient doubler d'ici à 2030, et même tripler d'ici à 2050 ! L'OMS précise : « La démence est un syndrome qui peut être causé par un certain nombre de troubles évolutifs affectant la mémoire, le raisonnement, le comportement et l'aptitude à réaliser les activités quotidiennes. La maladie d'Alzheimer est la cause la plus courante de démence. » Aujourd'hui, ce sont près de 35,6 millions de personnes qui en sont atteintes à travers le monde. Elles seront 115,4 millions d'ici une quarantaine d'années à peine. Notons toutefois que ce phénomène inquiétant relève avant tout de l'accroissement de la longévité et du nombre de plus en plus élevé de personnes très âgées.

La consommation d'antidépresseurs et d'anxioly-
tiques est un des grands marqueurs de ces maladies
ou souffrances psychiques. La France est le pays dans
lequel on constate la plus forte consommation de ces
produits qui a été multipliée par 3 au cours des trois
dernières décennies. On parlera ainsi d'une « sur-
médication du mal-être ». En France, plus de 5 millions de personnes consomment des antidépresseurs,
y compris des enfants et des adolescents. Certains,
comme le docteur Rony Brauman, dénoncent la mise
sous tutelle de la santé par le monde de l'économie
financière. Il cible notamment le rôle assez problématique joué par l'industrie pharmaceutique. Pour
lui, nous serions passés du règne des « praticiens » à
celui des « managers » uniquement intéressés par les
taux de rendement[19].

On ne dira jamais assez à quel point il existe un
lien profond entre la santé psychique et le désenchantement social[20]. Prenons l'exemple de l'urbanisation croissante : il y a une différence de nature,
et non pas seulement de degré, entre l'urbanisation
précapitaliste et celle de l'époque capitaliste. Avant,
on passait d'une ruralité de pauvreté, mais viable, à
une urbanité organique ; aujourd'hui, on passe d'une
ruralité de misère, invivable, à un ersatz d'urbanité,
urbanité déstructurée car sans racines. On parlera de
rurbanité, de périurbanité, véritable *no man's land*
social et psychique, terreau des fondamentalismes,
des sectes, des gangs, mais aussi de nombreux dérèglements psychologiques. De même, la pression temporelle constante, largement évoquée aux chapitres
précédents, est source de stress et, pour certains qui

n'arrivent plus à suivre le rythme effréné de la modernité, de problèmes physiques ou psychiques plus ou
moins graves, telle la dépression.

4

Changer de logique

Les poètes et les écrivains font parfois de meilleurs
visionnaires que les praticiens des sciences sociales.
C'est le cas de l'Autrichien Stefan Zweig, ami de
Romain Rolland et de Sigmund Freud. En 1932, au
cours d'un séjour à Paris, il observait : « Tous, nous
sentons dans l'atmosphère d'énormes changements
et des transformations économiques, d'antiques lois
perdent leur sens, les valeurs les plus stables n'ont
plus de poids, un processus cosmogonique est à
l'œuvre dans notre monde économique et moral, sans
qu'il nous soit possible d'en comprendre pleinement
les causes et les retombées ; nous nous bornons à
percevoir que quelque chose se modifie, la plupart
d'entre nous avec inquiétude, une minorité avec exal-
tation[21]. »

Jusqu'ici, j'ai essayé de mettre au jour les grandes
mutations de notre époque, ce nouveau « processus cosmogonique » à l'œuvre dans le monde. J'ai
également mis en évidence quelques expressions du
désarroi contemporain en rapport avec un certain

nombre de crises. L'objet du présent chapitre est double : j'aimerais montrer, d'une part, que ces crises ne prennent vraiment sens que si nous les inscrivons dans le cadre plus général de la crise du monde moderne, civilisationnelle et planétaire ; et, d'autre part, que la logique du système dominant n'est pas la seule possible. Le paradigme actuel peut céder la place à de nouveaux paradigmes plus innovants, plus justes, plus écologiques aussi.

UNE CRISE SYSTÉMIQUE

Pourquoi affirmer que les crises sectorielles (environnementale, économique, politique, sanitaire, etc.) ne prennent sens que si nous les inscrivons dans le cadre de la crise planétaire du monde moderne ? La raison est simple : la « crise planétaire de l'humanité » est systémique. Avant d'être un adjectif, la *systémique* est d'abord un substantif désignant une discipline relativement nouvelle, apparue dans les années 1940-1950 aux confins de la biologie, des mathématiques, de la cybernétique, de l'électronique, de l'informatique. Les concepts majeurs de l'approche systémique sont les boucles, les rétroactions, les régulations. Pour Ludwig von Bertalanffy et Norbert Wiener, qui en sont les fondateurs, nous développons une conception globale, unitaire de la réalité, car celle-ci fonctionne comme un système dont toutes les composantes sont liées les unes aux autres. Cette discipline prend le contre-pied de l'approche analytique propre à la conception cartésienne qui nous dit que la connaissance de la réalité procède de la réduction à ses diverses parties. Les tenants de l'approche systémique nous apprennent que « le tout ne se réduit pas à la somme de ses parties », mais qu'il est *plus* que cette somme. Ce *plus* n'est d'ailleurs pas seulement quantitatif, mais aussi et surtout qualitatif. Plus tard, Edgar Morin aura montré le rapport de dépendance entre la dimension systémique de la réalité et sa complexité : plus un système est complexe, plus notre démarche pour le connaître devrait mobiliser des savoirs différents. La systémique est foncièrement un regard interdisciplinaire posé sur le monde[22].

Métaphoriquement, on a pu parler de l'« effet domino » pour souligner le phénomène d'interdépendance des crises. Les dominos sont disposés en file ; on fait vaciller le premier ; il s'ensuit, dans la démonstration classique, que chaque domino va faire tomber le domino voisin… Utilisée à l'origine pour illustrer la contamination des crises financières, la métaphore peut être élargie, me semble-t-il, à la crise systémique elle-même. Une autre métaphore éclaire la crise systémique, celle de l'« effet papillon » : un battement d'ailes de papillon serait capable, par les ébranlements croissants qu'il suscite de proche en proche, de provoquer une catastrophe à des milliers de kilomètres de l'endroit où il s'est produit. À l'origine, cette métaphore fut forgée dans le cadre de la météorologie. Quelle leçon en tirer ? Plus un système est complexe, plus il est sensible à la moindre variation (dans le jargon scientifique, on parle de « sensibilité aux conditions initiales »). Évoquons quelques exemples qui illustrent cette dimension systémique de la crise planétaire.

Les crises climatiques qui se déclenchent aux quatre coins du monde entraînent un phénomène nouveau, inconnu jusqu'alors : celui des « réfugiés climatiques », aussi appelés « réfugiés environnementaux ». Ils seraient actuellement près de 30 millions. Le cas du Bangladesh, menacé par la montée des eaux, est emblématique. Or, la question de ces réfugiés devient éminemment politique, car elle ne se réduit pas au plan humanitaire. Le défi est plus large et concerne le devenir politique, le statut juridique, l'existence économique de ces populations dont le chiffre est amené à se gonfler dans les décennies à venir.

Nous savons que la crise sanitaire mondiale, le développement des pathologies de civilisation obéissent à des causes complexes. Ainsi reconnaît-on de plus en plus que la dégradation de l'environnement est un facteur important. Le 7 mai 2004, l'Association pour la recherche thérapeutique anti-cancéreuse (ARTAC) a rendu public l'« Appel de Paris », qui reçut des milliers de signatures de sommités de la communauté médicale et scientifique, et le soutien des Conseils de l'Ordre ou associations médicales des vingt-cinq pays de l'Union européenne. Cet appel était on ne peut plus clair : « Nous, scientifiques, médecins, juristes, humanistes, citoyens, convaincus de l'urgence et de la gravité de la situation, déclarons que : le développement de nombreuses maladies actuelles est consécutif à la dégradation de l'environnement. La pollution chimique constitue une menace grave pour l'enfant et pour la survie de l'homme. Notre santé, celle de nos enfants et celle des générations futures étant en péril, c'est l'espèce humaine qui est elle-même en danger. »

On pourrait citer de nombreux autres exemples d'articulations entre les diverses crises sectorielles issues des mutations multiples du monde moderne : liens entre la révolution technologique et les cadences infernales, la frénésie des rythmes sociaux et le mal-être psychique ; liens entre la paupérisation économique, la précarisation sociale, la marginalisation spatiale, la perte de repères et la crise des valeurs, etc.

Non seulement ces crises sectorielles sont liées entre elles, mais elles ont aussi des causes communes, et c'est en allant à la racine de ces maux qu'on pourra trouver les solutions adéquates pour sortir le monde de la crise systémique. Nous sommes en effet aujourd'hui confrontés à deux types de discours ou d'attitudes qui me semblent totalement inadéquats : des « solutions » qui témoignent d'une « fuite en avant », d'autres « solutions » qui, à l'inverse, témoignent d'un désir de « retour en arrière ».

IMPOSSIBLE FUITE EN AVANT

Les premières « solutions » sont habituellement soutenues par les milieux idéologiques du néolibéralisme. Je parle ici de « fuite en avant », car elles reposent sur la croyance que le développement de la science et de la technique suffira, à lui seul, demain, à résoudre l'ensemble des défis auxquels doit répondre l'humanité. Prêtant à la technoscience une qualité messianique, cette conception oublie qu'à bien des égards la technoscience fait elle-même partie du problème. Notre société industrielle s'est fondée sur l'alliance du capitalisme et du progrès scientifique, selon lesquels la réalité ne vaut que si elle peut être quantifiée, mesurée, jaugée. Cette association a été d'une telle efficacité qu'elle nous a bercés d'illusions : l'illusion que le progrès technique résoudra les difficultés liées à la condition humaine, l'illusion que la croissance économique viendra à bout de la pauvreté en augmentant quantitativement les capacités de production et de consommation. Cette fausse solution occulte la finitude physique de la Terre et n'intègre pas l'impossibilité des écosystèmes à répondre à une hausse de la demande sociale, économique et énergétique. Ces types de solutions sont comme des emplâtres posés sur les blessures du modèle néolibéral et du consumérisme qu'il induit.

Prenons ici quelques exemples. Le pétrole viendra-t-il à manquer ? On voit des multinationales se précipiter pour proposer d'extraire les gaz de schiste sans se soucier des dégâts colossaux que les techniques préconisées infligeront à une planète déjà bien malmenée. Nous n'aurons plus d'eau, au risque d'assister à la désertification de régions aujourd'hui verdoyantes ? Les usines de désalinisation de l'eau de mer sont présentées comme une panacée ; nous faisons mine d'ignorer les considérables dégâts écologiques qu'elles causent, transformant des zones maritimes plus étendues que des départements français en déserts marins où ne peuvent survivre ni faune ni flore, bouleversant un équilibre déjà rendu précaire par les activités humaines. Le système bancaire, un temps « refroidi », en 2009, après la crise des *subprimes*, a renoué avec les dérives qu'il se promettait de combattre ; les États sont paralysés par les dettes, mais très peu nombreux sont ceux qui ont réellement enclenché un cycle vertueux. Nous occultons les problèmes dans l'attente d'une solution miraculeuse qui, espère-t-on, sera le fruit de notre développement. Ce faisant, au lieu d'aller vers une résolution des problèmes, nous nous enlisons toujours plus.

ILLUSOIRE RETOUR EN ARRIÈRE

Face aux défis actuels, les solutions du retour en arrière sont tout aussi fallacieuses, notamment parce qu'elles ne sont pas portées par un élan de créativité sociale, de conscience écologique et de compassion humaniste, mais, au contraire, par une logique de la régression, de la peur, du fatalisme, de l'illusoire retour à un âge d'or perdu. Les bouleversements du monde moderne suscitent naturellement des peurs individuelles. Ils engendrent aussi de grandes angoisses collectives dans la mesure où les repères traditionnels sur lesquels se sont construites nos civilisations sont aujourd'hui en train de s'effondrer ou, à tout le moins, de se modifier.

Prenons le cas du mariage et de la cellule familiale, socle sur lequel ont reposé nos sociétés depuis des millénaires. En quelques décennies, nous avons vu ce socle vaciller : désormais, le mariage homosexuel et l'homoparentalité sont largement revendiqués ;

le célibat n'est plus considéré comme une calamité, mais comme un choix ; des individus et même des couples décident de ne pas avoir d'enfants, donc de ne pas fonder une famille, revendication quasi inconcevable il y a moins d'un siècle. Nos valeurs d'hier ne sont plus érigées en dogmes intangibles, et ce que je constate ici au sujet de la cellule familiale vaut pour de nombreux autres domaines.

Le mouvement ne cesse de s'accélérer. D'où la tentation de se raccrocher au passé, au monde d'avant, où les valeurs traditionnelles étaient seules admises. Je le reconnais volontiers, ce monde d'hier était bien plus stable et cohérent que celui d'aujourd'hui. Chacun y avait sa place, peu osaient la contester. Du reste, on ne contestait rien sous peine d'exclusion du groupe. Un peu partout dans le monde, la peur conduit donc de nos jours des groupes et des individus à chercher refuge dans les repères parmi les plus immémoriaux et les plus immuables : ceux de la religion. Le fort regain des fondamentalismes et des intégrismes religieux est l'une des expressions de cette impasse (il y en a d'autres : les mouvements d'extrême droite se nourrissent eux aussi de ces peurs). De fait, le retour du religieux auquel on assiste n'est pas toujours suscité par des aspirations purement spirituelles : ce que l'on recherche à travers lui n'est pas la connexion avec le divin, mais la sécurité d'un groupe et d'une tradition sur lesquels on se replie. Démarche préoccupante, car la quête légitime de repères s'effectue ici le plus souvent dans une opposition radicale à l'autre, selon une logique d'exclusion plutôt que de dialogue, dommageable à l'heure d'un métissage et

d'un brassage des cultures où nous n'avons finalement d'autre issue que d'apprendre à vivre avec nos
différences, à les accepter au lieu de les stigmati-
ser. Frileux, ce repli identitaire est malheureusement
universel. Même en France, on voit de plus en plus
se former des « ghettos » communautaires séparés
par des murs de méfiance, y compris dans les cours
de récréation où les enfants se mélangent beaucoup
moins volontiers qu'il y a dix ou vingt ans. L'« entre-
soi » a pris le pas sur le creuset républicain et, à force
de ne plus se rencontrer, de ne plus se fréquenter, on
en arrive à diaboliser l'autre, ce désormais inconnu, à
le craindre et à le réprouver.

On peut comprendre les peurs qui découlent de
cette profonde révolution des mœurs, et déplorer
l'individualisme forcené qui prévaut en Occident.
Mais peut-on revenir en arrière ? Il fut un temps
où le christianisme imposait chez nous des normes
morales qu'il disait inspirées par la « loi naturelle ».
Or, cette morale se heurte au libre arbitre individuel
quand elle se mêle de vouloir imposer ses normes
en matière de mariage, de comportement sexuel, de
contraception, de travail (interdit le dimanche sous
la pression des Églises), d'émancipation des mœurs.
Il est tout à fait légitime que des personnes choi-
sissent librement de se conformer à cette morale,
mais il n'est plus admissible, dans un monde devenu
démocratique et qui valorise les libertés individuelles,
qu'au nom de leur foi religieuse ces mêmes personnes
veuillent les faire appliquer de gré ou de force à l'ensemble de la société. Revenir à la religion identitaire
collective, c'est revenir à une logique d'Inquisition.

La seule solution pour le « vivre ensemble », au sein de sociétés ouvertes, consiste à séparer l'État et la sphère religieuse, laquelle peut continuer à s'exprimer dans l'espace public, mais dans le cadre du débat démocratique.

Certes, des pays peuvent revendiquer une culture, une histoire, des traditions sociales forgées par cette religion. Mais cette identité collective doit désormais se concilier avec la revendication des individus au respect de leurs libertés fondamentales telles, par exemple, qu'édictées dans la Déclaration universelle des droits de l'homme. La religion peut encore éventuellement inspirer en partie le droit, mais elle ne peut plus s'imposer comme loi collective, comme ce fut le cas dans un passé que certains, qui ont sans doute la mémoire courte, se plaisent aujourd'hui à fantasmer. Car ce monde d'hier, nous l'oublions volontiers, était loin d'être parfait. Comme dans les sociétés traditionnelles qui perdurent aujourd'hui, il était marqué par des inégalités flagrantes et, surtout, irréductibles. L'« ascenseur » social est une innovation de la modernité. Une société traditionnelle, elle, est divisée en classes ou en castes séparées par des barrières étanches : un fils de paysan meurt paysan, un fils d'ouvrier meurt ouvrier, un fils d'aristocrate appartient jusqu'à sa mort, et quels que soient ses défauts ou qualités propres, à la féodalité régnante. Cette hiérarchisation définitive était – et reste en beaucoup de lieux – une source d'injustices encore plus profondes que celles que nous vivons aujourd'hui dans nos sociétés modernes – elles aussi, loin d'être parfaites.

Par ailleurs, dans ces sociétés traditionnelles, l'individu n'existe pas en tant que tel : il est un membre de son groupe, il adopte les valeurs, les coutumes, les modes de vie de ce groupe. On ne lui demande pas si ceux-ci lui conviennent : il a pour obligation de s'y conformer. Il ne choisit pas son métier, il ne choisit pas de convoler avec qui il veut, il choisit rarement même son lieu de résidence. Il a des comptes à rendre à la collectivité et, s'il dévie de la ligne que celle-ci a fixée, il en est puni : il est expulsé, banni, parfois tué – ce sont, par exemple, les « crimes d'honneur » dont sont victimes les femmes dans un certain nombre de pays.

Aujourd'hui, on le constate en tous domaines, l'humanité a manifesté un profond désir d'émancipation de l'individu. Ce désir s'est concrétisé dans les sociétés occidentales et reste un objectif dans beaucoup d'autres régions où l'on voit de plus en plus d'êtres humains, hommes et femmes, surtout parmi les plus jeunes, réclamer à leur tour le droit au libre arbitre. À l'évidence, cette liberté-là ne saurait être totale, elle doit être régulée, mais c'est là une autre histoire. La conscience humaine a accompli des progrès considérables en matière de respect d'autrui et de libertés individuelles. Il est quasi impossible, et il n'est en tout cas pas souhaitable, de revenir sur ces avancées déterminantes.

On entend aussi formuler de nombreuses critiques à l'égard des progrès scientifiques et technologiques. Certes, la révolution de l'information, couplée à celle du numérique, est lourde d'incertitudes et mêle menaces et promesses, nous l'avons vu. Pour ne prendre qu'un exemple, il est extrêmement préoccupant que des enfants et de jeunes adolescents puissent avoir accès par quelques clics sur leurs ordinateurs au visionnage de toutes les perversions sexuelles possibles. La question de la régulation de la Toile n'est toujours pas résolue : comment Internet, conçu comme un instrument d'émancipation individuelle, peut-il éviter les dérives liées à l'exercice de toute liberté ? Mais faut-il jeter le bébé avec l'eau du bain ? Nous savons que, sans Internet et les réseaux sociaux, « le printemps arabe » n'aurait sans doute pas eu lieu. La plus grande menace pour les dictatures est désormais la libre circulation de l'information. Or Internet, comme tous les nouveaux outils, deviendra ce que nous voulons qu'il devienne. Il pourra amplifier nos problèmes si nous agissons de manière inconséquente, mais aussi continuer d'être ce fabuleux outil qui a fait pénétrer l'humanité dans une ère nouvelle.

De même, il serait absurde de condamner la recherche médicale sous prétexte que quelques chercheurs se livrent à des expériences douteuses, notamment sur le clonage humain. Combien d'autres œuvrent pour le bien collectif ! Chaque année, rien qu'en Europe, quinze mille molécules nouvelles sont découvertes dans les laboratoires pharmaceutiques ; une quinzaine d'entre elles aboutiront à un médicament permettant de mieux soigner des maladies qui, récemment encore, étaient mortelles. N'oublions pas que, il y a vingt ans à peine, les personnes atteintes du sida n'avaient presque aucune chance de survie. L'introduction des trithérapies, en 1996, a fait profiter des centaines de milliers de malades d'une rémission de très longue durée.

Ce qui est en revanche nécessaire, c'est que les États exercent un réel contrôle sur les firmes pharmaceutiques et sur l'industrie agro-alimentaire, comme je l'ai déjà évoqué.

Parlons aussi de la mondialisation tant décriée, d'abord dans le tiers monde, où la « fronde anti-FMI » s'est intensifiée dans les années 1980, puis en Occident, où elle est spontanément associée à l'ordre néolibéral, responsable, il est vrai, de maintes injustices économiques à travers le monde. Mais la mondialisation, on l'a vu, n'est pas un fait nouveau. Le brassage des biens, des cultures, des individus, le métissage qu'il engendre, ne sont pas en soi des éléments négatifs. Quand l'aide humanitaire afflue du monde entier pour sauver un pays en crise, peut-on, en toute justice, décrier l'internationalisation de notre planète ? Quand le paysan du Burkina Faso réussit à envoyer ses enfants à l'école grâce aux bénéfices de ses ventes de coton à l'Occident, peut-on considérer qu'il serait plus heureux avec un marché cantonné aux seules frontières de son pays ?

Le danger réside, là aussi, dans l'absence d'âme, dans le cynisme qui nous a amenés à ériger l'exploitation en modèle économique. La logique du profit à tout crin a en effet détruit ce qui se présentait comme une opportunité pour tous ; elle a conduit à l'enrichissement de ceux qui étaient déjà riches et qui possèdent toujours plus, et à l'appauvrissement de ceux qui étaient déjà pauvres et qui possèdent toujours moins. L'interconnexion de l'économie et de la finance a contribué à faire basculer l'ensemble du système dans une spirale machiavélique : pour les grands argentiers du monde, pour les *traders* de la Bourse, le cacao ou le blé ont cessé d'être des denrées alimentaires pour devenir des « valeurs » dont les cours chutent ou grimpent au gré des spéculations, entraînant des catastrophes humaines au sein des populations paysannes qui ne peuvent comprendre la « logique » d'un système à vrai dire dénué de toute logique et ne correspondant absolument plus à la valeur réelle des matières échangées.

Si l'on entend par « démondialisation » la sortie de cette logique néolibérale fondée exclusivement sur le profit comme valeur ultime, j'applaudis des deux mains, et nous verrons, dans la seconde partie de cet ouvrage, que c'est une des conditions déterminantes de la guérison du monde. Mais si l'on entend « démondialisation » au sens de sortie de la globalisation du monde, on nage alors en pleine illusion. D'une part, les interconnexions sont désormais beaucoup trop nombreuses, et agencées de manière telle que l'on ne peut plus les défaire. D'autre part, depuis des millénaires, à part quelques tribus isolées, aucun groupe humain n'a vécu dans une réelle autarcie sans y succomber. Car ces interconnexions, en dépit de tout, restent salvatrices. Les appels à la « démondialisation » entendue comme « antimondialisation », les discours souverainistes et ultranationalistes me semblent donc aussi nocifs qu'illusoires.

Prenons l'exemple de l'Europe, dont beaucoup, y compris parmi des personnalités politiques qui ne sont pas considérées comme radicales, appellent au démantèlement. Or, mettre un terme au fantastique projet d'Union européenne signifie un retour à la logique identitaire, au repli nationaliste ; plutôt que de s'ouvrir à l'autre et au monde, chaque pays revendiquera haut et fort ses particularismes, ses spécificités, son histoire et ses intérêts propres. À court terme, ces revendications, non régulées, entraîneront des conflits. À moyen terme, je crains qu'elles ne nous ramènent aux guerres du XXᵉ siècle, celles d'avant la construction européenne. Sur le plan économique, tous les spécialistes, de gauche comme de droite, s'accordent pour confirmer que l'isolationnisme n'est pas source de prospérité, mais, au contraire, d'un brutal effondrement des rouages en vigueur dans la mesure où toutes les entreprises nationales, dans n'importe quel pays, sont tributaires, pour leur survie, de manière directe ou indirecte, des flux d'importation de matières premières et d'exportation de produits finis.

Il en va de même à l'échelle mondiale. Toutes les instances que certains décrient ont fortement contribué à améliorer les relations internationales – même si celles-ci sont loin d'être parfaites et demeurent dominées par les pays les plus puissants au détriment des plus faibles. L'ONU est critiquée. Pourtant, en tant qu'instance de dialogue, elle permet sinon de résoudre, du moins de désamorcer quantité de situations de crise qui, il y a un siècle, auraient abouti à des guerres sanglantes. Je pense notamment aux tensions entre les deux Corées, qui en restent fort heureusement au stade des gesticulations, aux relations entre l'Inde et le Pakistan, entre la Turquie et la Grèce. L'ONU est imparfaite, mais, en dépit de ses échecs notoires, par exemple face à la guerre civile en Syrie et, depuis trop longtemps, dans l'absence de règlement du conflit israélo-arabe – avec son noyau dur qui est le conflit israélo-palestinien (qui suppose une application des résolutions du droit international) –, accordons-lui le crédit de ne pas être inutile.

Il est évident que les réflexes de repli sont avant tout des réflexes de peur. Peur du brassage, peur inhérente à la perte de repères. Or la peur n'est jamais bonne conseillère. Elle sépare des autres alors que la globalisation ne nous laisse d'autre issue que d'aller vers une logique de fraternité, de confiance, de communion, si nous voulons dépasser les haines et les guerres qui ont émaillé notre histoire et qui risquent à tout moment d'occulter notre avenir. L'ultramodernité recèle certes bien des dangers, des éléments négatifs ou insuffisants que nous devons faire évoluer, modifier, réguler. Mais elle recèle aussi des éléments positifs que nous devons apprendre à reconnaître, puis à cultiver et développer. Ce tri ne peut s'opérer que par un discernement qui implique un changement d'état d'esprit, une nouvelle logique, mais aussi une redéfinition des valeurs collectives que tous partagent au-delà de leurs particularités.

UNE RÉVOLUTION DE LA CONSCIENCE HUMAINE

En 1964, dans un article prémonitoire publié dans la revue *Tiers Monde*, l'ancien président de la FAO (l'organisation des Nations unies pour l'alimentation et l'agriculture), le Brésilien Josué de Castro, lançait un cri d'alarme : « Le monde traverse sans aucun doute une période critique de son histoire [...]. Une phase pendant laquelle toutes les valeurs, tous les symboles et les styles de vie d'une civilisation perdent leur signification profonde sans que surgissent de nouveaux symboles d'interprétation et de nouveaux styles de vie pour venir se substituer aux valeurs socialement dépassées. » Pour faire face au bouleversement en cours, ce géographe de formation, humaniste mais sans liens particuliers avec les courants alternatifs alors tout juste émergents, appelait à un réveil des consciences. Il citait Albert Camus, s'inquiétant « à juste titre de ce que, alors que les générations précédentes éprouvaient le devoir de refaire le monde, la génération actuelle a une tâche beaucoup plus lourde qui consiste à empêcher que le monde ne se défasse ». Tâche impossible ? Pas forcément. Mais à une condition que Josué de Castro posait – et qui fit sourire en son temps : « Il faut changer le mode de penser des hommes afin qu'ils puissent survivre dans un monde qui change radicalement[23]. »

Je me suis engagé dans ce débat en 1991 dans un livre d'entretiens sur l'éthique, *Le Temps de la responsabilité*, postfacé par Paul Ricœur. Alors que nous étions encore en pleine période « bling-bling », l'ère de la consommation à outrance, je dialoguais avec une dizaine de personnalités du monde de l'économie (Jacques Delors), de la médecine (Jean Bernard), de l'écologie (Jean-Marie Pelt) ou de la philosophie (Emmanuel Levinas) sur le nécessaire retour à l'éthique dans un monde de plus en plus dérégularisé, mû par la seule logique mercantile. J'étais déjà persuadé de deux choses que l'évolution du monde au cours des vingt dernières années n'a fait que confirmer. D'abord, que la solution de sortie de crise ne peut être que systémique, à l'image de la crise planétaire que nous devons résoudre ; le changement doit avoir lieu dans tous les domaines de l'existence, dans la sphère économique, dans notre rapport à l'environnement, en médecine, dans l'organisation de nos villes et de nos campagnes, dans l'architecture, les transports, etc. Ensuite, puisque le retour en arrière comme la fuite en avant sont illusoires ou impossibles, qu'il n'existe qu'une seule manière de sortir de cette crise : par le haut, à travers un sens accru de la responsabilité individuelle et collective.

Vaclav Havel ne disait pas autre chose lorsqu'il parlait de la nécessité d'une « révolution globale de la conscience humaine ». Bien avant lui, Henri Bergson évoquait le besoin d'un « supplément d'âme » pour faire face aux défis colossaux auxquels nous sommes confrontés. D'autres, comme Edgar Morin, militent pour l'avènement d'un « nouveau paradigme ».

J'ai l'intime conviction que cette révolution de la conscience est de nature à conduire à un changement de logique, de conception du monde, et à une amélioration qualitative des rapports interpersonnels, des relations interculturelles et des modes de vie. C'est ce que nous allons voir dans la seconde partie de ce livre.

II

L'aube d'une renaissance

1

Voies et expériences de guérison

Le processus de guérison du monde a un caractère holistique prononcé. Elle inclut la guérison de notre planète meurtrie, celle de notre humanité malade d'injustices de toutes sortes ; elle englobe aussi la guérison de notre être, de notre personne. C'est dans l'articulation entre ces trois guérisons que nous pourrons mieux saisir les perspectives écologiques, sociales et intimes de ce que certains auteurs appellent le « réenchantement du monde ». Mais, comme le fait justement remarquer le philosophe Mohammed Taleb, « dans une véritable compréhension systémique qui considère les liens avant les choses, il est préférable de parler du "réenchantement de notre *relation* au monde"[24] ».

Le processus de guérison du monde est donc un triple processus par lequel il s'agit de renouer le lien avec l'*environnement* (quelles que soient les figures symboliques que nous lui prêtions, de l'hypothèse « Gaïa » des scientifiques à la « Création » des monothéismes, de la « Terre-Mère » des peuples auto-

chtones à la « Nature » de nos sociétés modernes),
avec l'*humanité* (au sens humaniste qui implique
justice, solidarité, fraternité), avec *nous-même* enfin.

AU SERVICE DE LA TERRE

Depuis une vingtaine d'années, la conscience environnementale n'a cessé de progresser dans la société
civile, notamment dans les pays industrialisés qui sont
au demeurant à l'origine des principaux problèmes
écologiques. De nombreuses ONG, des mouvements
citoyens se sont constitués pour proposer des solutions alternatives concrètes aux modes de production et de consommation classiques qui pillent et
dégradent la planète. L'écologie est ainsi devenue
un enjeu politique et électoral non négligeable. Je
ne vais pas recenser ici toutes les lois et initiatives
visant un comportement plus respectueux vis-à-vis
de l'environnement, mais attirer plutôt l'attention sur
quelques personnalités et sur des solutions concrètes
qui ont su ouvrir des voies alternatives, lesquelles, si
elles étaient appliquées à l'échelle du monde, permet-
traient de soigner notre planète et de résoudre bien
des drames humains.

La « démocratie de la Terre » de Vandana Shiva

Allons en Orient à la rencontre d'une femme, Vandana Shiva. Incarnant philosophiquement une sorte
de néoromantisme à l'indienne, Vandana Shiva est
une grande figure de l'Inde contemporaine et, au-

delà, de la société civile transnationale. Physicienne, inspirée par l'esprit pacifiste de Gandhi, elle abandonne sa carrière académique parce qu'elle se refuse à cautionner la recherche nucléaire dans son pays, mais aussi parce qu'elle considère que la science et la technique doivent se mettre au service de projets qui prennent soin de l'environnement et du bien-être des communautés. Elle fonde ainsi The Research Foundation for Science, Technology and Ecology. Au début des années 1990, dans le cadre de cette institution indépendante, elle initie un programme visant à promouvoir une « agriculture non violente », aussi bien vis-à-vis des paysans que de l'environnement. Navdanya est né, qui signifie en sanskrit « neuf graines ».

Navdanya est le nom d'un centre, d'une ferme, d'un vaste réseau de protection de la biodiversité et de la paysannerie traditionnelle. Face à l'offensive des grandes firmes de l'agro-industrie comme Monsanto ou Novartis, avec leurs semences transgéniques, Vandana Shiva entend réhabiliter les semences paysannes de naguère. Navdanya coordonne ainsi un réseau de plus de 50 banques de semences communautaires touchant plus de 500 000 agriculteurs. Navdanya est aussi à l'origine de Bija Vidyapeeth (École de la semence), centre d'apprentissage sur la conservation de la biodiversité et sur l'agriculture biologique.

L'écologie de Vandana Shiva est un universalisme « vert » reposant sur la diversité des peuples. C'est ainsi que les graines de Navdanya sont distribuées en Inde (sur près de seize États), mais également au Bangladesh, au Tibet, au Pakistan. En 1993, Vandana Shiva a reçu le prix Nobel alternatif[25] pour sa militance en faveur des paysans et des sans-terre. Il faut enfin souligner que, si les communautés locales et les peuples autochtones sont au cœur de cette bataille pour la biodiversité et la souveraineté alimentaire, Navdanya mobilise en Inde des dizaines de milliers de femmes. Militante de l'« écoféminisme », pour reprendre le titre de l'un de ses livres, Vandana Shiva pose sur le monde un regard à la fois éthique et spirituel. Dans le Centre Navdanya, la question du sens n'est pas évacuée au nom d'un « urgentisme écologique ». Elle s'inscrit au contraire dans la religiosité profonde des hindous : « Vivre dans le monde réel tout en reconnaissant les grandes lois du cosmos est, selon moi, l'attitude sage [...]. Il nous faut oser aller vers les plus hautes potentialités de l'homme ! Il existe des principes universels et notre devoir d'humains est de nous éveiller à ces lois de la Création[26]. »

La ferme de Sekem d'Ibrahim Abouleish

En Méditerranée, l'une des plus importantes et innovantes expériences dans le domaine de l'agriculture respectueuse de l'environnement et des hommes se déroule en Égypte, à quelques dizaines de kilomètres à peine de la mégapole du Caire : c'est Sekem (qui signifie « Vitalité du Soleil » à partir d'un hiéroglyphe). Cette expérience n'est pas seulement remarquable en ce qu'elle montre qu'une alternative agricole existe (en particulier face à l'utilisation inconsidérée de pesticides en tous genres), mais aussi parce que Sekem est une belle illustration de la capacité de la tradition musulmane à engendrer une conscience écologique, ici pour la population égyptienne.

L'histoire de cette ferme, qui comprend maintenant de nombreux instituts de formation et même une université, commence en Autriche, dans la ville universitaire de Graz, au cours des années 1950-1960, lorsque le jeune Ibrahim Abouleish y suit des études scientifiques et médicales. Après l'obtention de son diplôme, devenu pharmacologue, Ibrahim Abouleish retourne dans son pays. Entre-temps, il découvre Goethe et la pensée anthroposophique. Cette pensée doit ses lettres de noblesse au philosophe autrichien Rudolf Steiner (1861-1925). Héritier du romantisme, éditeur des œuvres scientifiques de Goethe, celui-ci est un penseur visionnaire et atypique, immergé aussi bien dans l'ésotérisme et les divers courants spirituels de son époque que dans les sciences de la nature. L'anthroposophie, qu'il élabore, est le nom de sa vision du monde. Cette philosophie se démarque radicalement du mécanisme et entend promouvoir une méthodologie organique pour comprendre l'humain, sa vie intérieure, sa psyché, mais également l'univers et les différents règnes de la nature[27].

Aussi la pensée de Rudolf Steiner a-t-elle des applications concrètes en de nombreux domaines : de l'agriculture à la médecine, de l'économie ou de l'éducation à l'architecture. C'est dans le *Cours aux agriculteurs* (1924) que Steiner propose ses prescriptions pour le domaine agricole, insistant notamment sur l'importance de la qualité des sols. Sa thèse renoue avec les intuitions des anciennes sagesses : la Terre est un organisme vivant. On assiste là à la naissance d'un nouveau paradigme agricole : la biodynamie. Visant à réinstaurer des rapports d'harmonie entre l'homme et le cosmos, l'agriculture biodynamique se refuse à séparer la Terre du Ciel. La prise en compte des mouvements planétaires et de l'influence des diverses constellations célestes est l'une des originalités de cette méthode qui connaît un relatif succès sur tous les continents, de l'Australie à l'Inde, du Chili à l'Allemagne, du Canada à l'Afrique du Sud, même si elle est aussi parfois critiquée pour le caractère ésotérique de la pensée sur laquelle elle repose.

Dans le cadre du monde arabo-musulman, la ferme de Sekem constitue la principale expérience conduite selon cette philosophie organique. Mais l'anthroposophie d'Ibrahim Abouleish ne s'oppose nullement à son islamité. En fait, sa découverte de la pensée de Goethe et de Steiner lui a donné la possibilité de faire surgir et de déployer la dimension écologique et cosmique de l'islam. Il évoque ainsi cette rencontre de cultures spirituelles : « On me demande souvent quels sont les arrière-plans spirituels de Sekem. Sekem est né de la vision qui m'habitait. Les sources spirituelles auxquelles je puise jaillissent des cultures les plus diverses : elles prennent naissance dans le monde islamique et dans l'esprit de l'Europe. Je me suis promené dans ces deux espaces comme à l'intérieur d'un grand jardin et j'ai cueilli les fruits de ses arbres les plus divers[28]. »

Aujourd'hui, derrière le nom de Sekem se profilent toute une série d'entreprises et d'écoles qui totalisent près de 2 000 salariés (en liaison avec plus de 800 fermes en Égypte et au Soudan). Leader sur le marché des produits organiques et phytopharmaceutiques naturels, producteur de céréales, de fruits et de légumes, Sekem réalise plus de 55 % de ses ventes en Égypte même. Comme Vandana Shiva, Ibrahim Abouleish a reçu en 2003 le prix Nobel alternatif.

L'agroécologie de Pierre Rabhi

Si nous voulions trouver en France une expérience et une pensée proches de celles de Navdanya et de Sekem, nous ne manquerions pas de rencontrer Pierre Rabhi. Voici ce qu'il écrivit à propos d'Ibrahim Abouleish : « Ce qui est également d'une importance capitale, c'est que cet "homme passerelle" entre l'Orient et l'Occident a su, sans rien renier de sa culture traditionnelle et avec son appartenance à un islam vécu formellement, établir un croisement et un tissage interculturel, ainsi qu'une sorte d'œcuménisme religieux qui additionne les valeurs et participe à l'enrichissement réciproque de l'Orient et de l'Occident[29]. » À peu de chose près, ce portrait du fondateur de Sekem pourrait être celui de Pierre Rabhi lui-même.

Pierre Rabhi est né à Kenadsa, une oasis située dans le Sud algérien. Rien ne prédestinait le gamin, très tôt orphelin de mère, à devenir le chantre international d'une agriculture respectueuse de l'environnement. Confié par son père à une famille française, il se convertit à l'âge de seize ans au christianisme. Nous sommes au tout début de la guerre d'Algérie.

Pierre Rabhi s'exile à Paris, où les emplois abondent, et il devient ouvrier spécialisé. Cette vie ne lui convient pas. Avec Michelle, sa future épouse, il s'en va dans les Cévennes, est embauché comme ouvrier agricole et s'installe trois ans plus tard, à son propre compte, sur un bout de terrain acquis en Ardèche. En ce début des années 1960, le mouvement néorural n'a pas commencé, l'écologie n'est pas un sujet grand public, mais le couple Rabhi aspire déjà à un autre modèle d'agriculture, écolo et bio, qu'il met en place. « C'est l'humain et la nature qui ont toujours été au cœur de mes préoccupations, pas l'argent », se plaît à répéter celui qui se définit toujours comme un paysan, mais qui est aujourd'hui considéré comme un philosophe et passe une grande partie de son temps à écrire et donner des conférences à travers le monde[30].

Quand les néoruraux débarquent dans les Cévennes à la fin des années 1960, ils découvrent cet agriculteur bio qui dénonce déjà les lois du marché et a émis un diagnostic qui ne variera plus : le monde va mal, nous courons au désastre et nous le savons, mais il y a un déficit d'incarnation de ce savoir. Pierre Rabhi est l'un des premiers à incarner, dans sa vie et son travail de la terre, ce que l'on appelle l'« agroécologie », notion englobant aussi bien des pratiques et des concepts strictement biologiques que l'agriculture dite de conservation, autorisant l'usage *a minima*, et selon des cahiers des charges prédéfinis, de certains produits chimiques considérés comme peu ou pas nocifs pour l'être humain et pour la nature. Mais c'est essentiellement une agriculture fondée sur une approche globale, qui protège certes l'environnement, mais repose également sur la reconnaissance des savoir-faire traditionnels et la promotion de l'humain qui travaille la terre.

C'est cette forme d'agroécologie que Pierre Rabhi va enseigner, à partir de 1978, avec le Cefra (Centre d'études et de formation rurales appliquées). Il prône le respect de la structure du sol et de son ordre naturel, ce qui exclut les labours profonds, mais implique en revanche le choix de variétés adaptées aux terres cultivées et, dans la mesure du possible, d'espèces locales. De fait, on a vu les dégâts considérables causés par exemple par la culture du maïs, plante qui consomme énormément d'eau, dans des zones où celle-ci est rare et où les nappes phréatiques ont vite été taries par de telles cultures. Sans nier en rien le progrès, il défend son ajustement aux réalités et préconise tout un système de protections naturelles par digues filtrantes, micro-barrages et autres méthodes plusieurs fois centenaires, mais toujours aussi efficaces.

Au fil des ans, Pierre Rabhi a fondé de nombreux mouvements visant à élargir la conscience sociale et écologique, comme « Colibris », « Terre et Humanisme », « Oasis en tous lieux », « Appel pour l'insurrection des consciences ». S'il est l'une des principales figures de l'agroécologie en France, la planète entière, ou presque, est devenue son champ d'intervention. À la demande de l'ONU, il a travaillé sur les épineux problèmes de l'insécurité alimentaire et de la désertification, essayant de promouvoir pour les résoudre des réponses concrètes. Il a ainsi contribué à l'éla-

boration de la Convention des Nations unies pour
la lutte contre la désertification. Il se rend régulièrement au Maroc, au Niger, au Mali, en Tunisie, au
Burkina Faso… C'est d'ailleurs dans ce dernier pays
qu'il a ouvert en 1985 le premier centre de formation
à l'agroécologie, avec l'aide du président de la République Thomas Sankara. Ce sont plus de 90 000 paysans qui, à l'heure actuelle, fondent leurs pratiques sur
la méthode agroécologique. Dans le même élan, Pierre
Rabhi a créé le Carrefour international d'échanges et
de pratiques appliquées au développement avec le
soutien du Conseil général de l'Hérault.

L'agroécologie est évidemment antinomique des
cultures intensives pratiquées par les multinationales
ou par ceux que l'on appelle les « grands fermiers ».
Des cultures qui, dit Pierre Rabhi, « transforment
notre planète-paradis en enfer de souffrances et de
destructions ». Sa démarche, de plus en plus globale, implique une éthique de vie humaniste dite de
« sobriété heureuse ». Est-ce là une utopie ? Dans un
rapport présenté en 2010 devant le Commissariat aux
droits de l'homme de l'ONU, à Genève, Olivier De
Schutter, rapporteur spécial de l'ONU sur le droit à
l'alimentation, a rendu hommage à cette démarche,
appelant les États à réorienter leurs systèmes agricoles vers des modes de production qu'il qualifie
de « hautement productifs, hautement durables »,
et qui, affirme-t-il, concourent à la réalisation progressive du droit fondamental à une alimentation
suffisante. La transposition des micro-expériences de
terrain à plus grande échelle est certes un défi, mais,
dit le rapport, c'est un défi qui peut être relevé.

Ses conséquences positives s'enchaîneront en cascade : l'amélioration des moyens de subsistance des petits exploitants et la préservation des écosystèmes « ralentiraient la tendance à l'urbanisation des pays concernés, qui exerce des pressions sur leurs services publics. Cela contribuerait au développement rural et laisserait à la génération suivante les moyens de répondre à ses propres besoins. Cela contribuerait aussi à la croissance d'autres secteurs de l'économie en stimulant la demande de produits non agricoles, qui résulterait de l'élévation des revenus dans les zones rurales ».

Maisons écologiques et recyclage des déchets

Dans un tout autre registre, on voit se développer une importante conscience écologique en matière d'économies d'énergie. Cette question concerne en premier lieu nos habitations, particulièrement énergivores. Jusqu'à ces dernières années, « HQE » était un label réservé aux militants engagés de l'habitat « vert », qui déployaient des trésors d'imagination et d'efforts concrets pour s'installer dans une maison à « haute qualité environnementale » – une maison qui ne pollue pas ! Il a fallu la flambée des prix du pétrole et du gaz, ou encore du charbon, et même de l'eau, pour que les non-militants s'intéressent eux aussi à ces maisons qui, parmi d'autres avantages, présentent celui d'abaisser considérablement la consommation, donc la facture énergétique.

De quoi s'agit-il ? Pour bénéficier de ce label, un bâtiment doit s'insérer dans une démarche globale aux différentes étapes de sa conception et de sa construction. La première étape, bien connue des bâtisseurs des siècles précédents, consiste à penser le bâtiment dans son environnement naturel : par exemple, on n'oriente pas de la même manière une bâtisse dans les pays chauds, où l'on veut se protéger du soleil, et dans les pays froids, où l'on privilégiera au contraire les expositions plein sud. Une autre condition est d'utiliser des matériaux « propres », naturels et écologiquement corrects, de minimiser les quantités utilisées ainsi que les déchets. Dans la mesure du possible, ces maisons sont par ailleurs « autonomes » en matière d'énergie et d'eau grâce à l'installation de pompes à chaleur, de panneaux solaires, de circuits de recyclage de l'eau de pluie, enfin de ces différentes technologies qui ne cessent de s'améliorer grâce à la recherche – d'ailleurs elle-même dopée par la demande.

Certes, le prix d'une maison HQE est de 2 à 8 % supérieur à celui d'une maison « classique », mais on peut économiser jusqu'à 90 % de la consommation d'énergie en utilisant tous les savoir-faire disponibles à l'heure actuelle. Le calcul est vite fait en matière de rentabilité. De fait, on dénombre aujourd'hui entre 7 000 et 9 000 maisons de ce type construites chaque année en France, pays qui hélas est largement en retard, en ce domaine, par rapport à ses voisins européens, lesquels commencent à concevoir des « maisons autonomes », dites aussi « maisons passives », voire des quartiers entiers visant à être neutres en émissions carbone, comme c'est le cas pour BedZED (acronyme de Beddington Zero [Fossil] Energy Development), près de Londres. L'étape suivante sera celle de la « maison positive », dont il existe déjà quelques prototypes, y compris en France, et qui non seulement ne consommera pas d'énergie hors celle qu'elle produira, mais en produira en supplément. À terme, cette énergie devrait être réinjectée dans le circuit collectif, technique qui ne relève pas de la science-fiction, mais est déjà à l'œuvre pour récupérer, entre autres, la production énergétique des éoliennes installées sur des domaines privés.

Autre révolution en cours : celle du traitement et du recyclage des déchets. C'est un petit geste civique auquel les pouvoirs publics ont contribué en répondant à une attente collective des citoyens, donc d'une majorité de leurs électeurs. 98,7 % de la population française a aujourd'hui la possibilité de trier ses déchets. En 1992, à l'initiative d'industriels de la grande consommation, le groupe Éco-Emballages a été créé pour organiser et financer la collecte sélective des restes d'emballages ménagers et leur recyclage. Les fabricants ont tenu parole : ils sont près de 50 000 à verser leur participation au groupe (en moyenne, 0,6 centime par emballage), et 95 % des produits emballés portent le logo vert distinctif attestant cette contribution (518 millions d'euros en 2010). Éco-Emballages rémunère les collectivités locales en fonction des tonnes collectées. En 2010, 3 millions de tonnes d'emballages ménagers ont ainsi été recyclées, soit 64 % des emballages vendus (contre 22 % en 1994). Or, chaque tonne de carton recyclé fait économiser 1,4 tonne de bois. Une tonne

de cannettes d'aluminium permet d'éviter l'extraction
de 2 tonnes de bauxite. Une tonne de plastique économise 650 kilos de pétrole brut. Le recyclage, on le
voit, permet non seulement de réduire la quantité de
nos déchets (avant que la Terre ne se transforme en
vaste poubelle), mais aussi de préserver des ressources
naturelles de plus en plus rares sur notre planète.

AU SERVICE DE L'HUMANITÉ

Avec la crise environnementale, la crise économique internationale est l'une des composantes
majeures de la crise systémique que nous subissons.
Nombre d'analystes ont mis en évidence le lien entre
cette crise et la dynamique de mondialisation que
connaît l'humanité depuis les années 1980. Comme
nous l'avons déjà souligné, le cœur de la mondialisation, sur le terrain de l'économie, est la financiarisation des relations entre les différents acteurs de
la vie économique, sociale et politique. La création
de l'Organisation mondiale du commerce (OMC),
en 1995, même si elle a été une décision d'ordre
politique (ce sont les États qui ont été à l'initiative
de cette structure internationale), a d'abord servi à
démanteler les législations nationales, à « déréguler »
et à ouvrir les marchés « intérieurs » aux grandes
entreprises transnationales. Nous serions passés en
quelque sorte d'un ensemble d'économies capita-
listes de facture industrielle, liées aux États et, parfois, à des pactes sociaux (comme en France, en
Allemagne, dans les pays scandinaves), à une écono-

mie capitaliste de facture financière, et existant cette
fois à l'échelle du monde, avec parfois, pour port
d'attache des grandes entreprises, les fameux « paradis fiscaux » dans lesquels les contraintes du social,
du politique et du juridique sont quasi nulles. C'est
d'ailleurs pour dénoncer les dérives de la domination
de l'instance financière sur l'ensemble de la sphère
économique et, au-delà, de la vie sociale que se sont
levés divers mouvements sociaux, des altermondialistes aux Indignés.

Je suis persuadé, comme d'autres, qu'il ne peut y
avoir de guérison du monde sans un dépassement du
paradigme « financiariste ». Sans ce dépassement, il
n'y aura pas de solutions aux problèmes engendrés
par la « marchandisation du monde » qui se manifeste dans les domaines de la santé, de l'éducation,
de la culture, etc. Dans ce chapitre, j'évoquerai donc
en premier lieu quelques pistes concernant cet élan
civique de réappropriation de la finance. Ces pistes
ne constituent évidemment pas « LA » solution à la
crise économico-financière ; mais elles indiquent une
direction, du point de vue aussi bien d'une économie
alternative que de valeurs alternatives.

Monnaies complémentaires et alternatives

J'évoquerai d'abord l'exemple des « monnaies
complémentaires » et « alternatives », dont le succès
étonne les milieux orthodoxes de l'économie. Qu'est-
ce qu'une monnaie complémentaire ? Cette monnaie
est légale (en droit français), même si, dans la terminologie, on parlera de « coupon », de « bon » ou encore

de « chèque » (ainsi les « chèques-déjeuner ») ; en effet, en droit, seule la Banque de France est admise à émettre la « monnaie ». Les monnaies complémentaires n'ont pas de valeur proprement marchande, fonctionnent à l'échelle strictement locale, et n'ont aucune valeur hors de leur périmètre d'implantation et du réseau qui a volontairement choisi de les utiliser en complément de la monnaie nationale (ou européenne). Sur le fond, maintenant, deux traits liés à leur finalité les caractérisent : d'une part, elles orientent les échanges économiques dans une certaine direction, en fonction de certaines valeurs (qui sont généralement des valeurs de lien social, de justice sociale, d'écologie) ; d'autre part, elles permettent de créer ou favoriser des échanges économiques qui, sans elles, n'auraient pu voir le jour. Ces deux objectifs expliquent que certains les appellent « monnaies sociales ». Elles prennent un nom différent selon les lieux où elles ont été mises en place : l'« Abeille » (Villeneuve-sur-Lot), la « Mesure » (Drôme), la « Luciole » et la « Bogue » (Ardèche), etc. Dans un article du *Monde*, Hervé Kempf cite l'un des meilleurs spécialistes de la question, le Belge Bernard Lietaer : « Il faut de la diversité monétaire, comme il y a de la biodiversité dans une forêt, afin d'amortir les chocs. Les sociétés matriarcales ont toujours eu un système de double monnaie : une pour la communauté dans laquelle on vit, l'autre pour les échanges avec l'extérieur. Il nous faut créer des monnaies complémentaires qui permettent aux communautés de satisfaire leurs besoins d'échange sans dépendre d'une autorité extérieure[31]. »

À côté des monnaies complémentaires se sont développés, dans le même esprit, des systèmes d'échange de services entre personnes, dans un espace limité où un coupon sert d'étalon horaire. On les connaît, dans l'espace francophone, sous le sigle SEL (systèmes d'échanges locaux) ; dans l'espace anglophone, sous celui de LETS (*local exchange trading system*). Ils sont directement inspirés du système de don et de contre-don étudié par Marcel Mauss dans les sociétés traditionnelles – où ils ont toujours cours de manière naturelle et sans porter aucun nom. Le système des SEL a été réinventé dans les années 1980 par un Écossais, Michael Linton, installé dans l'île de Vancouver, au Canada, alors durement touchée par la crise économique et le chômage. Les habitants de l'île n'avaient plus les moyens d'acheter ni services, ni objets. Linton instaura un système de troc rationalisé, fondé sur des coupons dont la valeur se calcule en temps (une heure de cours de philo équivaut à une heure de jardinage ou de ménage), les objets eux-mêmes se voyant dotés d'une valeur « temps » (la commode vaudra, par exemple, de cinq à six heures de services). Le système s'est rapidement propagé en Grande-Bretagne, aux Pays-Bas, d'abord dans les quartiers pauvres, puis dans les villes et les campagnes. En France, le premier SEL a vu le jour en Ariège, en 1994, sous forme d'une association loi 1901. Depuis, on en compte un peu plus de 350, y compris un SEL parisien. Chaque association adopte son propre mode de fonctionnement et de « comptage » des coupons. Le but de ce système d'économie sociale et solidaire n'est évidemment pas de s'enrichir, mais de partager les expériences et les savoirs en vue d'une vie meilleure. Autrement dit, de pouvoir s'offrir les cours de guitare dont on rêve, mais que l'on n'a pas les moyens de se payer, en échange de cours de maths dispensés aux enfants des voisins qui en ont bien besoin, mais que leurs parents ne peuvent, eux non plus, leur payer.

Le commerce équitable/Alter Eco

C'est l'histoire d'un homme que tout préparait à une brillante carrière dans les multinationales, agrémentée de stock-options, primes et autres parachutes dorés. Son diplôme de HEC en poche, Tristan Lecomte avait rejoint en 1995 la marque de cosmétiques de luxe Lancôme, propriété du groupe L'Oréal. Mais, pour se sentir réellement utile, il avait créé, à côté de son job, une association, Solidarité France Népal, dont le projet consistait à construire pour les populations des contreforts de l'Himalaya des fours moins consommateurs de bois pour lutter contre la déforestation. Comment faire vivre financièrement une association caritative ? Le jeune homme trouve une solution : fonder une entreprise qui récoltera des fonds grâce au commerce équitable.

Alter Eco naît en 1998. La voie n'est pas simple, les déconvenues sont nombreuses. Mais, avec le temps, la petite société est devenue grande – elle est devenue l'un des poids lourds du commerce équitable, travaillant directement ou indirectement dans plus de trente pays, avec une centaine de milliers de petits producteurs fédérés en coopératives. L'entreprise

est économiquement viable : son chiffre d'affaires
a dépassé les 15 millions d'euros par an. Les produits labélisés « Alter Eco » se retrouvent jusque
dans les grandes surfaces – ce qui, d'ailleurs, déplaît
aux puristes de l'altermondialisme qui auraient sou-
haité limiter leur distribution aux petites surfaces.
Sa gamme de produits est en perpétuelle extension,
du riz au gel douche en passant par le chocolat et
le café, les conserves et les confiseries. Elle s'élargit
au gré des trouvailles de ses « chercheurs » qui vont
à la rencontre des tout petits producteurs, paysans
isolés du Sud (et, plus récemment, du Nord), qui
produisent du bio et sont les premières victimes de
la mondialisation économique. Leurs récoltes sont
achetées à un prix deux à trois fois supérieur à celui
du marché local – une fortune pour les producteurs
du Sud, une peccadille pour les consommateurs
du Nord. La mondialisation prend ainsi un visage
humain : les plus riches consomment en aidant les
plus pauvres à sortir de l'extrême misère. Il existe
aujourd'hui de nombreuses entreprises fondées sur
ce modèle. Il existe surtout, au Nord, de plus en
plus de consommateurs qui s'interrogent avant de
consommer.

La finance solidaire/Muhammad Yunus et Maria Nowak

La finance solidaire a un père fondateur, l'économiste bangladais Muhammad Yunus qui, au début
des années 1960, avait entamé une carrière d'entrepre-
neur prospère, mais qui, au début des années 1970,

de retour dans son pays devenu indépendant[32], s'interrogea sur les moyens de sortir les plus pauvres de leur misère – et des mains des usuriers qui en profitaient. Après quelques essais à petite échelle, et avec ses propres fonds, Yunus lança en 1977 la Grameen Bank, littéralement la « banque des villages », dont la vocation était (et reste) de prêter de petites sommes d'argent aux micro-entrepreneurs, paysans ou même marchands ambulants. Cette initiative lui valut le prix Nobel de la paix en 2006 et a suscité bien des vocations.

En France, les deux figures de proue du microcrédit sont, d'une part, Jacques Attali qui a fondé en 1998 PlaNet Finance, une organisation de solidarité internationale présente dans 80 pays, et, d'autre part, Maria Nowak. Cette diplômée de la London School of Economics, après une rencontre avec Muhammad Yunus, importa l'idée en France sous le nom d'« Association pour le droit à l'initiative économique ». L'Adie a pour « clients » un tiers de clientes, et une majorité de Rmistes, chômeurs et autres précaires qui, un jour, ont une idée, décident de la mettre à exécution, mais ne trouvent pas d'établissements bancaires prêts à leur faire confiance pour la développer. Pourtant, les plus pauvres sont les meilleurs « clients » de la finance : 93,5 % d'entre eux remboursent leur emprunt.

Comme Muhammad Yunus, Maria Nowak est convaincue que dans un monde instable, de plus en plus précaire, la microentreprise est un système d'avenir. Un système qui, en tout cas, se répand aussi bien dans les pays du Sud (en Asie, certaines « banques des pauvres » comptent aujourd'hui de 2 à 3 millions de clients n'ayant pas accès au système bancaire « normal ») que dans ceux du Nord, où une fraction de plus en plus élevée de la population connaît les affres de la paupérisation. La demande est énorme : on estime à un milliard le nombre de personnes qui, à travers le monde, sont rejetées par les banques. Pourtant, les chiffres sont là : une grande partie de celles qui ont eu recours à ce système – soit, à ce jour, plus de 80 millions de personnes ayant bénéficié d'un prêt moyen, Sud et Nord confondus, de 591 dollars – ont pu sortir de l'extrême misère. Il existe aujourd'hui 1 700 organismes de microfinance de par le monde. En France, près de 40 000 crédits ont été ainsi octroyés depuis 1989.

Le microcrédit connaît toutefois, depuis quelques années, une crise de… crédibilité. Plusieurs banques ont dû fermer à la suite de scandales, et Muhammad Yunus lui-même a été écarté de sa propre institution par le gouvernement du Bangladesh, sur fond de rumeurs de détournements et surtout de rivalités de pouvoir. Maria Nowak reconnaît qu'« il y a eu des dérives dans certaines institutions, surtout en Inde. Normalement, le microcrédit est utilisé pour aider les populations défavorisées à la création d'entreprises. Certains l'ont transformé en crédit à la consommation, moyennant des taux prohibitifs, parfois de 50 %, voire de 100 %, à rembourser chaque année ; c'était de l'usure[33] ». Gageons qu'il ne s'agit là que d'une crise de croissance de ce qui reste un projet généreux et efficace lorsqu'il est développé sans arrière-pensées vénales.

La taxe Tobin

Peut-on faire quelque chose contre les monstrueux flux financiers qui traversent à tout instant et en tous sens la planète au détriment de l'élément humain ? En 1972, au cours d'une conférence donnée à l'université de Princeton, l'économiste américain James Tobin, par ailleurs défenseur du principe de libre-échange, propose de « jeter quelques grains de sable dans les rouages » en imposant une taxe d'un taux très faible – entre 0,05 et 0,2 % – sur les transactions financières en devises. Une proposition qui contribuera à lui faire décerner le prix Nobel d'économie en 1981, et que l'on retient aujourd'hui sous le nom de « taxe Tobin », bien que James Tobin s'en soit par la suite démarqué. Sur le coup, la proposition Tobin est certes applaudie, mais elle ne fait pas d'émules. Il faut attendre 1984 pour que la Suède décide de la mettre en œuvre en solitaire, à un taux élevé de 0,5 %, doublé deux ans plus tard, et étendue au marché des actions et obligations. La conséquence immédiate en est une fuite massive des capitaux ; en 1990, l'expérience est abandonnée.

En 1997, le directeur du *Monde diplomatique*, Ignacio Ramonet, propose dans un éditorial du mensuel la création, « à l'échelle planétaire », d'une ONG appelée « Action pour une taxe Tobin d'aide aux citoyens » (Attac), qui deviendra l'Association pour la taxation des transactions financières et pour l'action citoyenne, fer de lance des militants altermondialistes. Cette taxe de solidarité, écrit-il, même si elle est limitée à 0,1 %, permettrait de générer des revenus colossaux, propres à « éradiquer la pauvreté extrême ». Tobin suggérait de taxer uniquement les mouvements de devises pour limiter la volatilité des taux de change, et n'avait pas vraiment défini les manières d'utiliser les revenus de la taxe qu'il proposait. Attac va au-delà du modèle suédois et réclame une taxation de *toutes* les transactions financières. Il faut cependant attendre la crise de 2008 pour que l'idée d'une mise en œuvre de cette taxe soit abordée sérieusement par les responsables économico-politiques du monde. En août 2009, Adait Turner, chef de l'Autorité britannique des services financiers, se déclare en sa faveur. En novembre de la même année, le G20 demande au FMI d'étudier sa faisabilité. L'opposition des États-Unis et des marchés financiers bloque cette initiative à l'échelle internationale. Mais on voit aujourd'hui l'Europe s'y intéresser de plus près. D'ailleurs, la France depuis 2001 et la Belgique depuis 2004 ont voté une loi les engageant à instaurer cette taxe dès que tous les pays européens s'y seront déterminés.

À l'échelle européenne, la taxe Tobin rapporterait entre 50 et 60 milliards d'euros par an. Mais que faire de cette somme ? La verser au budget de l'Union européenne ou à un fonds de stabilité financière ? C'est cette seconde option qui prévaut au niveau européen. Il serait cependant dommage que le fruit de cette taxe, si elle est un jour appliquée, ne soit pas dévolu à des questions plus fondamentales pour le devenir de la planète dans son ensemble, qu'il s'agisse de l'aide au développement ou de projets écologiques.

La vitalité de la société civile mondiale

Depuis plusieurs siècles, on a cru en Occident que l'État était le principal levier de la construction du vivre-ensemble. Accéder aux fonctions étatiques constituait l'ambition de bon nombre d'acteurs sociaux, y compris en vue de transformer les règles et orientations d'un pays. La vie démocratique n'avait de validité que dans les frontières de l'État et de la collectivité nationale. Après la Seconde Guerre mondiale, la puissance de l'État, et singulièrement de l'État-nation, a été battue en brèche pour une double raison. La première est que se mettait en place un système international, avec l'ONU et ses multiples agences spécialisées (science, culture et éducation avec l'Unesco ; travail avec l'OIT ; environnement et développement avec le PNUD, etc.). Même s'il était interétatique, ce système n'en représentait pas moins une certaine contrainte exercée sur les pouvoirs nationaux. La seconde raison, tout aussi importante, était l'essor d'une économie mondialisée, pilotée par les multinationales occidentales, et qui, année après année, accumulait un potentiel d'action vertigineux, jusqu'à imposer aux États telle ou telle orientation.

La fin des années 1990 a pourtant vu monter en force un nouvel acteur. Symboliquement, sa date de naissance est fixée aux mois de novembre et décembre 1999. Que s'est-il alors passé ? L'Organisation mondiale du commerce (OMC) a organisé sa troisième conférence ministérielle à Seattle, aux

États-Unis. Quinze délégations officielles, venues des États membres de l'institution, firent le déplacement. L'ordre du jour portait notamment sur la concurrence, le projet visant à libéraliser encore plus, pour les grandes entreprises, l'accès aux marchés nationaux, en particulier ceux des pays du Sud. La réunion fut un échec, certains pays du Sud refusant le jeu de la néolibéralisation de leurs économies. Mais le plus important, pour ce qui concerne notre propos, est ce qui se passa hors de la réunion, dans les rues de Seattle et dans ses salles publiques. Des dizaines de milliers de citoyens et d'associations venus du monde entier – syndicalistes, féministes, paysans, artistes, intellectuels, religieux, scientifiques, économistes, mouvements humanitaires, organisations de défense des droits de l'homme et du droit des peuples, etc. – manifestèrent pour dénoncer l'OMC, l'opacité de ses négociations, son marchandage au sujet des services publics, ses visées néolibérales…

J'aimerais fonder ici ma réflexion sur les analyses de Nicanor Perlas. Cet ingénieur agronome philippin a dû s'exiler aux États-Unis durant la dictature de Marcos. Écologiste dans l'âme, il a participé, dans les années 1980, à l'élaboration du concept de *sustainability*, qui connaîtra un succès international après 1987 et est souvent rendu en français par « durabilité ». Dans les années 1990, après son retour aux Philippines, mais aussi lors de rencontres internationales, il milite au sein des mouvements d'opposition aux structures du capitalisme international, ciblant les accords du GATT qui enfanteront en 1995 l'OMC. En 1992, il est à Rio pour le Sommet de la Terre. En

2003, il recevra le prix Nobel alternatif pour son travail socio-économique (microcrédit, développement alternatif) et environnemental (agriculture biodynamique). Voici ce que Nicanor Perlas écrit à propos des événements de 1999 à Seattle : « Aujourd'hui, au tournant du millénaire, nous assistons à une troisième grande naissance : l'émancipation de la culture grâce au pouvoir d'action de la société civile mondiale. Une fois émancipée, la vie culturelle porte en elle la possibilité de réorienter toute l'évolution humaine vers un avenir meilleur. De ce point de vue, la société civile est certainement l'innovation sociale du XXᵉ siècle[34]. »

Pour Nicanor Perlas, la société civile représente une véritable force de guérison sur le terrain de la culture, du sens, des valeurs. L'État, outil de la sphère politique, et le Marché, outil de la sphère économique, doivent dorénavant compter avec la Société civile, outil de la sphère culturelle. Dans son acception, la culture n'est pas comprise de façon élitiste, mais anthropologique ; elle concerne notre humanité même : « À la sphère culturelle, nous devons l'art, l'éthique, le savoir, la sagesse, notre sens du sacré et beaucoup d'autres choses qui font que la vie vaut la peine d'être vécue. La culture est fondamentalement l'espace social où s'élaborent l'identité et le sens. Les deux sont inséparables. L'identité et le sens permettent aux êtres humains de s'orienter dans la connaissance, les émotions, l'éthique. Autrement dit, la culture est cette source inépuisable qui détermine et nourrit le comportement humain[35]. »

C'est pour prolonger cette résistance civique internationale que des acteurs sociaux organisèrent, au Brésil, dans la ville de Porto Alegre, le premier Forum social mondial (FSM) en janvier 2001. Il s'agissait de passer de la contestation à la proposition, du « Non ! » à l'élaboration d'alternatives, et ce, dans tous les domaines de la vie. Son mot d'ordre ? « Un autre monde est possible. » Le mouvement altermondialiste était lancé. La Charte des principes du Forum social mondial précisait trois grands axes pour ses travaux : une ferme opposition au système néolibéral, une ouverture à tous les courants de pensée pour les projets alternatifs, enfin l'absence des organisations politiques en tant que telles (l'idée étant de préserver l'autonomie du mouvement social).

Depuis 2001, chaque année se tient un Forum social mondial dans un pays du Sud. Plus de 100 000 participants et près de 5 000 associations originaires de 150 pays s'y retrouvent pour parler de la promotion des droits humains, du droit des peuples, de l'émancipation des femmes, des droits et besoins des paysans, de la sauvegarde de l'environnement, de la démocratisation des relations internationales, de l'insertion de la spiritualité dans les causes de l'humanisme, du commerce équitable, de la démocratie participative, etc. En 2005 a été rendu public le Manifeste de Porto Alegre, somme de douze propositions pour sortir le monde de la crise : annuler la dette publique ; mettre en place des taxes internationales sur les transactions financières ; démanteler progressivement toutes les formes de paradis fiscaux ; faire du droit à l'emploi une priorité ; lutter contre toutes les formes de discri-

mination ; prendre des mesures urgentes pour mettre
fin au saccage de l'environnement ; promouvoir les
formes de commerce équitable ; garantir le droit à
la souveraineté alimentaire ; interdire toute forme de
brevetage des connaissances et du vivant ; garantir le
droit à l'information ; exiger le démantèlement des
bases militaires ; réformer et démocratiser en profondeur les organisations internationales.

Certes, ce type de mouvement peut connaître des
hauts et des bas, des discours irréalistes, mais, d'une
année à l'autre, d'une ville à l'autre, d'un continent à
l'autre, l'essentiel est là : les différents forums sociaux
sont devenus de véritables écoles d'éducation populaire, de formation et de conscientisation. Dans un
article paru en 2003, le sociologue Michael Löwy et le
théologien Frei Betto écrivent : « Face à cette civilisation de la marchandisation universelle, qui noie tous
les rapports humains dans les "eaux glacées du calcul
égoïste" (Marx), le Forum social mondial représente
avant tout un refus : "Le monde n'est pas une mar-
chandise !" C'est-à-dire : la nature, la vie, les droits
de l'homme, la liberté, l'amour, la culture ne sont
pas des marchandises. Mais le FSM représente aussi
l'aspiration à un autre type de civilisation, basée sur
d'autres valeurs que l'argent ou le capital. Ce sont
deux projets de civilisation et deux échelles de valeurs
qui s'affrontent de façon antagonique, parfaitement
irréconciliables, au seuil du XXIe siècle. »

Patrick Viveret et les Dialogues en humanité

Ancien conseiller référendaire à la Cour des comptes et philosophe altermondialiste, Patrick Viveret cherchait le moyen d'instaurer un dialogue mondial pour « inventer les alternatives au chaos ». Projet ambitieux qu'il voulait ouvert à tous ceux qui partageaient son envie de changer le monde tout en procédant de manière constructive et non violente, en incluant à la fois la dimension humaine et les préoccupations écologiques. En 2002, il participait au sommet mondial sur le développement durable, organisé par l'ONU à Johannesburg, en Afrique du Sud. Sa rencontre, à cette occasion, avec le sénateur-maire de Lyon, Gérard Collomb, aboutit à une concrétisation du projet dont il était porteur et qui aurait pu rester une belle utopie. Quelques mois plus tard, il crée « Dialogues en humanité ». « Il nous faut sortir des logiques guerrières », dit-il le jour du lancement de son projet. Des logiques qu'il perçoit dans notre rapport avec la nature, avec autrui, mais aussi avec nous-même. C'est à cette condition, ajoute-t-il, que nous pourrons faire route tous ensemble et redresser le gouvernail tant qu'il en est encore temps.

Avec « Dialogues en humanité[36] », Patrick Viveret a organisé ce qu'il savait faire : des séminaires, des rencontres qui se veulent des moments d'échanges entre les acteurs du changement et ceux qui souhaitent le devenir. Des micro-associations se sont ainsi fédérées de manière informelle et se retrouvent pour agir de concert en apprenant à se connaître, à partager leurs savoir-faire, et surtout à mieux se faire entendre. Des partenaires de différents continents, de différents « mondes », ont noué des alliances, appris à partager pratiques et expériences. Le monde changera-t-il grâce à de telles initiatives ? Il est en tout cas certain que, sans ces petites pierres apportées à l'édifice, rien ne changera pour l'humanité de demain.

La voie non violente de Nelson Mandela et Desmond Tutu

Pour les prochaines générations, mais déjà pour les jeunes d'aujourd'hui, l'apartheid est un concept assez peu significatif. On l'utilise parfois pour décrire des situations dans lesquelles des personnes sont victimes de discriminations pour telle ou telle raison. Mais, tout au long du XXᵉ siècle, et surtout à partir de mai 1948, l'apartheid a désigné l'un des pires régimes sociopolitiques qui soit. Durant des décennies, les communautés noires (mais aussi indiennes et métis) de la république d'Afrique du Sud furent contraintes de vivre aux marges du pays, dans un « développement séparé », quand bien même elles représentaient l'immense majorité de la population. Les pouvoirs politique, économique, culturel, etc. étaient entièrement accaparés par la communauté blanche, essentiellement issue d'une double souche protestante (britannique, d'expression anglaise, et hollandaise, d'expression afrikaans). Si je souligne ce marqueur religieux, c'est qu'au XIXᵉ siècle, et même avant, cette communauté a trouvé dans une lecture littéraliste et racialiste de la Bible, en particulier de l'Ancien Testament, les fondements de son identité collective. En l'espèce, nous ne sommes pas très éloignés ici de la culture religieuse qui pouvait prévaloir (et prévaut encore en partie) dans le sud des États-Unis. Se posant en « peuple élu », et considérant l'Afrique du Sud comme la « Terre promise » que Dieu leur avait accordée, les équivalents sud-africains des WASP (*white, anglo-saxon, protestant*) nord-américains percevaient les Noirs et autres « gens de couleur » comme leurs « Cananéens » à eux, autrement dit comme des groupes d'un rang inférieur dans la dignité humaine.

L'un des événements les plus dramatiques et les plus marquants pour la conscience collective des Noirs sud-africains, des Blancs opposés au système d'apartheid et d'une grande partie de l'opinion publique mondiale de cette époque fut le « massacre de Soweto » survenu le 16 juin 1976. Soweto est un *township*, un quartier pauvre situé à la périphérie de Johannesburg. Le gouvernement venait de prendre la décision d'imposer l'afrikaans comme langue unique dans l'enseignement. Refusant cette violence culturelle – l'afrikaans est la langue des Boers, base sociale du régime d'apartheid –, les lycéens manifestèrent pacifiquement. La répression fut terrible. Si les chiffres officiels font état de vingt-deux morts, d'autres parlent de plusieurs centaines… C'est à ce moment que fut arrêté, torturé et tué Steve Biko, l'une des figures emblématiques du Black Consciousness Movement (Mouvement de la conscience noire), proche de la théologie de la libération noire qui aspirait à décoloniser théologiquement le christianisme. Mgr Desmond Tutu, futur prix Nobel de la paix, proche de ce courant de pensée, participa aux funérailles de Steve Biko.

Plusieurs circonstances se conjuguèrent pour aboutir à la fin du régime d'apartheid au début des années 1990 : la constante mobilisation des populations noires opprimées d'Afrique du Sud, la prise de conscience de l'opinion publique internationale (notamment aux États-Unis), la redéfinition de l'ordre du monde sur le plan géostratégique et géopolitique après la chute du mur de Berlin... Si j'ai placé cette histoire dans ce chapitre consacré aux alternatives, c'est parce que Nelson Mandela et Desmond Tutu, à la suite de Gandhi en Inde, sont des voix qui surent indiquer à leur peuple la possibilité d'une voie non violente de sortie de l'apartheid, et cela, malgré deux siècles de violences et d'oppression coloniale. Cette non-violence qui m'apparaît comme une valeur cardinale pour les processus de guérison du monde fut surtout à l'œuvre après le démantèlement de l'apartheid. Le risque était gros, en effet, de voir s'installer dans le pays un climat de revanche pour faire payer à la population blanche le prix du racisme qu'elle avait fait subir aux Noirs. La nouvelle Afrique du Sud a su trouver le chemin de la guérison (même si tout n'est pas encore réglé, loin de là). Au long de ce chemin, nous rencontrons la Commission Vérité et Réconciliation (CVR), fondée par Nelson Mandela (qui, rappelons-le, a moisi en prison de 1963 à 1990) et présidée par Mgr Desmond Tutu. Son objet ne se bornait pas à donner au pays une unité après la fin du racisme d'État ; il s'agissait également de guérir les blessures, en particulier les blessures de l'âme collective, les plus profondes. Cette CVR avait donc une ambition à la fois politique et morale[37].

Aujourd'hui, l'Afrique du Sud se considère comme une *rainbow nation*, une « nation arc-en-ciel », pour user d'une métaphore formulée par Mgr Desmond Tutu et dont on voit bien l'origine biblique. Dans le discours inaugural qu'il prononça quand il devint président de l'Afrique du Sud, Nelson Mandela déclara : « L'arc-en-ciel est devenu le symbole de notre nation. Nous avons fait de la variété de nos langues et de nos cultures, autrefois utilisée pour nous diviser, une force et une richesse. » D'autres pays de par le monde ont connu la mise en place de Commissions Vérité et Réconciliation : ainsi en Amérique latine (Pérou, Chili, Argentine…), en Afrique (Sierra Leone, Maroc…), en Asie (Timor-Oriental…). Même si elles ne se montrèrent pas toujours à la hauteur des enjeux, le seul fait qu'elles aient existé prouve la possibilité de la non-violence comme voie de guérison des blessures sociales, politiques et culturelles.

La diplomatie de paix de la Communauté de Sant'Egidio

L'expérience de la Communauté de Sant'Egidio (Saint-Gilles en italien) est l'une des plus intéressantes qui soit dans le champ des relations internationales et de la résolution des conflits. Religieuse, cette communauté fait partie de l'Église catholique, même si son action est autonome par rapport à la diploma-

tie vaticane. Voilà qui démontre, dans l'esprit d'une
« laïcité ouverte », qu'une dynamique de nature spirituelle peut s'exprimer dans l'espace public, celui des
États et des sociétés civiles, avec pour seule finalité
ce que la Communauté appelle l'« humanisation du
monde » – autre façon de nommer la « guérison
du monde », sujet de ce livre.

Cette organisation catholique fut fondée en 1968
en l'église Sant'Egidio, dans le quartier du Trastevere,
à Rome. Elle fut reconnue officiellement par l'Église
en tant qu'association internationale de laïcs en 1986.
Si la diplomatie de la paix, sur laquelle je reviendrai,
est une dimension importante de son travail, cette
communauté est également très active sur le terrain
social (lutte pour l'abolition de la peine de mort,
actions contre la pauvreté et l'exclusion, pour la réin-
sertion sociale et économique des pauvres, éducation
populaire, etc.). Elle intervient aussi dans le dialogue
interreligieux. Très présente dans le domaine de la
résolution des conflits, la Communauté sert de relais
et d'espace neutre pour des négociations visant à
résorber les dynamiques de violence et de contre-
violence. Ainsi, elle a participé au processus de paix
qui a abouti, le 4 octobre 1992, à un accord au
Mozambique. En 1995, ayant joué les médiatrices, la
Communauté a permis la mise en place de la « Plate-
forme de Rome », avec pour perspective la fin de la
guerre civile entre plusieurs factions politiques algé-
riennes. Son rôle fut également important en Afrique
centrale, en Bosnie, au Kosovo, au Guatemala, au
Salvador, en Irak, en Côte d'Ivoire, au Mali.

Certains observateurs évoquent une « méthode Sant'Egidio ». Quels sont ses traits caractéristiques ? La Communauté les présente en ces termes : « Le travail pour la paix dans un monde multipolaire et déstructuré [...] rend nécessaire la synergie de toutes les énergies disponibles. En ce sens, à Sant'Egidio, plutôt que de diplomatie parallèle, on préfère parler de synergie des forces à tous les niveaux : institutionnels et non institutionnels, officiels et non officiels de la société civile. [...] L'approche en synergie dans les processus de paix est essentielle pour donner une réponse aux grandes questions qui se posent au cours d'une négociation : c'est le nœud des garanties. La présence, au niveau institutionnel, des États, des organisations internationales, donne des garanties aux parties belligérantes. [...] Une telle option se révèle également nécessaire dans le cadre du processus d'apprentissage de la démocratie. Il s'agit d'un long travail qui requiert le passage par l'acceptation du pluralisme politique, culturel, ethnique et religieux d'un pays. Au cours du processus de paix, il est fondamental de passer d'une culture de la guerre à la culture de la politique. Dans chaque conflit, il existe un problème de la "pathologie de la mémoire" qu'il est nécessaire d'aplanir au cours des négociations par une adaptation à la vie civile et à la démocratie[38]. »

Le fondateur de la Communauté, Andrea Riccardi, a été nommé, en novembre 2011, dans le nouveau gouvernement de Mario Monti qui a succédé à celui de Silvio Berlusconi. L'appellation de son ministère ?

Coopération internationale et Intégration… Elle exprime tout le sens de la démarche de Sant'Egidio.

AU SERVICE DE LA PERSONNE

Après la planète et l'humanité, venons-en au troisième pôle du triptyque évoqué en début de chapitre : la personne. Ici, je privilégierai la personne dans son intériorité, son intimité, non pour sombrer dans un quelconque nombrilisme ou repli sur un moi égoïste, mais pour mieux apprécier au contraire ce qui se joue de décisif dans le for intérieur. J'ai la conviction que la psyché – l'âme, au sens large du terme –, représente un continent dont l'exploration constitue l'une des conditions du bonheur, du bien-être et de la réalisation de soi.

Enjeux et défis du développement personnel

Il est manifeste qu'un grand nombre de maladies et de pathologies ne sont pas seulement liées à des causes matérielles ou physiologiques, mais plongent aussi leurs racines dans un certain mal-être général. Ce malaise est amplifié par la crise économique actuelle, qui fragilise en particulier les couches moyennes et populaires de la société ; mais cette crise n'est pas seule responsable. J'ai rappelé dans un chapitre précédent que l'on qualifiait de « civilisationnelles » certaines maladies occidentales dont on constate qu'elles se propagent à l'échelle du monde. Nous les appelons ainsi parce qu'elles sont le symptôme d'un problème qui implique notre modèle sociétal, notre type de développement, notre mode de vie. Le consumérisme comme seule voie de réalisation de soi entraîne dans une impasse un nombre toujours plus élevé de nos contemporains. C'est justement pour sortir de cette impasse que le développement personnel apparaît comme un des chemins de la guérison du monde. Autant l'écologie et l'agriculture biologique et biodynamique peuvent grandement aider à une guérison de la Terre en tant qu'elle est notre habitat, autant l'économie solidaire, la résolution non violente des conflits ou encore la démocratie participative peuvent contribuer à guérir les blessures sociales, autant je suis persuadé que le développement personnel peut apporter sa pierre à l'édification d'un monde pacifié, plus équilibré, plus facile à vivre, plus riche du point de vue de la signification et des buts de l'existence.

Il n'est pas aisé de rendre compte en quelques pages de ce qu'est le développement personnel. Il renvoie à tant de pratiques et de courants de pensée, à tant de disciplines et de domaines, de valeurs et d'objectifs, qu'il serait présomptueux de prétendre en offrir une élucidation définitive. L'une des raisons de cette difficulté est que chaque pratique, chaque courant de pensée, chaque discipline repose sur une représentation de l'homme singulière. Qu'y a-t-il de commun entre une approche fondée sur la voie, culturellement japonaise, du bouddhisme zen et telle thérapie comportementale cognitive tout droit issue d'un campus universitaire ultramoderne des États-Unis, ou encore entre la « thérapie de l'âme » de la tradition musulmane soufie (comme celle de Cheikh Khaled Bentounès) et l'analyse transactionnelle (AT) élaborée dans les années 1960 par Éric Berne ? On peut en fait estimer qu'il y a unité du développement personnel en tant que dynamique du sens (sur le plan des significations de la vie) et dynamique de l'existence (sur le plan de la mise en cohérence).

Dans le vaste panorama du développement personnel, j'aimerais retenir et présenter brièvement deux courants psychologiques qui me semblent centraux. Non seulement ils ont joué au XXe siècle un rôle fondateur, mais plus la crise systémique actuelle s'approfondira, et avec elles les diverses crises sectorielles adjacentes, plus nous aurons besoin de leurs apports conceptuels et pratiques. Il s'agit de la psychologie des profondeurs de Carl Gustav Jung, et de la psychologie humaniste d'Abraham Maslow[39].

La psychologie des profondeurs, dite aussi « analytique », est née à la fois dans le sillage de la psychanalyse de Sigmund Freud, avec qui elle partage une approche commune de la réalité psychique (la réalité de l'inconscient), et dans sa critique, son dépassement. Je me bornerai à montrer ici en quoi la riche psychologie jungienne a apporté sa contribution au champ du développement personnel en renouvelant les significations de la notion d'« individuation ». L'individuation jungienne est la forme que prend le développement personnel dans le cadre de la psychologie des profondeurs. Dans son récit autobiographique, *Ma vie*, écrit avec l'aide d'Aniéla Jaffé, Carl Gustav Jung précise : « J'emploie l'expression d'*individuation* pour désigner le processus par lequel un être devient un individu psychologique, c'est-à-dire une unité autonome et indivisible, une totalité[40]. » Dans un autre ouvrage, *Dialectique du Moi et de l'inconscient*[41], le psychologue de Zurich nous donne d'autres éléments de compréhension : « La voie de l'individuation signifie : tendre à devenir un être réellement individuel et, dans la mesure où nous entendons par individualité la forme de notre unicité la plus intime, notre unicité dernière et irrévocable, il s'agit de la réalisation de son Soi dans ce qu'il a de plus personnel et de plus rebelle à toute comparaison. On pourrait donc traduire le mot d'"individuation" par "réalisation de soi-même", "réalisation de son Soi"… »

La réalisation du Soi (on notera la majuscule) constitue donc, pour Carl Gustav Jung, le défi majeur de l'individuation. De quoi s'agit-il ? Le Soi est un archétype, un pôle vers lequel il faut tendre, une réalité subtile qu'il nous faut incarner, réaliser. Dans son achèvement, il est une totalité. C'est en réalisant notre Soi que nous parvenons à la totalité de ce que nous sommes, autrement dit à notre unité. Ce qui est contesté en filigrane par la psychologie des profondeurs, c'est cette civilisation qui fragmente la personne humaine, la disperse, la disloque. Le rétablissement des liens est au cœur de l'individuation : lien entre la conscience et l'inconscient (que celui-ci soit personnel ou collectif), entre notre masculin et notre féminin (la fameuse dialectique de l'*anima* et de l'*animus*), entre nos quatre grandes facultés (pensée, intuition, sentiment et sensation), entre notre corps et notre âme.

Il va de soi que les notions de conscience, de conscient et d'inconscient sont des notions fluides et dynamiques, non des substances au sens philosophique. L'individuation ne peut donc en aucun cas être considérée comme un état auquel on parvient. Le suffixe « -ation » désigne une action, un processus. De surcroît, l'inconscient dans ses multiples strates se renouvelle sans cesse, à chaque seconde. Chaque nuit nous rêvons, créant ainsi de nouveaux matériaux oniriques, et à chaque instant nos sens se mobilisent pour appréhender le monde qui nous entoure. Ces expériences de vie font que l'individuation est un processus sans fin. Il n'y a pas d'*état* de la « totalité », car elle se donne à nous comme une figure fugitive, une trace, une empreinte à suivre. Mais il me semble que ce processus d'individuation, tel que Jung le définit, résume parfaitement le but recherché par toutes les pratiques du développement personnel : permettre à l'individu d'être de plus en plus lui-même.

Au nom d'Abraham Maslow est associée une célèbre pyramide, celle des besoins. À l'origine, cette modélisation est liée à une analyse de la motivation[42]. Que nous dit cette pyramide ? D'après le psychologue étasunien, les besoins humains se distribueraient selon un étagement à cinq niveaux. Les niveaux inférieurs sont des niveaux de base, des fondamentaux en quelque sorte, sans lesquels rien n'est possible. Les niveaux supérieurs, eux, concerneraient plus spécifiquement des activités ou des motivations d'ordre psychologique. Les besoins basiques sont les « besoins physiologiques » : ils se rapportent aux conditions physiques de notre existence comme le fait de s'alimenter, de dormir, de respirer, de se reproduire. Cette catégorie est essentiellement déterminée par les instincts de notre biologie animale. Les deuxièmes besoins, dits de « sécurité », sont ceux qui relèvent de notre intégrité, celle du corps et de sa santé, celle de nos biens et de notre propriété, etc. Le troisième palier est celui des « besoins d'appartenance » ; là, l'accent est mis sur les besoins identitaires et affectifs que l'amour, l'amitié, la vie familiale, la vie sexuelle permettent de satisfaire. Le quatrième niveau de la pyramide d'Abraham Maslow décrit les « besoins d'estime », aussi bien celle de soi (confiance) que celle des autres (respect). Enfin, le cinquième niveau définit en propre l'« accomplissement personnel », avec tout ce qui relève de la créativité, de la morale, de la vie intérieure.

Plusieurs critiques ont pu être formulées contre cette hiérarchie des besoins. Certaines me semblent frapper juste, notamment celles qui dénoncent l'idée même d'une hiérarchie des besoins. Ainsi, est-on si sûr que les besoins « psychologiques » et « culturels » ne sont pas aussi fondamentaux que ceux du corps ? En outre, cette modélisation ne recèle sans doute pas la valeur « universelle » que lui prêtent ses thuriféraires. Les notions d'individu, de besoin, de sécurité, d'estime sont trop déterminées historiquement et culturellement pour que l'on puisse les invoquer sans précaution. Il me paraît néanmoins possible de considérer ces cinq types de besoins comme étant tous, et avec la même dignité, des conditions du bien-être, du bonheur, de la réalisation de soi. L'autre mérite d'Abraham Maslow est d'avoir rappelé que cet accomplissement de soi passe par la traduction en actes de nos potentialités. On connaît de lui cette belle expression qui résume sa vision humaniste du développement personnel : « S'il veut être en paix avec lui-même, un musicien doit faire de la musique, un peintre faire de la peinture, un poète écrire. »

Changer de mode de vie et guérir le quotidien

Face aux désarrois et inquiétudes suscités par notre mode de vie « à l'occidentale », nous sommes de plus en plus nombreux à vouloir guérir notre quotidien, et non pas uniquement les pathologies qui l'affectent. Notre réflexion s'inscrit toujours ici dans la perspective du développement personnel, mais, cette fois, sous un angle à la fois plus médical et plus social. En effet, guérir le quotidien requiert, d'une part, une attention thérapeutique renouvelée et, d'autre part, une certaine conscience sociale se rapportant aux caractéristiques de notre société et de ce qui, en elle, doit être dépassé. Aujourd'hui, la médecine occidentale prend en charge les symptômes et s'interdit de remonter aux causes premières. L'homme se guérit comme l'automobile se répare, mais l'homme n'est pas une machine – c'est tout le problème. Et bien des maladies proviennent de son environnement social, voire civilisationnel, comme je l'ai déjà évoqué. Pour aborder cette dimension de la guérison du monde, je m'appuierai sur deux praticiens qui ont, ces dernières années, largement participé à ce mouvement de réenchantement de notre relation au monde et à nous-même : David Servan-Schreiber et Thierry Janssen.

La carrière de David Servan-Schreiber s'est déroulée essentiellement aux États-Unis. Ce professeur de psychiatrie clinique (chef de la division de psychiatrie de l'université de Pittsburgh) s'est engagé très tôt dans la voie de l'EMDR (*Eye Movement Desensitization and Reprocessing*), ou désensibilisation et reprogrammation par des mouvements oculaires. C'est le nom d'une thérapie que David Servan-Schreiber va populariser en France avec son premier livre, *Guérir le stress, l'anxiété et la dépression sans médicaments ni psychanalyse*[43]. Le succès est immédiat, avec 1,3 million d'exemplaires vendus dans vingt-huit langues. C'est la psychologue étasunienne Francine Shapiro, membre du Mental Research Institute de Palo Alto, qui est à l'origine de cette découverte. Cette thérapie d'intégration neuro-émotionnelle est fondée sur un ensemble de stimulations bilatérales ou bifocales alternées (mouvements oculaires ou autres). Ces stimulations, accompagnées d'autres techniques, contribuent, nous disent Francine Shapiro et David Servan-Schreiber, à mobiliser nos ressources psychiques aux fins d'un traitement d'informations douloureuses bloquées (celles, par exemple, résultant d'un choc traumatique). David Servan-Schreiber souligne ainsi : « Si un événement douloureux a été mal "digéré", parce que trop violent, les images, les sons et les sensations liés à l'événement sont stockés dans le cerveau, prêts à se réactiver au moindre rappel du traumatisme. Le mouvement oculaire débloque l'information traumatique et réactive le système naturel de guérison du cerveau pour qu'il complète le travail. »

Même si cette démarche thérapeutique prend le contre-pied de la psychanalyse (on sait que nombre de psychanalystes s'y opposeront), cela ne signifie en aucune manière qu'elle évacue les données émotionnelles, affectives et psychologiques du processus de guérison. Au contraire, David Servan-Schreiber parle même de la « nécessité d'une nouvelle médecine des émotions ». Dans *Guérir*, l'EMDR est mobilisée au même titre que six autres approches : la régulation du rythme cardiaque pour contrôler les émotions ; la synchronisation des horloges biologiques ; l'acupuncture ; l'apport d'acides gras « oméga-3 » ; les exercices physiques ; la « communication affective ».

En 2007, un autre livre, *Anticancer – Prévenir et lutter grâce à nos défenses naturelles*[44], connaît un succès tout aussi important que *Guérir*, avec un million d'exemplaires vendus de par le monde dans quarante langues. Dans ce nouvel ouvrage, tout en partant de son expérience personnelle, David Servan-Schreiber propose d'explorer quatre domaines à ses yeux essentiels pour tout chemin de guérison : nous prémunir contre les déséquilibres de l'environnement ; ajuster notre alimentation ; guérir nos blessures psychologiques ; établir une relation différente à notre corps.

David Servan-Schreiber est parvenu à reculer de dix-sept ans l'échéance fatale d'un cancer du cerveau qui a fini par l'emporter en juillet 2011. Dans *On peut se dire au revoir plusieurs fois*[45], il relate de façon émouvante ce combat et les principes sur lesquels il s'est fondé.

L'année 1998 marque un tournant dans la carrière de Thierry Janssen : il arrête alors son activité professionnelle au sein de l'hôpital universitaire Érasme (université de Bruxelles), où il œuvre en tant que chirurgien urologue. C'est pourtant un médecin réputé et talentueux. Que s'est-il donc passé pour lui cette année-là ? Thierry Janssen a pris la décision de se tourner vers les sciences de l'esprit en devenant psychothérapeute, spécialisé dans l'accompagnement des patients atteints de maladies physiques. Il a également changé de paradigme médical en explorant sur les plans intellectuel et pratique ces voies qui reposent sur une compréhension holistique des liens psycho-corporels. Il se forme ainsi à l'hypnose ericksonienne, à la gestalt-thérapie, à la psychanalyse bioénergétique de Lowen, aux thérapies énergétiques et approches psycho-corporelles de la Brennan School of Healing de Miami, aux États-Unis. Mais, dans cette exploration, il découvre aussi le patrimoine médical et spirituel de l'Asie avec la médecine ayurvédique, la médecine traditionnelle chinoise, le yoga, le qi gong, la méditation.

Avec David Servan-Schreiber, Thierry Janssen partageait une même approche holistique de la maladie et de la guérison. Après le décès du premier, le second a laissé un beau témoignage sur la proximité qui existait entre eux. Il évoque notamment

une rencontre qui eut lieu le 1er novembre 2004 :
« Passionnés par une vision élargie de la réalité, en
quête d'un nouveau paradigme pour nos sociétés,
nous avons débattu alors des liens entre la pensée
et la santé du corps. David s'étonnait du fait que
les lecteurs de *Guérir* s'intéressaient avant tout aux
oméga-3 comme solution au stress, à l'anxiété et
à la dépression. Je lui fis remarquer qu'il est très
difficile de changer la manière dont nous pensons
la réalité. Rien n'est plus ardu à transformer que les
représentations que nous avons de nous-même et du
monde. Il ne fallait donc pas s'étonner que, parmi
les gens qui espéraient échapper à la consommation
d'antidépresseurs, un grand nombre ait été séduit
par l'idée d'avaler des gélules d'huile de poisson à
la place[46] ! »

Comme David Servan-Schreiber, Thierry Janssen
souligne l'importance de la capacité d'autoguérison
que nous possédons tous. C'est ce dont témoignent
ses ouvrages : *Le Travail d'une vie* (Robert Laffont, 2001), *Vivre en paix* (Robert Laffont, 2003),
La Solution intérieure (Fayard, 2006), *La maladie
a-t-elle un sens ?* (Fayard, 2008), *Le Défi positif* (Les
Liens qui Libèrent, 2011). Se définissant parfois
comme un « médecin psychothérapeute », Thierry
Janssen explique le sens de sa vision et ses trois
dimensions essentielles : le physique, le psychique
et le social. « La maladie est à la fois une pathologie
objectivable par la science (*disease*, comme disent les
Anglo-Saxons), une maladie vécue subjectivement
par les patients (*illness*) et un événement social qui
interpelle toute la communauté (*sickness*). [...] Face

à cette complexité, la science médicale tente d'attribuer un "sens biologique" aux pathologies-*diseases* afin de mieux les diagnostiquer, les soigner et les résoudre. En revanche, elle n'est pas du tout encline à aider les patients dans la recherche du "sens symbolique" qu'ils ont besoin de rattacher à leurs maladies-*illnesses*. [...] C'est regrettable, car ce "sens symbolique" génère un espoir absolument favorable pour le processus de guérison. De la même manière, la science médicale est peu préparée à considérer le "sens collectif" des maladies-*sicknesses*. Pourtant, dans de nombreuses cultures traditionnelles, ce "sens collectif" tient une place primordiale dans les rituels thérapeutiques[47]. »

La contribution des médecines complémentaires et des médecines orientales

Ces médecines alternatives et complémentaires rencontrent un succès croissant et ne cessent de se développer, au gré aussi des découvertes scientifiques, de l'amélioration des techniques, de l'ingéniosité des médecins et praticiens de santé, ou bien encore de l'essor de la communication interculturelle et de la circulation planétaire des hommes et des idées. Le point qui nous intéresse est la contribution spécifique de ce champ médical à la guérison du monde et de la personne. Trois aspects me semblent importants dans cette optique : un regard holistique posé sur la personne ; une participation de la personne à son propre processus de guérison ; une ouverture résolue au pluralisme culturel. Mais, avant de présenter ces aspects, il me paraît nécessaire de proposer un bref survol de ces médecines. J'utiliserai la typologie du National Center for Complementary and Alternative Medicine, organisme étasunien réputé qui fait lui-même partie de l'important réseau des National Institutes of Health (NIH). Le centre distingue cinq grandes familles :

• Les systèmes médicaux globaux qui se sont développés indépendamment du système médical moderne, comme la médecine traditionnelle chinoise, la médecine ayurvédique, la médecine anthroposophique, l'homéopathie, etc. ;

• Les courants médicaux fondés sur le lien corps/ esprit, comme la méditation, les thérapies cognitivo-comportementales, l'art-thérapie, etc. ;

• Les courants médicaux fondés sur l'utilisation des ressources biologiques naturelles, comme les compléments alimentaires, les aliments thérapeutiques, les vitamines, etc. ;

• Les courants médicaux fondés sur un travail essentiellement corporel, comme l'ostéopathie, la chiropractie, la massothérapie ;

• Les courants médicaux de type énergétique qui sollicitent les énergies corporelles ou les champs énergétiques du corps, comme le qi gong, le reiki, etc.[48].

Reprenons les trois aspects que j'ai tenu à mettre en évidence. En parlant d'un regard holistique posé sur la personne, je ne fais que souligner le dépassement par les médecines complémentaires du modèle biomédical classique qui prévaut dans les sciences médicales occidentales depuis le XIXe siècle et qui est un modèle étroitement physicaliste : la personne

(comme sujet biographique) n'existe plus, le malade
(comme sujet souffrant) non plus, et même la maladie
(comme épreuve existentielle) semble disparaître au
profit exclusif des symptômes dont les « clignote-
ments au rouge » indiquent un dysfonctionnement
de la *machine* corporelle. On comprend, dans ces
conditions, que nous soyons de plus en plus nombreux à nous tourner vers des paradigmes médicaux
plus respectueux de la complexité humaine.

Le deuxième aspect – une participation de la personne à son propre processus de guérison – est intimement lié au premier, car la valorisation de la personne
malade comme sujet existant et sujet souffrant (et non
pas seulement comme objet médical) contribue puis-
samment au processus de guérison. Certes, les forces
de la volonté et de la conscience ne sont pas suffi-
santes pour guérir un patient (il me semble d'ailleurs
qu'aucune médecine alternative et complémentaire
ne le prétend), mais elles lui permettent de donner
du sens à la maladie, de découvrir les relations éven-
tuelles existant entre elle et le mode de vie, le rythme
de l'existence, le modèle relationnel et social. Cette
élucidation, travail quasi philosophique, a aussi le
mérite de déculpabiliser les personnes. Dans le cas
des maladies de civilisation comme les cancers ou
l'obésité, les facteurs environnementaux et sociétaux
sont en effet de plus en plus reconnus.

Enfin, avec les médecines alternatives et complémentaires, on assiste à une véritable ouverture au
pluralisme culturel. Le succès de l'acupuncture ou
de la médecine ayurvédique est significatif de ce
phénomène. La médecine moderne occidentale a été

pendant longtemps la seule reconnue comme valable. Aujourd'hui, elle montre certaines de ses limites et l'on redécouvre l'apport précieux de certaines médecines traditionnelles. Dans cette approche plurielle, le souci de la santé peut aussi être perçu comme une heureuse contribution à la paix dans le monde, et donc à la guérison de l'humanité.

Je prendrai un seul exemple qui illustre bien ces trois aspects : la pratique du yoga et de la méditation. Depuis quelques décennies, le yoga hindou et la méditation bouddhiste se sont répandus en Occident (et dans certaines régions d'Amérique du Sud) comme une traînée de poudre. La plupart du temps, ils ne sont plus pratiqués dans leur cadre culturel et religieux d'origine. Ils sont utilisés par des dizaines de millions de personnes dans un cadre thérapeutique ou de bien-être. Reliant le corps, la psyché et l'esprit, ils ont une dimension éminemment holistique. Ils responsabilisent l'individu dans son processus de guérison et constituent des passerelles entre Orient et Occident. Les adeptes du yoga et de la méditation soulignent les bienfaits de ces pratiques qui permettent d'unifier la personne, d'éliminer de nombreuses formes de stress et de peur, de mieux vivre dans l'instant présent et d'enrichir la vie intérieure pour ce qui est de la méditation. Je voudrais souligner ici le travail de pionnier du psychiatre Christophe André (médecin à l'hôpital Sainte-Anne) qui, avec quelques autres, a réussi à développer en France la pratique de la méditation dans les centres psychiatriques, avec des résultats remarquables, et à faire découvrir au grand public les bienfaits d'une pratique qui peut s'extraire de son ancrage religieux dans une simple – mais précieuse – visée thérapeutique et de développement personnel[49].

2

Une redécouverte des valeurs universelles

Bien des maux actuels, nous l'avons vu, venaient de ce que la globalisation du monde s'est faite dans le cadre d'une occidentalisation du monde dominée par une logique mécaniste et financière. Nous avons vu également pourquoi il n'était pas possible de revenir en arrière et de sortir du processus de globalisation. Puisque nous sommes aujourd'hui condamnés (mais est-ce une malédiction ? ne serait-ce pas plutôt un aboutissement ?) à vivre à l'échelle de la planète, il s'agit donc de construire *ensemble* une civilisation globale fondée sur d'autres valeurs que la seule logique marchande. Une des tâches les plus importantes à mes yeux, pour donner un fondement solide à cette nouvelle civilisation planétaire, consiste donc à reformuler des valeurs universelles à travers un dialogue des cultures.

Aucune communauté humaine, en effet, n'est viable sans un solide consensus sur un certain nombre de valeurs partagées. C'est aussi vrai d'un couple que d'un clan, d'un parti, d'une nation ou d'une civilisation. Si mes valeurs fondamentales divergent de celles de mon conjoint ou de ma conjointe, la vie commune et le dialogue entre nous deviendront vite difficiles, voire intenables. Il en va de même à tous les degrés de l'échelle collective. Comme son nom l'indique, une valeur exprime « ce qui vaut » ; les valeurs manifestent donc ce qui est essentiel et non négociable chez un individu ou un groupe d'individus.

Dans une perspective nihiliste ou fortement relativiste, on pourrait penser qu'il n'existe aucune valeur stable et universelle, que toutes les valeurs sont le produit d'une culture donnée et ne valent que pour ceux qui les ont inventées. Or une étude attentive des divers courants philosophiques et spirituels de l'humanité montre qu'il n'en est rien. C'est une tâche à laquelle je me suis consacré depuis fort longtemps, et j'ai pu observer à travers les grandes civilisations humaines la permanence ou la rémanence de certaines valeurs fondamentales. J'en relèverai six : la vérité, la justice, le respect, la liberté, l'amour et la beauté. Dans toutes les cultures du monde, ces six thèmes apparaissent comme des valeurs essentielles, des pôles ou des socles nécessaires à la vie individuelle et/ou collective. C'est à travers ces valeurs que se manifestent véritablement la dignité et la grandeur, l'« humanité » de l'être humain. On est pleinement homme parce qu'on cherche la vérité ou pour le moins à discerner le vrai du faux, à être juste, respectueux, libre, aimant, et qu'on est sensible au beau.

Ces valeurs ne sont pas formulées de la même façon selon les cultures, et les différences sont tout aussi importantes à souligner que les convergences. La hiérarchie entre ces valeurs n'est pas non plus la même dans les différentes aires de civilisation. Je reviendrai sur tous ces points en fin de chapitre, car ils conditionnent la possibilité du « vivre ensemble » à l'échelle planétaire. Pour commencer, examinons la manière dont les principales cultures du monde évoquent ces grandes valeurs éthiques et/ou existentielles. Il va de soi qu'un livre de plusieurs milliers de pages n'épuiserait pas le sujet. Je me contenterai ici d'évoquer quelques traits saillants relevés parmi les principales cultures du monde : les pensées indiennes et chinoises (hindouisme, bouddhisme, taoïsme, confucianisme) ; le judaïsme, le christianisme, l'islam ; l'humanisme grec et moderne.

LA VÉRITÉ

Dans la langue philosophique grecque, la vérité se dit *alèthéia*. Le génie grec est d'avoir défini la vérité non par ce qu'elle est, mais par ce qu'elle n'est pas. En effet, *alèthéia* est un mot négatif, le *a* étant privatif. On pourrait alors croire que le *léthé* qui s'oppose à la vérité serait le mensonge. En réalité, il désigne l'oubli. Dans la pensée mythologique des Grecs, *léthé* (d'où vient le mot « léthargie ») est en effet la cristallisation de l'oubli, figuré par l'un des fleuves de l'Hadès, l'Enfer, qui porte le même nom. En buvant les eaux du Léthé, les êtres étaient frappés d'amnésie.

Ce détour par l'étymologie atteste les liens étroits qu'entretiennent la vérité et la mémoire, le souvenir, l'anamnèse. Ainsi, le chemin de la vérité chez Platon passe par la réminiscence, le souvenir de ce qui est enfoui en nous. C'est la raison pour laquelle Socrate pratique la maïeutique, dont le nom vient de Maïa, déesse des sages-femmes. Effectivement, par le biais du dialogue, de la dialectique, de l'esprit critique, Socrate aide son interlocuteur à accoucher des vérités universelles qui gisent dans les tréfonds de son être. Le défi, pour lui, est de se ressouvenir, d'amener à la conscience ce qu'il sait déjà. Chez Socrate, la quête de la vérité suppose donc une plongée en soi, dans une mémoire primordiale. Le monde sensible ne doit pas faire écran, car, comme l'explique Platon, le monde par excellence de la vérité est celui des Idées, qui sont des Formes immatérielles, immuables, transcendantes et pourtant reflétées dans le monde sensible. C'est au niveau du monde des Idées que le Vrai existe en lui-même, de même que le Beau, le Bien, etc. L'accès à la vérité constitue donc une authentique ascèse spirituelle au cours de laquelle il nous faut nous méfier des informations fournies par nos sens[50].

Aristote, le principal disciple de Platon, rompra avec la théorie platonicienne des Idées et offrira une théorie de la connaissance empirique fondée, au contraire, sur l'expérience des sens corporels. C'est aussi à lui que nous devons la théorie de la vérité comme correspondance entre « ce qui est » (la réalité) et ce qu'on en dit. Au Moyen Âge, Thomas d'Aquin prolonge cette conception de la vérité : « *Veritas est*

adaequatio rei et intellectus » (la vérité est l'adéquation entre la chose et l'intellect). Cette représentation
traduit le sens commun et a complètement imprégné
la civilisation occidentale jusqu'à nos jours.

Mais cette représentation de la vérité comme correspondance entre réalité et discours n'épuise pas
cette valeur. Une autre expression de la vérité a
émergé : celle de la vérité comme cohérence. Je la
résumerai en disant qu'une proposition est vraie non
pas uniquement si elle est en adéquation avec la réalité, mais si elle est en cohérence avec les autres propositions qui font partie du même paradigme qu'elle.
L'intérêt de cette approche est que nous pouvons,
par elle, lier la valeur de vérité aux trajets de vie, aux
expériences humaines, intérieures et sociales, à notre
présence au monde. La vérité cesse d'être seulement
géométrique, pourrait-on dire, pour devenir aussi
existentielle.

C'est ainsi qu'on peut comprendre la notion de
vérité dans le message du Bouddha. Ce dernier ne
cherche pas une vérité ultime et abstraite sur Dieu
ou l'univers (qu'il pense inaccessible, car au-delà des
capacités de la raison et de l'expérience humaines),
et ne se contente pas non plus d'évoquer la vérité
comme simple adéquation du discours à la réalité.
Ce qu'il recherche, c'est une *vérité existentielle* qui
puisse permettre à l'homme de quitter définitivement
la ronde incessante des renaissances (le *samsara*) pour
atteindre un état de non-conditionnement, de liberté
et de bonheur définitif (le *nirvana*). Au cours d'une
méditation profonde, il a l'intuition fulgurante d'un
ensemble de vérités qu'il exprime devant ses premiers

disciples dans le sermon de Bénarès connu sous le nom des « Quatre nobles vérités » : tout est souffrance (première vérité) ; la cause de la souffrance est le désir-attachement (deuxième vérité) ; il existe un moyen de quitter à jamais la souffrance (troisième vérité) ; ce moyen est le chemin aux huit éléments justes (quatrième vérité). Chacune de ces vérités est considérée par la tradition bouddhiste comme universelle, puisque pouvant être comprise et pratiquée par tout être humain aspirant à l'Éveil, à la libération de l'état d'être conditionné. Ces vérités constituent ainsi le noyau d'un enseignement qui se veut vrai, c'est-à-dire authentique et solide d'un point de vue existentiel.

« Vérité » se dit en hébreu *emet*, qui signifie solide, constant. On retrouve là le sens bouddhiste d'une vérité existentielle utile pour guider sa vie. Est « vrai » ce qui permet d'orienter sa vie et ses actes de manière juste. Mais, pour les croyants, c'est à travers la parole des prophètes (hommes choisis et inspirés par Dieu) que sont connues ces vérités. Les juifs religieux sont convaincus que Moïse a écrit la Torah sous l'inspiration divine, et que tous les autres livres bibliques (Écrits et Prophètes) expriment eux aussi la parole de Dieu et sont donc des manifestations de la Vérité. Les chrétiens partagent cette croyance et reconnaissent en Jésus la manifestation de la Vérité divine. Jésus se définit lui-même comme « le chemin, la Vérité et la vie » (Jean 14, 6). Les musulmans, quant à eux, voient dans le prophète Muhammad celui à qui Dieu révèle la Vérité, et considèrent que le Coran est la retranscription littérale de cette Vérité.

La vérité est toujours conçue comme quelque chose de solide qui aide à vivre, et l'on constate un réel accord entre les trois religions monothéistes sur son importance comme valeur éthique. Le mensonge est condamné avec force par la Loi juive comme par les morales chrétienne et musulmane. Les monothéismes s'accordent ainsi avec toutes les sagesses du monde pour rappeler l'importance de la vérité comme conformité entre les paroles et les faits. Celle-ci, toutefois, n'est plus fondée sur la raison ou une expérience existentielle, comme dans le cadre des sagesses philosophiques ou orientales, mais sur une Révélation considérée comme intangible, puisque émanant de Dieu qui est la Vérité ultime. Le fait qu'il y ait trois révélations différentes et parfois contradictoires pose un problème insoluble aux croyants, et est à l'origine de bien des conflits entre les trois religions du Livre. On assiste à un choc des Vérités ultimes qui a eu historiquement pour effet de discréditer l'idée même de « Vérité révélée » au sein de l'Occident moderne. Un Occident moderne marqué du sceau de la raison critique et du scepticisme, mais aussi en quête de tolérance afin de permettre, au sortir des guerres de Religion, à des croyants de divers horizons et à des non-croyants de vivre ensemble en paix.

Ce qui domine aujourd'hui dans la modernité, c'est donc une certaine conception relativiste de la vérité. « Qu'est-ce que la vérité ? » : cette interrogation fait évidemment écho à un célèbre passage des Évangiles.

Interrogé par Pilate, Jésus affirme : « Je ne suis né et je ne suis venu dans le monde que pour rendre témoignage à la vérité. » Ce à quoi Pilate fait cette réponse : « Qu'est-ce que la vérité[51] ? » André Comte-Sponville commente ainsi ce dialogue : « Que la question ait été posée par le chef d'une armée d'occupation – juste avant qu'il ne se lave les mains pendant qu'on crucifie un innocent – devrait nous inciter à davantage de vigilance. S'il n'y a pas de vérité, ou si on ne peut pas du tout la connaître, quelle différence entre un coupable et un innocent, entre un procès et une mascarade, entre un juste et un escroc[52] ? » Le philosophe souligne à juste titre qu'il ne conviendrait pas de jeter le bébé avec l'eau du bain : ce n'est pas parce que l'horizon ultime de la vérité nous échappe qu'il faut renoncer à discerner le vrai du faux.

Si elle fait toujours l'objet de la recherche rationnelle d'une connaissance objective, la notion de vérité est diverse et renvoie, comme nous l'avons vu, à plusieurs ordres différents : celui de la connaissance (idéalisme platonicien contre réalisme aristotélicien, mais aussi, aujourd'hui, question de la connaissance scientifique), qui reste un problème de philosophie critique très débattu ; celui de la Vérité ultime, qu'elle soit métaphysique ou religieuse, dont l'accès par la raison est fortement remis en cause par la philosophie moderne depuis Pascal et Kant ; celui d'une polarité, de repères stables et intangibles pour guider la vie (chemin spirituel et existentiel) ; celui, enfin, de la correspondance entre une proposition ou un discours et le réel (problème de la véracité). Si les deux premiers ordres, qui relèvent de questions théoriques, prêtent fortement à discussion, les deux derniers sont beaucoup plus consensuels et me semblent essentiels à la vie. Nous avons tous besoin de repères, de vérités existentielles pour guider nos actes. Quant à la vérité comme correspondance entre faits et discours, elle est tout aussi nécessaire : la recherche de la vérité historique, par exemple, s'appuie sur des archives, des textes, des témoignages, pour fonder l'exactitude des événements. Il en va de même pour la recherche de la vérité juridique, qui s'applique à établir la véracité des faits et des propos rapportés afin de formuler et rendre un jugement juste. Nous sommes tous quotidiennement confrontés à ce type de vérité concrète qui relève de l'authenticité d'un fait ou d'une parole.

Ainsi toutes les cultures peuvent-elles s'accorder pour énoncer que la vérité – entendue comme polarité existentielle ou comme conformité de la réalité avec ce qu'on peut en dire – est une valeur essentielle à la vie individuelle et à la vie commune à l'échelle de la planète. Pour ma part, je serais aussi tenté de relier la vérité aux trois formes de la maladie et, par voie de conséquence, aux trois formes de la guérison exposées par le médecin et psychothérapeute Thierry Janssen au chapitre précédent. Pour reprendre sa terminologie, il distingue entre la maladie physique, objective (*disease*), la maladie vécue subjectivement par les patients (*illness*) et la maladie comme événement social (*sickness*). Le processus de guérison du monde pourrait, dans cette perspective, articuler une conscience de la vérité objective : par exemple,

sur le terrain de la crise écologique, admettre qu'il
y a une finitude physique de la Terre qui ne peut
supporter le modèle de civilisation dominant ; une
conscience de la vérité subjective : reconnaître
comme authentiques, sans les occulter, tous les sentiments intérieurs, vécus au sein de nos individualités, suscités par la crise du monde moderne, en
particulier ceux de désarroi, de peur, d'insécurité ;
enfin, une conscience de la vérité sociale : toute
démarche visant à une guérison de la société se doit
d'être cohérente et respectueuse des autres valeurs
humanistes fondatrices de nos sociétés.

LA JUSTICE

Si la justice est une valeur si essentielle dans le
processus de guérison du monde, c'est parce que
bien des maladies et blessures dont il souffre sont
des manifestations de l'injustice. On ne dira jamais
assez l'intensité de la douleur provoquée par ces
injustices qui rendent notre monde invivable pour
tant d'humains. Pourtant, la justice figure parmi les
valeurs les plus constantes et enracinées dans toutes
les cultures du monde. Le défi est non pas simplement de la célébrer en paroles, mais de la vivre en
actes. Il est néanmoins utile de souligner le caractère
profondément universel de cette notion, car nulle
civilisation ne pourrait aujourd'hui affirmer qu'elle
lui est étrangère.

Commençons par la Chine. Comment ne pas
convoquer Confucius lorsqu'on souhaite traiter de

la justice dans la pensée chinoise ? Contemporain de Pythagore, du Bouddha et de Nabuchodonosor, Confucius, quoique d'ascendance aristocratique, aurait vécu son enfance et sa jeunesse dans des conditions assez modestes. Sa philosophie s'adresse à tous, aux humbles comme aux puissants, leur conseillant de suivre la voie de l'accomplissement de soi et de la bienveillance vis-à-vis d'autrui. Il aura exercé un temps les fonctions de ministre de la Justice du royaume de Lu. On raconte que, en raison de la rigueur intellectuelle et de l'intégrité morale qu'il déployait, Confucius démissionna de ce poste... car le souverain, pour ce qui le concernait, préférait la compagnie des danseuses aux charges du gouvernement ! Confucius n'est donc pas un mystique détaché des affaires du monde. D'ailleurs, ses *Annales du Printemps et de l'Automne* (également intitulées *Analactes*) constituent l'une des premières sources en matière d'histoire du droit et de la justice dans la Chine antique. Confucius y souligne une double dimension de la justice. La première est une pratique sociale : « Le Prince ne doit pas craindre de ne pas avoir une population nombreuse, mais de ne pas avoir une juste répartition des biens. » La justice exige d'ailleurs une réparation lorsqu'un mal est commis. On peut lire dans les *Entretiens*, ce dialogue entre lui et son disciple Zilu :

« Rendre le bien pour le mal, qu'en pensez-vous ? demanda Zilu à son maître.

— Si vous récompensez le mal par le bien, par quoi donc allez-vous récompenser le bien ? Récompensez plutôt le bien par le bien, et le mal par la justice, répondit Confucius. »

La seconde dimension de la justice est davantage liée à une attitude intérieure. L'acquisition de cette vertu est l'une des principales conditions de ce que nous appellerions aujourd'hui la « réalisation spirituelle », et que Confucius nommait l'accomplissement. L'« homme accompli », le *jun-zi*, c'est-à-dire l'« homme de bien », est l'idéal à atteindre. Cette figure spirituelle est au cœur de l'humanisme chinois. La justice confucéenne permet d'éviter ou de réparer le désordre (social et intérieur). Le respect des rites sociaux, l'accent mis sur le perfectionnement de la conscience individuelle, la maîtrise des gestes et des passions constituent les modalités de la Voie de l'accomplissement. Confucius synthétise l'ensemble de ces actes par la pratique des trois principales vertus, toutes traversées par la justice comme pôle éthique suprême. Il s'agit d'abord du *ren*, qui traduit à la fois la juste bienveillance à l'égard d'autrui et la justesse de la vie intérieure. Confucius écrit : « Pratiquer le *ren*, c'est commencer par soi-même : vouloir établir les autres autant que l'on veut s'établir soi-même, et souhaiter leur accomplissement autant qu'on souhaite le sien propre. Puise en toi l'idée de ce que tu peux faire pour les autres, voilà qui te mettra dans le sens du *ren*. » La deuxième grande vertu est le *yi*, qui consiste à observer et respecter les règles de la vie en collectivité. Sachant que *yi* traduit en mandarin le terme de « justice », on comprend que cette observance et ce respect doivent être pratiqués dans le sens de l'équité et de la paix sociale. Enfin, la troisième vertu est le *shu*, souvent rendu par « mansuétude », exposé dans la célèbre Règle d'or sur laquelle je reviendrai plus loin : « Ne pas faire aux autres ce que l'on ne voudrait pas que l'on nous fasse. »

Je suis persuadé que l'une des principales raisons du succès du communisme en Chine au XXe siècle a été l'importance dont il s'est prévalu de la justice sociale. Dans une culture aussi marquée par cette notion confucéenne comme valeur centrale de la vie personnelle et collective, cet idéal de justice et d'égalité ne pouvait que susciter une profonde adhésion. On sait ce qu'il en advint par la suite avec l'avènement d'une nomenklatura. Et je suis aussi convaincu que ce qui peut aujourd'hui faire vaciller le puissant parti communiste en Chine, ce n'est pas tant l'absence de démocratie – beaucoup de Chinois préfèrent un régime fort et autoritaire, qui assure l'unité du pays contre ses éléments centrifuges, à un régime démocratique qui le ferait éclater du fait notamment des nombreuses minorités – que les injustices par trop criantes. On assiste chaque jour en Chine à des dizaines de révoltes liées à des injustices locales flagrantes : expulsions arbitraires, favoritisme à l'embauche, protection de criminels par des cadres du parti, etc. C'est la profonde attente de justice du peuple chinois qui risque de faire chanceler un régime qui parle sans cesse de justice tout en tolérant ou favorisant l'injustice.

Les philosophes grecs attachent eux aussi une très grande importance à la justice, la « vertu complète », selon Aristote[53]. Sans elle, aucune autre vertu n'a de valeur. Que vaut le courage d'un tyran ? Pourrait-on se résigner, comme le dira Dostoïevski, à torturer un enfant innocent pour sauver l'humanité ? La justice sous-tend toute action morale. Dès lors, « le plus grand de tous les maux est de commettre une injustice », affirme Socrate[54], précisant même qu'il « vaut mieux subir l'injustice que de la commettre[55] ». À la manière de Confucius, Socrate montre la double dimension, personnelle et collective, de la justice : elle ennoblit l'âme de celui qui la pratique et maintient l'harmonie au sein de la cité. Socrate soutient aussi la nécessité d'une peine pour celui qui commet une faute ou transgresse la loi : la punition est « une médecine morale[56] ».

Dans l'Antiquité, la justice n'est pas seulement conceptualisée, elle est aussi figurée, symbolisée. Dans la mesure où le monde antique décline souvent le sacré sur un mode mythologique, c'est au sein des divers panthéons que nous la retrouvons. Il est intéressant de noter que, dans les représentations qu'elle a reçues, cette valeur est très fréquemment une figure féminine. L'arbitraire et la force brute seraient-ils de facture masculine et patriarcale ? Maat est la déesse égyptienne de l'ordre, de l'équilibre cosmique, de la paix. Le gouvernant, qui est le « prophète de Maat », se doit de respecter sur terre cette mission de justice : « Pratique la justice et tu dureras sur terre. Apaise celui qui pleure ; n'opprime pas la veuve ; ne chasse point un homme de la propriété de son père[57]. »

Chez les Grecs, la justice est Thémis, fille de Gaïa et d'Ouranos, autrement dit de la Terre et du Ciel.

Avec son glaive (symbole de la nécessité de trancher) et sa balance (symbole du jugement et de son équité), elle personnifiait la justice divine. Elle a aussi les yeux bandés (symbole de l'impartialité du jugement). La justice est également exprimée par les trois Heures, filles de Zeus et de Thémis. Il y a d'abord Diké, qui manifeste la justice des hommes dans sa dimension morale. Sa sœur Eunomie participe elle aussi à cette justice dans l'ici-bas, mais en symbolisant une dimension plus législative. L'attribut d'Eiréné, la troisième sœur, est significatif de l'horizon dans lequel se situe la justice : elle est la Paix.

Si le glaive et la balance sont les symboles de la justice, nous pourrions aussi parler d'une autre forme de ses expressions : la fixation du droit par l'écriture. Le plus vieux témoignage de cette connexion entre justice et écriture est le Code d'Hammurabi, gravé sur une stèle aux environs de 1750 avant notre ère, et que l'on peut découvrir au musée du Louvre à Paris. Hammurabi, « prince zélé qui craint les dieux », régna à Babylone de 1792 à 1750 avant notre ère. Le prologue du Code le présente en roi ayant été là « pour faire apparaître la justice dans le pays, pour anéantir le méchant et le mauvais, pour que le fort n'opprime pas le faible[58] ».

Les mots « justice » (en hébreu, *tsedaqah*) et « juste » (*tsedeq*) reviennent près de mille fois dans le texte le plus célèbre au monde : la Bible. C'est donc peu de dire que la justice est une des valeurs phares pour les juifs, puis pour les chrétiens. Comme en Chine ou en Grèce, elle est associée à la notion de vérité (sur laquelle elle se fonde) et à celle de paix (qui en est le fruit). Comme la vérité, la justice biblique est d'abord un attribut divin. Dieu est parfaitement juste et exprime la justice dans sa perfection. En pratiquant la justice, l'homme – créé, selon la Bible, à l'image de Dieu – ne fait qu'imiter son Créateur. La justice revêt de nombreux visages : l'innocence, l'intégrité, l'équité, la clémence, le partage, le droit, etc.

« Cherchez d'abord le Royaume et sa Justice ! » proclame Jésus à ses disciples, en écho au psalmiste qui rappelle : « L'Éternel est juste, il aime la justice » (Psaume 11, 7). Et, dans son célèbre Sermon sur la Montagne, Jésus évoque la justice dans deux béatitudes : « Heureux ceux qui ont faim et soif de justice : ils seront rassasiés » (Matthieu 5, 6) ; « Heureux ceux qui sont persécutés pour la justice, le royaume des cieux est à eux » (Matthieu 5, 10).

Dans la tradition musulmane, comme dans la Bible, la justice est à la fois une qualité divine et une caractéristique des relations sociales. Une parole attribuée à Dieu dans la tradition islamique dit ceci : « Ô Mes serviteurs ! Je me suis interdit l'injustice à Moi-même, et Je vous l'ai également interdite. Ne soyez donc pas injustes les uns envers les autres ! » Trois versets du Coran, socle de l'identité musulmane, soulignent l'importance de la justice : « Certes, Dieu enjoint la justice, la bienfaisance et l'assistance aux proches. Et Il interdit l'indécence, l'injustice et la rébellion » (16, 90) ; « Ô vous qui croyez ! Soyez stricts [dans vos devoirs] envers Dieu et [soyez] des témoins équitables » (5, 8) ; « Nous avons effectivement envoyé Nos messagers avec des preuves évidentes, et Nous avons révélé, par leur intermédiaire, l'Écriture et la Balance, afin que les gens établissent la justice » (57, 25). Cette dernière référence à la balance, *al-mizan*, est importante, car, comme nous l'avons déjà évoqué, elle est une image symbolique universelle de l'impartialité du jugement divin porté sur les actions et intentions humaines. « Au Jour du Jugement, des balances d'une extrême sensibilité seront dressées. Nulle âme ne sera lésée, fût-ce du poids d'un atome. Tout entrera en ligne de compte, et Nos comptes seront infaillibles » (Coran 21, 47). La justice, loin d'être une valeur accessoire, se situe au fondement même de la conception musulmane du monde et du sacré. Comme le souligne le grand théologien syrien du XIVᵉ siècle Ibn Qayyim al-Jawziyya : « Dieu a envoyé Ses Prophètes et révélé Ses Livres pour permettre aux gens d'établir les principes de la justice et du bon droit. Partout où il en sera ainsi, c'est là où s'exprimeront la loi de Dieu et Sa religion. »

Comme toute valeur, la justice appelle à sa manifestation. Lettre morte, elle ne serait d'aucune utilité. C'est pourquoi la justice est toujours aussi une pratique. Qu'elle soit portée par l'État, la communauté ou l'individu, la justice vise à faire régner le droit, l'égalité entre les hommes, la paix et la concorde sociales, ainsi que le partage et la mise en commun des richesses de la terre et de celles créées par la collectivité. C'est en particulier sur ce dernier terrain – avec celui de l'égalité, en particulier entre l'homme et la femme – que la réalisation tangible de cette valeur est aujourd'hui très attendue. Le thème de la justice sociale, on le sait, est au cœur des relations entre le Nord et le Sud, en même temps qu'entre les différentes classes sociales au sein des divers pays. C'est au nom de cette valeur que se sont levés des peuples entiers contre des systèmes d'oppression. Les révolutions se font toujours au nom d'un idéal de justice. Ce fut par exemple le cas en Amérique du Nord, en France et en Russie. Sans le savoir, les « révolutionnaires » n'ont fait bien souvent que reprendre d'anciennes paroles religieuses qui trouvaient ainsi dans leur bouche ou sous leur plume une nouvelle postérité. L'apôtre Jacques, le propre frère de Jésus, écrivit : « À vous maintenant, riches ! Pleurez et gémissez à cause des malheurs qui viendront sur vous ! Vos richesses sont pourries, et vos vêtements sont rongés par les teignes. Votre or et votre argent sont rouillés, et leur rouille s'élèvera en témoignage contre vous, et dévorera vos chairs comme un feu. Vous avez amassé des trésors dans les derniers jours ! Voici, le salaire des ouvriers qui ont moissonné vos champs, et dont vous les avez frustrés, crie, et les cris des moissonneurs sont parvenus jusqu'aux oreilles du Seigneur des armées » (Épître de Jacques 5, 1-3). Là, nous ne sommes pas très loin de la tradition musulmane concernant la *zakat*, l'aumône légale, l'un des cinq piliers de l'islam. Selon la tradition, Muhammad aurait dit à ce sujet : « Il n'y a pas une personne qui possède de l'or ou de l'argent et ne s'acquitte pas de sa *zakat* sans qu'elle soit châtiée, au Jour du Jugement, par la brûlure de ses flancs, de son front et de son dos, à l'aide de plaques de feu ardent. »

Cet accent mis sur la nécessité de justice dans les traditions religieuses explique sans doute pourquoi ses grands chantres et témoins, y compris à l'époque moderne, sont bien souvent des femmes ou des hommes religieux qui ont voué leur vie au bien commun de l'humanité : du Mahatma Gandhi à l'abbé Pierre, de dom Helder Camara à Mgr Desmond Tutu en passant par le dalaï-lama, Mère Teresa ou le pasteur Martin Luther King.

Aucune civilisation planétaire ne pourra être viable sans une mise en œuvre de la justice à tous les niveaux de la vie sociale. Et nul ne pourra en nier ou contester la légitimité au nom d'un quelconque particularisme culturel.

RESPECT DE L'AUTRE

Il en va de même pour le respect de l'autre, valeur sociale omniprésente dans toutes les cultures humaines. Cette qualification de « sociale » est importante, car elle permet de mieux comprendre ce qui la distingue d'une autre valeur, l'amour, de nature interpersonnelle et que nous explorerons plus loin. Cette dimension sociale du respect de l'autre indique déjà que cette valeur suppose une certaine distance entre les personnes, entre les groupes. Sans elle, toutefois, les relations sociales risqueraient de n'être que rapports de force, d'intimidation, de sujétion, voire d'appropriation. Ce qui est au cœur de cette valeur, c'est la reconnaissance que l'autre, qu'il soit individuel ou collectif, doit disposer d'un certain espace existentiel afin de pouvoir exprimer les virtualités qu'il porte en lui, ses rêves, ce à quoi il aspire. Le respect de l'autre permet de sortir du rapport à autrui fondé sur la domination. Il institue en effet une relation égalitaire, non fusionnelle, non hiérarchique, empreinte d'une certaine sympathie/empathie (qui, malgré tout, ne va pas jusqu'à l'amour).

Historiquement, cette valeur s'est exprimée à travers tous les codes moraux et législatifs. Ainsi, le fameux décalogue des Hébreux comporte cinq commandements qui invitent à respecter autrui : « Tu ne tueras point. Tu ne commettras point d'adultère. Tu ne déroberas point. Tu ne porteras point de faux témoignage contre ton prochain. Tu ne convoiteras point la maison de ton prochain ; tu ne convoiteras point la femme de ton prochain, ni son serviteur, ni sa servante, ni son bœuf, ni son âne, ni aucune chose qui appartienne à ton prochain[59]. » Mais cette valeur s'est aussi exprimée à travers une maxime morale universelle qu'on appelle la Règle d'or : « Ne fais pas à autrui ce que tu ne voudrais point qu'on te fasse. » Je m'appuierai ici sur le travail remarquable d'Olivier du Roy, qui a consacré une thèse de doctorat à cette question[60]. La première thèse développée par l'auteur est que le comportement humain ne peut être compris, en dépit de ce que prétend une certaine conception libérale et utilitariste, comme étant exclusivement régi par la recherche de l'intérêt. L'homme est capable, pour faire advenir le vivre-ensemble, non seulement de dépasser l'égoïsme, mais aussi de circonscrire ses propres élans afin que l'autre puisse également déployer les siens. En ce sens, la Règle d'or exige une certaine dose d'autolimitation. Il est cependant exact qu'il est de l'intérêt de l'individu de respecter l'autre s'il souhaite, en retour, recevoir la pareille. La Règle d'or peut d'ailleurs se formuler de deux manières. L'une, négative : « Ne fais pas à autrui ce que tu ne voudrais pas qu'on te fasse. » L'autre, positive : « Traite les autres comme tu voudrais être traité toi-même. » La plupart des moralistes préfèrent la version négative, car elle n'introduit pas de projection de soi vers les autres, chacun ayant sa propre conception de ce qui est bien. Comme l'écrivait avec humour Bernard Shaw : « Ne faites pas aux autres ce que vous voudriez qu'on vous fasse ; ils n'ont peut-être pas les mêmes goûts que vous ! »

Quoi qu'il en soit, la Règle d'or est une maxime morale universelle qui irrigue toutes les cultures de l'humanité. Je ne citerai ici que quelques exemples :

• Hindouisme : « On ne peut pas se comporter vis-à-vis d'autrui d'une manière qui soit désagréable à soi-même ; telle est l'exigence de la morale » (*Mahabharata* XIII, 114).

• Bouddhisme : « Une situation qui ne m'est ni agréable ni réjouissante ne saurait davantage l'être pour lui ; comment pourrais-je dès lors la lui souhaiter ? » (*Samyutta Nikaya* V, 353.35-354.2).

• Jaïnisme : « Indifférent aux choses humaines, l'homme doit traiter toutes les créatures du monde comme lui-même entend être traité » (*Sutrakritanga* I, 11, 33).

• Zoroastrisme : « Tout ce qui te répugne, ne le fais pas non plus aux autres » (*Shayast-na Shayast* 13, 29).

• Confucius : « Ce que tu ne souhaites pas pour toi-même, ne le fais pas aux autres » (*Entretiens*, 15, 23).

• Judaïsme : « Ne fais pas à autrui ce que tu ne souhaites pas qu'on te fasse à toi-même » (*Traité Shabbat*, de Rabbi Hillel, 31a) ; « Tu aimeras ton prochain comme toi-même » (Lévitique 19, 18).

• Christianisme : « Tout ce que vous voulez que les hommes fassent pour vous, faites-le de même pour eux : voilà la loi et les prophètes » (Matthieu 7, 12).

• Islam : « Personne d'entre vous n'est un croyant tant qu'il ne souhaite pas pour son frère ce qu'il souhaite à soi-même » (Muhammad, *Hadith*, vers 570-632).

On peut parler, à propos de la Règle d'or, d'« éthique de la réciprocité ». Un psychologue éta-sunien, Andrew Salter, a pour sa part introduit le concept d'assertivité (le mot vient de l'anglais *assertiveness*, *to assert* signifiant « affirmer »). Ce terme renvoie à la capacité d'affirmer, de dire, de défendre sa vision, sa conception du monde, ses positions, sans empiéter sur celles des autres, mais en les respectant. On voit bien ici que le respect de l'autre suppose, outre un principe d'autolimitation, un principe d'affirmation de soi. Le respect de l'autre est une valeur sociale qui ne doit pas être confondue avec la soumission ou l'abandon de ses convictions.

Il en va de même pour la valeur, plus moderne, de « tolérance », forgée par les philosophes européens au sortir des guerres de Religion et qui en est une expression. Être tolérant ne signifie pas renoncer à ses convictions personnelles, mais accepter qu'autrui puisse, de bonne foi, penser différemment. Face au choc brutal des cultures et aux violentes polémiques auxquelles nous assistons quotidiennement dans les médias, il est urgent d'apprendre à développer une éthique de la discussion fondée sur le respect et l'écoute d'autrui. De cette qualité éthique du dialogue – à l'opposé de la polémique où chacun, vissé sur ses certitudes, s'emploie à détruire le propos adverse, et cela, quels que soient les moyens utilisés (mensonges, outrances, raccourcis, citations tronquées, attaques *ad hominem*, etc.) – dépend aussi en grande partie l'avenir du « vivre ensemble » sur notre planète.

LA LIBERTÉ

La problématique de la liberté est particulière, car elle est le principal vecteur de la modernité. Avec l'émergence en Europe, à partir du XVIIe siècle, du « sujet autonome », c'est toute une conception des libertés individuelles qui va submerger l'Occident et donner naissance aux droits de l'homme comme principes universels. La domination du monde par l'Occident va contraindre toutes les autres cultures à se situer par rapport à cette question des libertés individuelles et de l'autonomie du sujet, ce qui ne sera pas sans susciter, pour des raisons très diverses, de fortes résistances. Je reviendrai plus longuement, à la fin de ce chapitre, sur les questions cruciales, au cœur de mon propos, de l'universalité des droits de l'homme et de la confrontation entre conceptions traditionnelles et modernes de la liberté. Je voudrais

au préalable évoquer les conceptions traditionnelles de la liberté, au sein de différentes cultures
– principalement celles de la Chine et de l'Inde, le
judaïsme, l'islam et le bouddhisme –, avant de montrer comment, à partir de la double source grecque
et chrétienne, s'est forgée en Europe, à partir de
la Renaissance, la conception moderne de la liberté
comme émancipation de l'individu.

La problématique chinoise traditionnelle de la
liberté pourrait être dite à la fois réaliste et écologique. Elle définit un état de spontanéité, de créativité et de choix. Mais, à l'inverse de la conception
occidentale moderne, elle ne s'oppose pas à la
nature. Tandis que l'autonomie du sujet signifie,
dans celle-ci, « déliaison » de l'individu vis-à-vis de
ce qui l'environne, dans celle-là, en Chine, l'exercice
de la liberté fait corps avec la nature. On pourrait
en inférer que la liberté « chinoise » ne serait qu'un
leurre, car forcément brimée par les lois (ou le chaos,
l'absence de lois) de la nature. En réalité, la nature
des uns ne coïncide pas avec la nature des autres.
Dans la conception chinoise, la nature est une réalité transitoire, dynamique, en constant processus, se
renouvelant sans cesse selon le principe d'oscillation
entre le Yin et le Yang, le féminin et le masculin, le
Ciel et la Terre, le passif et l'actif. Cela tient au fait
que la nature, le cosmos entier sont traversés par une
énergie fondamentale, le *Qi*, qui leur confère cette
dimension dynamique. De même, il y a dans la nature
un devenir spontané (*ziran*). Dans une étude consa-
crée au penseur chinois Mou Zongsan, Jean-Claude

Pastor écrit : « Chez les taoïstes, la liberté […] se confond avec le dynamisme universel et immanent qui anime toutes choses. Au sein de la tradition chinoise, l'accès à la sagesse passe par une conformité au rythme universel de la nature. Et, chez l'adepte taoïste, cette quête d'harmonie est inséparable d'une discipline qui vise à purifier l'esprit en le débarrassant de toutes les scories que la connaissance ordinaire a pu y déposer[61]. » La place me manque pour développer ici cette idée, mais l'un des domaines où cette triade « liberté-nature-spontanéité » a été cultivée jusqu'à l'excellence est l'art, notamment la peinture[62].

Dans le contexte du judaïsme ancien, la liberté est moins un concept abstrait qu'une attitude marquée par le concret des situations vécues. J'en relèverai deux grandes manifestations, principalement explicitées dans l'Exode, le deuxième livre de la Bible. Le propos du ou des rédacteurs est exclusivement consacré à la sortie d'Égypte des Hébreux captifs. Ici, la liberté est d'abord comprise comme libération, délivrance d'une oppression. Avec la sortie d'Égypte, la libération est moins une catégorie psychologique et personnelle qu'une donnée sociopolitique. La deuxième grande manifestation de cette liberté concerne la lutte contre le Mal et le péché. Pour permettre à l'homme de se libérer du péché, de ce qui le coupe de la Vérité, de la justice, du respect, etc., Dieu donne à Son peuple la Loi. Il est significatif que ce soit Moïse qui ait reçu les célèbres Dix Commandements et que ceux-ci aient été précisément révélés juste après la libération de l'esclavage. D'ailleurs, dans le livre de l'Exode, les commandements sont introduits par cette parole : « Je suis l'Éternel, ton Dieu, qui t'ai fait sortir du pays d'Égypte, de la maison de servitude » (20, 2). De nombreux rabbins et commentateurs juifs ont souligné le rapport d'interdépendance entre ces deux valeurs : la liberté et la Loi. On peut dire d'une certaine façon que, dans le contexte du judaïsme, c'est la Loi qui rend libre, et la liberté apparaît comme un horizon proposé par Dieu Lui-même. Certes, Il utilise des hommes comme Moïse, mais, en dernier lieu, c'est Lui qui libère Son peuple. Il le libère de l'esclavage extérieur en le faisant sortir d'Égypte, et de l'esclavage intérieur en lui donnant la Loi qui structure non seulement la vie communautaire, mais aussi la vie personnelle, libérant l'individu de l'emprise du Mal (idolâtrie, égoïsme, désir de meurtre, d'adultère, mensonge, convoitise, etc.).

Dans le contexte de l'islam, la liberté est une valeur qui va revêtir des significations multiples, selon les diverses écoles de pensée spirituelle, notamment parmi les tenants de la théologie (*kalam*), de la philosophie (*falsafa*) et de la mystique soufie (*tassawuf*). Comme pour le judaïsme ancien, c'est un livre, le Coran, qui va fournir la matière de la réflexion musulmane sur la liberté. Les historiens ont montré que, du VIIe au Xe siècle, l'élaboration de cette réflexion ne s'est pas faite en vase clos, mais dans le cadre d'un intense dialogue avec la philosophie grecque, en particulier avec le néoplatonisme. L'une des principales questions que les penseurs musulmans ont abordées est celle du libre arbitre, notamment en se penchant sur la relation entre liberté et action divine.

Que Dieu soit libre est une idée qui se déduit de Sa toute-puissance et de Sa pleine transcendance. Sa liberté vient de ce qu'Il n'est pas dans un rapport de dépendance avec la Création ou, en termes philosophiques, avec une nécessité quelconque qui s'imposerait à Lui. Mais qu'en est-il de la liberté de l'homme ? Est-il, par exemple, libre de croire ou de ne pas croire ? Libre de vivre en fonction de la représentation qu'il se fait du monde ? Les penseurs musulmans vont en débattre en posant la double question de la prédestination et du libre arbitre. On voit que, tout en n'occultant pas la portée sociopolitique et collective de la liberté (à travers la libération des opprimés, les *al-moustadhafin*), celle-ci prend aussi le chemin d'une éthique du comportement individuel. Mais c'est en rapport avec la signification des actes humains que cette problématique est traitée.

Le défi est de tenir ensemble deux propositions présentes dans le Coran : la première affirme que Dieu est celui par qui tout se fait et se réalise ; la seconde considère que l'homme est responsable de ses actes. Plusieurs solutions furent proposées par les penseurs musulmans. Par exemple, l'école de philosophie rationnelle, les *mo'tazila*, influencée par la tradition grecque, estime que les êtres humains disposent à plein du libre arbitre ; ses auteurs soutiennent que le mal qui peut exister ne doit pas être imputé à la volonté de Dieu en raison de Sa toute-puissance, mais à un mauvais usage que les hommes font de leur liberté. Il n'est pas inintéressant de noter

que ce regard porté sur la liberté s'inscrit dans une
réflexion sur la justice divine. Plusieurs versets du
Coran sont mobilisés pour justifier cet accent mis sur
la liberté, le libre arbitre et le libre choix. Je ne citerai
ici que deux passages : « Dis : "La Vérité émane de
votre Seigneur. Croira qui voudra et niera qui voudra" » (18, 29) ; « Ceci [le Coran] n'est qu'un rappel
pour l'univers, pour celui d'entre vous qui veut suivre
le chemin droit » (81, 27).

Pour défendre la liberté de l'homme, des penseurs
musulmans vont distinguer, à propos de la toute-
puissance de Dieu, entre ce qui relève de la connaissance divine et ce qui concerne l'intentionnalité des
actes. Que Dieu sache tout, qu'Il ait une connaissance parfaite du passé, du présent et du futur, est
conforme à Sa nature ; mais cette omniconnaissance
n'implique pas que Dieu décide en tout point de ce
que sont et seront les actions humaines. Elles continuent plus ou moins à ressortir au domaine de la
conscience individuelle.

La pensée indienne sur la liberté se développe à
partir du VIIIᵉ siècle avant notre ère à travers la très
riche littérature des Upanishads. La grande question, qui n'est pas sans faire écho à celle posée par le
judaïsme et l'islam par rapport au Mal, est celle de
la liberté spirituelle. Mais elle se pose en Inde dans
le contexte de la croyance en la loi de causalité universelle du *karma* (tout acte engendre un effet) et en
la transmigration des âmes. Ainsi, chaque acte négatif engendre un effet négatif et chaque acte positif
engendre un effet positif, et cela au-delà même de la

vie présente. L'homme reste enfermé dans un cycle perpétuel de renaissances (pouvant même régresser au stade végétal ou animal) où il ne peut jamais accéder à un état de bonheur stable. Les sages indiens se posent donc la question de la liberté en termes de « libération » (*mokshâ*) : comment sortir de la roue du *samsara*, cette ronde incessante des renaissances qui maintient l'homme dans la douleur et l'illusion ? Cette libération est d'ordre individuel : c'est l'individu qui, par ses pratiques ascétiques et spirituelles, sa prise de conscience, peut atteindre à la libération ultime et ne plus se réincarner.

Comme je l'ai déjà expliqué au chapitre consacré à la vérité, le Bouddha s'est inscrit dans cette grande quête de libération. La compréhension de la vérité sur l'état existentiel de l'homme, la mise en pratique de l'éthique et des pratiques spirituelles permettent à chacun d'atteindre le stade ultime de la libération, qu'il appelle *nirvana*, état de non-conditionnement de l'être. Pour le Bouddha comme pour la plupart des sages indiens, la liberté n'est donc pas avant tout politique, mais intérieure : celle que tout être humain doit acquérir par une connaissance expérimentale de soi et par un travail ascétique sur ses passions, ses désirs, ses attachements. Cet engagement sur le chemin spirituel est si important qu'il peut entraîner des ruptures avec sa famille, son clan, sa caste. Le Bouddha a quitté le riche palais de son père et abandonné femme et enfants pour se consacrer entièrement à cette quête de libération. Il se prononcera ensuite contre le système des castes et la ségrégation féminine en affirmant que tout être humain, quels que soient sa caste ou son sexe, aspire à la libération ultime et peut donc s'engager sur la Voie. Il ouvrira ainsi une conception nouvelle du rapport entre individu et groupe, fondée sur la liberté spirituelle. On retrouvera cette conception, dans la culture occidentale, chez certains philosophes grecs et dans le message des Évangiles.

Socrate est sans doute le premier penseur grec à avoir insisté sur la pratique de la philosophie comme processus de libération intérieure de l'individu. La libération qu'il propose est celle de la connaissance face à l'ignorance. Son outil est la raison. C'est par le raisonnement, l'interrogation et la réflexion critiques que l'être humain parvient à se libérer de tous ses préjugés, *a priori* et fausses croyances, pour accéder au vrai. Il parvient ainsi, par un effort intellectuel et une meilleure connaissance de soi, à se libérer du pire des maux : l'ignorance. C'est elle qui est cause de tous les autres maux : l'erreur, l'injustice, la méchanceté, la vie déréglée – toutes choses qui font du tort à autrui, mais surtout à soi-même. Socrate est porté par une conviction inébranlable : c'est par la connaissance de soi et de la vraie nature des choses que l'homme se libérera du vice et du malheur. Celui qui a accédé à la connaissance du Vrai, du Juste, du Bien, ne peut que devenir un homme bon et vertueux ; il sera ainsi tout à la fois libre et heureux. Pour autant, Socrate, comme les philosophes grecs, ne sépare pas l'individu de la cité et du monde. Ils ont tous une vision holistique de l'individu : celui-ci est inséré dans une communauté politique et dans le cosmos. La liberté intérieure et de conscience qu'ils prônent n'est pas séparable de la nécessaire inscription de l'être humain dans la cité et dans l'univers.

Le message des Évangiles est lui aussi traversé par un puissant souffle de liberté. Nous avons vu que la Loi divine visait à libérer l'individu de l'esclavage du péché. Mais la Loi peut aussi perdre sa finalité et devenir une pratique formelle, mécanique, qui à son tour asservit l'homme au lieu de l'émanciper. C'est, en substance, ce que dit Jésus à ses interlocuteurs qui lui reprochent de prendre des privautés avec la Loi en ne respectant pas, notamment, les règles de pureté qui exigent d'un juif pieux (ce qu'était Jésus) de ne pas manger de certains aliments, de se laver les mains avant de manger pour se purifier, de ne pas fréquenter certains individus considérés comme impurs (lépreux, prostituées, collecteurs d'impôts). Jésus leur répond : « Rien de ce qui est extérieur à l'homme et pénètre en lui ne peut le rendre impur, mais ce qui sort de l'homme, voilà ce qui peut rendre l'homme impur [...], car c'est du dedans, du cœur de l'homme que sortent les pensées mauvaises, celles qui conduisent à toutes sortes d'inconduites : vol, meurtre, adultère, cupidité, méchanceté, fraude, débauche... » (Marc 7, 14-23). En s'opposant à une attitude strictement et formellement légaliste, Jésus entend ainsi redonner sa véritable finalité à la Loi divine et rappeler que l'essentiel est de libérer l'individu du mal intérieur qui le ronge (l'envie, l'orgueil, la démesure, la jalousie...) et le conduit à commettre toutes sortes d'actes négatifs. La liberté recherchée est la même que celle prônée par le Bouddha ou par Socrate : c'est une libération intérieure, mais aussi de conscience. Car Jésus affirme avec une force étonnante qu'il peut parfois être nécessaire à l'individu de s'émanciper de son entourage, du groupe et de la tradition lorsque ceux-ci constituent une entrave à cette quête de vérité et de libération spirituelle : « Ne croyez pas que je sois venu apporter la paix sur la terre ; je ne suis pas venu apporter la paix, mais l'épée. Car je suis venu mettre la division entre l'homme et son père, entre la fille et sa mère, entre la belle-fille et sa belle-mère ; et l'homme aura pour ennemis les gens de sa maison » (Matthieu 10, 34-36).

On le voit, Socrate et Jésus ont jeté en Occident les fondements de la liberté individuelle. Mais ce qui était compris comme une liberté de conscience ou une libération à vocation spirituelle va devenir, à partir de la Renaissance, et surtout des Lumières, une quête d'autonomie de l'individu sans autre finalité que la liberté en soi. L'instauration de la République (ou de monarchies constitutionnelles et parlementaires) et l'essor de la démocratie ont dessiné les perspectives de la liberté politique dans l'Occident moderne. Mais la liberté va prendre bien d'autres visages : théologique (avec de nouvelles manières de lire et comprendre les textes sacrés), artistique (avec la remise en question des formes et canons hérités du passé), scientifique (avec l'avènement de la science moderne), économique (avec le libéralisme, la libre entreprise, le libre-échange), etc. Partout, la liberté va s'affirmer comme la valeur cardinale.

Dans son livre *Communauté et Société*, Ferdinand Tönnies (1855-1936), le grand sociologue allemand de la modernité, brosse une fresque socio-psychologique de l'histoire de l'Europe depuis la Renaissance. Il montre que nous sommes historiquement passés de la Communauté (*Gemeinschaft*) à la Société (*Gesell-schaft*). Autant la première repose sur de puissants rapports sociaux (familiaux, claniques, religieux, etc.) qui insèrent la personne dans un tissu communautaire, autant la seconde va libérer cette personne et lui conférer une relative autonomie, marque constitutive de la modernité.

Les choses, en fait, ne sont pas si simples, et il serait hasardeux de croire que l'individu ne serait plus relié. La figure du citoyen montre bien que sa liberté n'est pas absolue, mais se manifeste dans le cadre d'une collectivité (l'État). Sur ces questions, Hobbes et Rousseau ont écrit des pages décisives. Quoi qu'il en soit, c'est la loi écrite, élaborée, ainsi que le pouvoir judiciaire qui se substituent à la coutume et à l'arbitraire. Et c'est dans ce contexte philosophique que se développe la notion de « droits de l'homme » et que se généralise en Occident – mais aussi ailleurs – la pratique d'un droit laïc qui protège les libertés individuelles les plus fondamentales : liberté de conscience, d'expression, de circulation, de choix de vie. C'est donc ainsi, sous l'angle de l'autonomie du Sujet, de l'émancipation de l'individu à l'égard du groupe, du refus de l'arbitraire, que s'est développée la thématique de la liberté dans l'Occident moderne.

L'AMOUR

Si le respect de l'autre est une valeur sociale, quasi impersonnelle, l'amour, lui, est une valeur tendant à se déployer dans la sphère des relations interpersonnelles. On peut toujours parler, et avec raison, de l'amour en général, d'un amour universel englobant l'humanité comme Sujet. Mais nous risquons alors de trop conceptualiser cette valeur, de la rationaliser. Avant d'être une valeur-concept, l'amour est une valeur incarnée, qui n'a surtout de sens que dans le lien tissé entre deux personnes dans leur apparence comme dans leur intériorité.

Si l'amour est à mes yeux si important, c'est parce que, en cette période de crises multiples, il constitue une force de vie. C'est d'ailleurs Sigmund Freud qui a parlé de l'*éros* comme d'une « pulsion de vie » face à Thanatos, la « pulsion de mort ». Or, Éros était l'une des principales figures de l'amour chez les Grecs. *Éros* exprime le désir, de celui d'un beau corps à celui des choses divines, en passant par le désir de vertu et le désir de connaissance, ainsi que le montre la philosophe Diotime dans *Le Banquet* de Platon.

Les Grecs disaient l'amour de trois autres façons : *agapè*, amour spirituel, divin, inconditionnel ; *storgê*, amour familial ; et *philia*, amitié. Au total, ces quatre formes sont complémentaires, et il est malheureux de constater que certains penseurs ont cru bon d'opposer une manière d'aimer à une autre. Ainsi, chez certains penseurs chrétiens, si *agapè* était célébrée comme expression de la relation amoureuse réciproque entre

Dieu et l'homme, *éros* était en revanche rejeté comme accordant trop de droits au corps, au désir physique, à une chair jugée pécheresse par nature. Rendons à cet égard hommage à Benoît XVI qui, dans sa première encyclique, a insisté sur la nécessité de ne pas opposer *éros* et *agapè*, comme cela a trop longtemps été le cas dans la tradition chrétienne[63].

On voit que, dans la valeur d'amour, les notions d'affection, d'attachement et de plaisir sont essentielles. Sans elles, le lien interpersonnel serait gravement mutilé. Dans le même temps, il ne faut pas oublier le danger que pourrait représenter, dans les relations sociales, un surinvestissement de l'amour, autrement dit la domination d'une catégorie psycho-affective. Car l'espace public et l'exercice de la démocratie ne sauraient être régis par les affects ; une distance affective et une certaine neutralité sociale doivent avoir cours pour éviter des logiques paternalistes ou charismatiques. Les autoritarismes jouent souvent sur l'amour inconditionné à l'égard du guide, du gourou, du chef !

La Bible hébraïque utilise au moins six verbes pour parler de l'amour, manifestant par là la grande diversité de sens du verbe « aimer ». Si *hapes* et *hasaq* expriment le désir-sentiment fort d'un homme pour une femme, l'amour-tendresse, celui d'une mère pour son enfant, par exemple, est désigné par le verbe *riham*. L'amour sexuel est souvent traduit par le verbe *yada*, qui signifie « connaître » (d'où l'expression « connaître quelqu'un au sens biblique du terme »). Le verbe *ahab* caractérise l'amour entre

humains ou entre Dieu et son peuple. Il couvre
une gamme de sentiments allant de l'affection entre
amis (1 Samuel 16, 21) à l'amour d'un père pour ses
enfants (Genèse 25, 28), en passant par l'amour des
humains pour Dieu (Deutéronome 6, 4-6) et à celui
de Dieu pour son peuple, Israël, qui prend parfois
la forme de l'amour d'un père ou d'une mère pour
son enfant (Sirac 4, 10), quand ce n'est pas d'un
époux pour son épouse (Osée 2). Le Cantique des
Cantiques, l'un des plus beaux poèmes amoureux,
voire érotiques, de la littérature mondiale, exprime
à la fois l'amour intense entre un homme (le bien-
aimé) et une femme (la bien-aimée), et, de manière
symbolique, celui existant entre Dieu et son peuple.
Le verbe *ahab* désigne aussi l'amour du prochain. Ce
dernier semble parfois concerner les membres de la
même communauté : « Ne vous vengez pas et ne gar-
dez pas de rancune contre vos compatriotes. Chacun
de vous doit aimer son prochain comme lui-même »
(Lévitique 19, 18). Mais il est aussi dit que Dieu aime
et protège l'étranger, ce qui invite le croyant non pas
nécessairement à l'aimer, mais à tout le moins à le
protéger et à éprouver pour lui de la compassion :
« Le Seigneur prend la défense des orphelins et des
veuves, et Il manifeste son amour pour les étrangers
installés chez vous en leur donnant de la nourriture
et des vêtements » (Deutéronome 10, 18). Dans les
courants mystiques du judaïsme, tel le hassidisme
apparu au XVIIIe siècle en Europe centrale, la relation
aimante entre Dieu et les fidèles est mise en évidence
par l'extériorisation d'une piété joyeuse qui touche
le cœur. Certains penseurs juifs modernes ont égale-

ment développé et enrichi la conception biblique de l'amour du prochain : ainsi Martin Buber, à travers son éthique du dialogue, ou Emmanuel Levinas, par son éthique de l'altérité au travers du visage d'autrui, confirment le caractère universel de l'amour du prochain.

On retrouve une conception de l'amour assez similaire dans le monde musulman. Dans le Coran comme dans la Bible, la bonté et la miséricorde sont des attributs divins. L'homme se doit d'imiter son Créateur en se montrant à son tour bon et miséricordieux envers autrui. La compassion envers les pauvres et les étrangers est également recommandée dans le Coran, et la tradition musulmane est marquée par un développement de la notion d'amour universel dans sa face mystique. C'est dans le soufisme que l'amour est élevé au rang de voie spirituelle par excellence. L'Andalou Ibn Arabi (1165-1240) fut l'un des grands soufis de l'islam. Dans *Le Chant de l'ardent désir*, il a composé ces vers magnifiques : « Mon cœur devient capable de toute image : il est prairie pour les gazelles, couvent pour les moines. Temple pour les idoles, Mecque pour les pèlerins. Tablettes de la Torah et livre du Coran. Je suis la religion de l'amour, partout où se dirigent ses montures, l'amour est ma religion et ma foi[64]. »

Dès les origines, avec l'usage du mot grec *agapè*, l'amour va prendre dans le message chrétien cette connotation d'amour inconditionnel et universel. Comme on l'a déjà mentionné, *agapè* signifie amour/

don. Le message évangélique assume les dimensions humaines traditionnelles de l'amour, notamment amour filial, amitié ou désir, mais il met un fort accent sur la dimension de l'amour en tant que don. Jésus affirme en effet que l'amour/don (*agapè*) est le nom même de Dieu, sa qualité la plus fondamentale : « Dieu est amour. » Ainsi, tous les autres attributs divins, comme la vérité ou la justice, si importants soient-ils, sont toujours relatifs à l'amour. C'est la raison pour laquelle Jésus se permet de transgresser la Loi juive : par exemple, lorsqu'il guérit le jour du Shabbat, parle avec les pécheurs et les prostituées, ou refuse de laisser lapider la femme adultère. Il porte toujours un regard d'amour sur ses interlocuteurs, quels qu'ils soient, et leur pardonne, cherche à les relever, à les aider à se grandir. Il ne donne à ses disciples qu'un seul commandement nouveau par rapport à la Torah : « Aimez-vous les uns les autres comme je vous ai aimés » (Jean 15, 12), c'est-à-dire sans jugement, sans limites, jusqu'à pouvoir donner sa propre vie.

Un tel amour paraît au-delà des forces humaines. Car, si donner sa vie pour sa femme ou ses enfants peut se concevoir, qu'en est-il pour autrui ? Pour un étranger, un inconnu ? La tradition chrétienne considère ainsi l'*agapè* comme l'amour divin qui ne peut être vécu humainement que par le don de la grâce divine. Avec la foi et l'espérance, c'est l'une des trois vertus théologales (c'est-à-dire données par Dieu). Et l'apôtre Paul, dans un texte magnifique, d'affirmer la suprématie absolue de l'amour :

« Quand je parlerais les langues des hommes et des anges, si je n'ai pas l'amour, je ne suis qu'airain qui sonne ou cymbale qui retentit.

« Quand j'aurais le don de prophétie, la science de tous les mystères et la connaissance parfaite ; quand j'aurais la foi jusqu'à transporter des montagnes, si je n'ai pas l'amour, je ne suis rien.

« Quand je donnerais tous mes biens aux pauvres, et quand bien même je livrerais mon corps aux flammes, si je n'ai pas l'amour, cela ne me sert à rien.

« L'amour est patient ; l'amour est plein de bonté. L'amour n'est point envieux ; il ne se vante pas, ne s'enfle pas d'orgueil. Il ne fait rien de malhonnête ; il ne cherche pas son intérêt ; il ne s'irrite point, il ne soupçonne point le mal. Il ne se réjouit pas de l'injustice, mais il met sa joie dans la vérité.

« L'amour excuse tout, croit tout, espère tout, supporte tout.

« L'amour ne meurt jamais » (1 Corinthiens, 13).

L'amour tient aussi une place très importante dans la spiritualité de l'Inde. Shri Mataji Nirmala Devi (1923-2011), sage hindoue récemment décédée, disait à ses disciples : « En ce jour, j'aimerais vous demander de penser tout le temps à l'amour. L'amour constitue toute la connaissance. La connaissance n'est qu'amour, il n'y a rien au-delà. Si vous avez la connaissance, elle doit passer le test de l'amour. Si vous connaissez une personne, cela ne vous donne aucune preuve, car vous la connaissez de l'extérieur. Mais si vous aimez une personne, alors vous la connaissez totalement[65]. »

Ce propos est caractéristique de l'une des grandes voies spirituelles hindoues : la *Bhakti*. Avec le *Karma-*

mârga (qui se fonde sur le travail, l'action et les œuvres à effectuer) et le *Jnâna-mârga* (qui se fonde sur l'étude, la science et la méditation spéculative), le *Bhakti-mârga* est le troisième des chemins de la réalisation spirituelle. Il propose au fidèle de le conduire à la Libération spirituelle par la dévotion amoureuse envers la divinité. Cette voie inclut la notion de service et d'amour du prochain, voire de tout être vivant. Car, une fois le cœur du fidèle relié à l'amour de Dieu, c'est la Création entière qu'il aime. On peut lire dans le *Vishnu Purana* : « Puisse l'amour impérissable qu'éprouve l'homme sans discrimination pour les objets fugitifs des sens ne jamais abandonner mon cœur, ce cœur qui Te cherche » (I, XX, 19).

Au XIXe siècle, Ramakrishna fut l'un des grands rénovateurs de la tradition religieuse de l'Inde, et son disciple Vivekananda fera connaître l'hindouisme en Occident. Ces deux hommes seront des tenants de la *Bhakti*. Ils insisteront sur la nécessité de ne pas séparer l'amour pour Dieu de l'amour pour tous les êtres. La transcendance divine se manifeste dans tout l'univers, dans l'ici-bas, sur les visages que nous rencontrons, dans les choses que nous saisissons et contemplons. La question n'est donc pas d'opposer amour divin et amour humain, mais de percevoir qu'une énergie créatrice unique traverse de part en part la réalité, une énergie d'amour et de guérison aux couleurs féminines qui porte le nom de *shakti*. Dans une autre voie spirituelle de l'amour, le tantrisme, la *shakti* se manifeste à travers la *kundalinî*, cette déesse-serpent présente dans le corps de chaque être humain et dont le point de départ est la base du sacrum. Lors de la relation sexuelle, la *shakti-kundalinî* s'éveille et vise le plus haut, le sommet du crâne. Là, elle rencontre Shiva et s'unit à lui. Ainsi s'unissent le Ciel et la Terre, le féminin et le masculin, pour redonner au monde son unité perdue.

Il est une forme de l'amour que l'on retrouve à des degrés divers dans toutes les cultures, et qui me semble particulièrement requise aujourd'hui : la compassion. Nous pourrions la définir comme une des expressions de l'amour lorsque celui-ci se manifeste à l'égard de personnes qui se trouvent dans des états de souffrance, de malheur ou d'injustice, autrement dit en situation de faiblesse. Cette attitude est aux antipodes de l'esprit de domination où c'est le plus fort qui profite de l'infériorité pour dominer les plus faibles.

Nous avons vu que la compassion est présente dans la Bible et le Coran, et qu'elle se trouve au cœur même du message chrétien. Mais elle l'est également dans les différentes traditions orientales. Mencius (ou Meng Tzeu) est l'un des maîtres de l'antique humanisme chinois. Il aurait vécu entre − 372 et − 289 dans la Chine des « Royaumes combattants ». Son enseignement reprend les principales intuitions éthiques de Confucius, dont il se réclamait. L'éthique de Mencius propose une image de l'homme dans laquelle la bonté, *xingshan*, serait inhérente à son humanité. Si la bonté est naturelle, c'est que, selon Mencius, les grandes valeurs, les grandes vertus comme l'humanité (*ren*), l'intégrité (*yo*), le respect des rites (*li*) ou la sagesse (*zhi*), sont inscrites au plus profond du cœur humain. Dans ses entretiens, il détaille comme suit les racines de son système de valeurs : « La compassion est le principe de la bienfaisance ; la honte et l'horreur du mal sont le principe de la justice ; la volonté de refuser pour soi et de céder à autrui est le principe de l'urbanité ; l'inclination à approuver le bien et à réprouver le mal est le principe de la sagesse. Tout homme a naturellement ces quatre principes, comme il a quatre membres[66]. »

Pour Mencius, ces valeurs sont d'autant plus importantes que si le cœur de l'homme ne les connaissait ni ne les éprouvait, « celui-là ne serait pas homme ». À propos de la compassion, il justifie ainsi son universalité par-delà les déterminations sociales et culturelles : « Voici un exemple qui prouve ce que j'avance, à savoir que tous les hommes ont un cœur compatissant. Supposons qu'un groupe d'hommes aperçoive soudain un enfant qui va tomber dans un puits. Ils éprouveront tous un sentiment de crainte et de compassion. S'ils manifestent cette crainte et cette compassion, ce n'est pas pour se concilier l'amitié des parents de l'enfant, ni pour s'attirer des éloges de la part de leurs compatriotes et de leurs amis, ni pour ne pas se faire une réputation d'hommes sans cœur. »

En Inde, si la compassion occupe une place centrale dans la *Bhakti* hindoue, comme on l'a vu, elle gît aussi au cœur du message du Bouddha tel qu'il sera surtout explicité par la tradition du Mahayana (Grand Véhicule) qui commencera à se diffuser dans le nord et l'est du continent asiatique (Tibet, Chine, Mongolie, Japon, Corée…) dans les premiers siècles de notre ère. À l'amour fait de bienveillance (*mai-*

trî en sanskrit) qui prescrit, selon les enseignements les plus anciens du Bouddha, le respect et la non-violence dans les relations sociales et interperson-nelles, s'ajoute, dans la tradition du Grand Véhicule, la grande compassion (*karunâ*), vertu suprême qui se définit comme une infinie bonté, un désir de venir en aide à tout être souffrant. Il est affirmé que, sans un cœur compatissant, aucun progrès spirituel n'est possible, mais aussi que la compassion est la seule vertu qui permette de surmonter toutes les douleurs de l'existence. À cette mère qui avait perdu son enfant et qui demandait au Bouddah de le ressusciter, celui-ci posa une condition : trouver une seule famille qui n'aurait pas subi un tel malheur. La femme parcourut toute la ville, frappa à toutes les portes, en vain. Dans toutes les maisons, la mort avait frappé. Elle revint pourtant au Bouddha, apaisée : auprès de ceux qu'elle avait croisés, elle avait trouvé la compassion qui lui permit de surmonter sa douleur.

Le moine bouddhiste français Matthieu Ricard souligne que si l'« amour altruiste est une attitude qui consiste à souhaiter que les autres soient heureux, la compassion n'est rien d'autre que l'amour donné à ceux qui souffrent. Un tel amour compatissant peut neutraliser la détresse et l'impuissance engendrées par l'empathie appliquée seule, et produit des dispositions d'esprit constructives telles que le courage compatissant[67]. »

Un aspect de la compassion bouddhiste qui me semble aujourd'hui on ne peut plus actuel est son caractère universel : elle touche non seulement tous les humains, mais, plus largement encore, tous les êtres sensibles. Un cœur compatissant ne saurait faire souffrir un animal ou rester indifférent et inactif face à la souffrance infligée aux animaux. La compassion universelle n'interdit pas de tuer un animal pour manger, mais dénonce la souffrance infligée aux animaux, notamment les animaux de ferme dans le cadre de l'élevage industriel. Elle dénonce le simple fait, aujourd'hui si répandu, qu'on puisse traiter des animaux comme des objets, les élever sans leur accorder suffisamment d'espace, les parquer comme des meubles lorsqu'on les conduit à l'abattoir (les laissant souvent sans eau en pleine chaleur pendant des dizaines d'heures) et les égorger à la chaîne, les uns devant les autres, parfois même sans prendre la peine de les étourdir pour qu'ils souffrent moins, comme c'est le cas dans les abattages rituels juifs et musulmans qui exigent que les animaux soient abattus conscients. On voit ainsi des vaches ou des moutons pousser des cris d'horreur et de douleur pendant qu'ils se vident de leur sang. Ce qui pouvait se comprendre pour des raisons d'hygiène il y a des siècles (s'assurer qu'un animal est vivant quand on l'abat visait à éviter de manger un cadavre) a-t-il encore du sens à une époque où l'on peut facilement s'assurer qu'un animal est bien vivant et l'étourdir de manière sûre ? Ces règles religieuses anciennes, liées à la conception anthropocentrique des monothéismes qui les rend peu sensibles à la souffrance animale, de même que la conception cartésienne de l'animal-machine, contribuent à perpétuer largement dans notre monde l'indifférence à la souffrance des animaux, êtres tout aussi sensibles et dotés d'affects que nous.

Loin de nous éloigner de notre humanité, la compassion envers les animaux tend à nous rendre plus pleinement humains, car elle grandit notre cœur en lui permettant de dépasser la différence entre espèces. De fait, plus on est égoïste, plus la compassion se circonscrit à ceux qui nous sont le plus proches (famille, clan, tribu, peuple, nation). Plus on est altruiste, plus on peut aimer et aider son prochain/lointain : ceux qui se trouvent au-delà de notre famille, de notre clan, de notre nation, etc. Être capable de dépasser la frontière du genre humain pour compatir à la souffrance d'un être sensible d'une autre espèce n'est pas seulement le signe d'une sensibilité à fleur de peau, comme on le pense trop souvent, parfois à juste titre ; c'est aussi le signe d'un authentique altruisme, d'une réelle capacité à sortir de soi pour refuser toute douleur inutile. En cela, c'est le signe de ce qu'il y a de plus profond et de plus noble dans notre humanité. S'il existe des êtres intelligents sur d'autres planètes et qu'un jour ils viennent nous rendre visite, souhaitons, puisqu'ils ne sont sans doute pas de la même espèce que nous, qu'ils ne se comportent pas avec nous comme nous le faisons avec les bêtes, sous le piteux prétexte d'une différence de genres.

LA BEAUTÉ

L'enlaidissement du monde est l'une des conséquences directes de la crise systémique que subit la planète. Dégradé par la laideur des lotissements à la périphérie des villes, du matraquage publicitaire, de l'affichage sauvage, des nuisances sonores, notre environnement cesse pour beaucoup de citadins d'être un lieu de plaisir, d'épanouissement, de contemplation, d'éveil et de ressourcement. Cet aspect est d'autant plus important que, avec la mondialisation néolibérale, la dégradation et la déprédation de l'environnement tendent à devenir des entreprises planétaires.

Un détour par l'étymologie est toujours utile et significatif. Ainsi le terme « mondialisation » vient-il du français « monde », qui dérive lui-même du latin *mundus*. Or, l'un des sens de ce mot renvoie à la propreté, au fait d'être lavé. La langue grecque n'est pas non plus très éloignée de cette problématique qui articule monde et beauté. Ici, c'est le mot *kosmos* que nous convoquons : il désigne à la fois le monde dans son ordonnancement, le cosmos dans son harmonie, mais également la beauté, l'ornement, la parure. Cette notion d'harmonie et de beauté cosmique est omniprésente en Chine – on l'a déjà signalé à propos de la créativité et de la liberté –, mais aussi en Inde. Dans le contexte de l'hindouisme, la beauté est moins une valeur-concept qu'une valeur-image. Avant de donner à penser, elle donne à voir. Et qui, plus que Lakshmi, est capable de nous montrer la beauté telle que l'Inde l'envisage ? Lakshmi, appelée aussi Mahalakshmi (*maha* est un préfixe signifiant « grandeur »), ou encore Shri (évoquant l'idée de radiance, de claire lumière), est la déesse de la beauté. Elle est traditionnellement représentée comme une très belle femme parée d'un sari rouge, debout sur un piédestal de lotus rouge. Elle a quatre mains : les mains supérieures tiennent deux fleurs de lotus, tandis que les mains inférieures tiennent, selon les images, un pot et un fruit, ou forment avec les doigts des *mudras*. Déesse de la beauté, Lakshmi est aussi celle qui prodigue l'abondance, la bonne fortune, la prospérité. Elle ouvre en quelque sorte à celui qui la vénère les portes d'un destin heureux et propice. Les deux éléphants blancs qui l'accompagnent parfois symbolisent eux aussi la chance, la fertilité due à la pluie. Elle est l'épouse du dieu Vishnou, lui aussi souvent représenté assis dans un lotus, deuxième divinité de la « triade » hindoue avec Brahma et Shiva. Dans ce trio, Vishnou assume la fonction de protecteur de l'univers, il maintient le monde en harmonie, et sa beauté, symbolisée par son épouse Lakshmi, en est la manifestation.

De même que pour les penseurs grecs et chinois, la beauté reflète l'ordre du monde, son ordonnancement parfait. Et, comme dans la philosophie grecque (celle de Platon et de Plotin), l'Inde distingue deux instances de la beauté. S'il y a bien une beauté formelle que l'art, l'architecture, les formes de la nature peuvent attester, il est aussi une « beauté idéale », transcendante, qui dépasse les différents canons de la beauté pour la rapprocher de la divinité suprême. Une *upanishad* rapporte le dialogue suivant : « Les dieux assemblés, s'approchant de la Grande Déesse, lui demandèrent : "Qui es-tu ?" Elle leur répondit : "Je suis la forme apparente du principe ultime, le Brahman. De moi sont issues la Nature et la Personne, qui constituent l'univers[68]." »

Dans la tradition hindoue, le Brahman est l'indicible fondement de toute chose, l'insaisissable principe de toute réalité. Il a été associé en philosophie comparée à l'Un de Plotin, c'est-à-dire à la puissance ineffable qui serait source de la réalité. Il est remarquable que la tradition hindoue ait osé relier cet horizon de pure transcendance à une déesse porteuse de chance et de beauté. Dans certains commentaires des textes sacrés, toutefois, Lakshmi est aussi associée à la *maya*, le voile de l'illusion qui recouvre le monde des apparences. Comment l'expliquer ? On a vu précédemment que la beauté possédait une double dimension, formelle et idéale, autrement dit contingente et passagère, d'une part, et transcendante, universelle, d'autre part. À bien des égards, on peut dire, à partir de la tradition de l'hindouisme, que la beauté est illusoire si elle reste confinée en surface. Elle est bien alors le « voile de la *maya* » qui empêche de percevoir l'essence des choses. À l'inverse, si la beauté est pensée et vécue comme une valeur ressortissant à la réalité ultime, si le ravissement esthétique se transpose en expérience spirituelle, alors elle est la divine énergie qui transfigure le monde. N'est-ce pas là le témoignage que nous a laissé le grand poète indien Rabindranath Tagore dans son *Offrande lyrique* ?

> « Le même fleuve de vie qui court à travers mes veines jour et nuit court à travers le monde et danse en pulsions rythmées.
>
> « C'est cette même vie qui pousse à travers la poudre de la terre sa joie en innombrables brins

d'herbe, et éclate en fougueuses vagues de feuilles et de fleurs.

« C'est cette même vie qui balance flux et reflux dans l'océan-berceau de la naissance et de la mort.

« Je sens mes membres glorifiés au toucher de cette vie universelle

« Et je m'enorgueillis, car le grand battement de la vie des âges, c'est mon sang qu'il danse en ce moment. »

L'art témoigne sous toutes les latitudes de la sensibilité au beau, et rares sont les auteurs, au sein des différentes cultures, qui ne mettent pas l'accent, dans leur œuvre, sur l'importance de la beauté. Mais ce sont surtout les philosophes occidentaux qui, à la suite de Platon, ont tenté de montrer le caractère à la fois universel, fécond et apaisant de l'expérience esthétique. Emmanuel Kant (1724-1804), l'un des grands noms de la philosophie allemande, européenne et mondiale, fut le principal représentant des Lumières allemandes, l'*Aufklärung*. Mais, à la différence des Lumières françaises qui furent largement rationalistes, Kant a toujours veillé à poser les limites de la Raison. Il distinguait ainsi le « noumène », la chose en soi, du « phénomène ». Pour lui, seul ce dernier peut être atteint par l'activité de la Raison, le noumène restant tout à la fois nécessaire et inaccessible. C'est dans la *Critique de la faculté de juger* que Kant expose les rudiments de sa conception du beau à la faveur d'une réflexion sur l'esthétique, plus précisément sur la question du goût. Le mieux, pour saisir la pensée du maître de Königsberg, est de reprendre la distinction qu'il opère, dans son septième paragraphe, entre l'agréable et le beau, ce qui permettra de montrer à quel point il fait de cette dernière catégorie une valeur universelle. Pour lui, « le jugement par lequel il déclare qu'une chose lui plaît » repose sur un « sentiment particulier » : la valeur de ce jugement n'a de validité que pour sa propre personne. « Ce serait folie de prétendre contester ici et accuser d'erreur le jugement d'autrui lorsqu'il diffère du nôtre, comme s'ils étaient opposés logiquement l'un à l'autre ; en fait d'agréable, il faut donc reconnaître ce principe que chacun a son goût particulier (le goût de ses sens). » Mais, dès lors que nous parlons du beau, nous quittons le terrain des jugements particuliers et relatifs pour pénétrer dans celui de l'universalité. En effet, Kant considère que le beau n'est pas affaire d'intérêt personnel. Au contraire, il serait « ridicule qu'un homme […] crût avoir tout décidé en disant qu'un objet (comme, par exemple, cet édifice, cet habit, ce concert, ce poème soumis à notre jugement) est beau pour lui ». Dans la perspective kantienne, « lorsque je donne une chose pour belle, j'attribue aux autres la même satisfaction ; je ne juge pas seulement pour moi, mais pour tout le monde, et je parle de la beauté comme si c'était une qualité des choses ». Et Kant de poursuivre : « On ne peut donc pas dire ici que chacun a son goût particulier. Cela reviendrait à dire qu'il n'y a point de goût, c'est-à-dire qu'il n'y a point de jugement esthétique qui puisse légitimement réclamer l'assentiment universel. » La beauté se situerait donc, selon lui, à l'interface entre l'objectivité des phénomènes et une subjectivité du regard, à condition que celui-ci puisse se prévaloir d'un accord général, d'un « assentiment universel », et à condition également que la Raison n'exerce pas sur cette valeur son emprise, car, comme le dit Kant, « est beau ce qui plaît universellement sans concept ».

Faire de la beauté un bien commun à toute la société est pour notre temps une exigence de première grandeur. Elle n'est pas sans rappeler cette parole que Fédor Dostoïevski a placée dans la bouche de l'un des personnages de *L'Idiot*[69] : « C'est la beauté qui sauvera le monde. »

LES DROITS DE L'HOMME SONT-ILS UNIVERSELS ?

Ce rapide tour d'horizon permet de constater qu'il existe bel et bien un socle de valeurs universelles sur lesquelles il est possible de fonder un « vivre ensemble » à l'échelle planétaire. Partout, les notions de vérité, de justice, de respect, de liberté, d'amour et de beauté sont signifiantes et chargées d'un riche héritage culturel. On aura pu aussi constater que certaines de ces valeurs sont abordées différemment selon les aires de civilisation. Derrière le même concept, le même mot, on peut entendre parfois des choses sinon opposées, du moins diverses. D'où l'importance d'un vrai dialogue des cultures pour tenter de mettre au jour ces valeurs dans une compréhension et une formulation qui puissent susciter l'adhésion du plus grand nombre.

Le principal défi est de lier l'universel au singulier. L'universel est une polarité de transcendance, tandis que le singulier est une polarité d'immanence. L'aventure de l'humanité, son histoire sociale, culturelle, celle de sa conscience, se situent dans le champ dessiné par ces deux pôles. Le risque est une sorte de dépolarisation de ce champ de forces. Si c'est le pôle transcendantal de l'universel qui domine, voire qui occupe toute la place, on court le risque de voir triompher un universalisme abstrait, anonyme, uniformisateur ; en réalité, cet universalisme ne serait que l'absolutisation d'un particulier. À l'inverse, si c'est le pôle d'immanence du singulier qui affirme sa présence de façon totale, le risque est celui d'un éclatement de l'humanité par une logique d'apartheid, de repli sur soi, de fondamentalismes divers (religieux, ethniques, etc.).

Un penseur et théologien catholique moderniste, Hans Kung, se consacre à cette tâche depuis une vingtaine d'années. Il est l'« inventeur » du concept de *Weltethos*, l'éthique planétaire. Aux yeux de Kung, les valeurs communes aux diverses religions ne doivent pas servir d'enjolivements artificiels, mais devenir des principes d'action. C'est en septembre 1993, lors d'une session du Parlement des religions du monde, que Hans Kung a rendu public le *Manifeste pour une éthique planétaire*[70].

Un autre théologien catholique, Raímon Panikkar, est aussi au cœur de cette recherche de l'universel au sein de la diversité culturelle. Né à Barcelone d'une mère catalane, catholique, et d'un père hindou, il est docteur en philosophie, en chimie et en théologie. Ordonné prêtre en 1946, le combat de sa vie aura été d'établir comment les cultures de l'humanité peuvent participer au bien commun : « Il nous faut travailler en vue d'un pluralisme sain qui permettrait une convivialité et une coexistence des cultures et des civilisations reconnaissant qu'aucune culture, religion ou tradition, à elle seule, n'a le droit de prétendre représenter la panoplie universelle de l'expérience humaine, ni le pouvoir de réduire les diversités de l'humanité à une seule forme, aussi large qu'elle puisse être[71]... » C'est ainsi qu'il a essayé de repérer dans les diverses cultures ce qu'il nomme des « équivalents homéomorphes ». Cet adjectif est bâti sur deux racines grecques, *homéo*, « semblable à », et *morphe*, « forme ». Des équivalents homéomorphes sont des valeurs, des normes et des pratiques qui possèdent des significations éthiques et philosophiques proches, mais qui se différencient aussi bien par leur mode d'expression que par leur contenu. Ainsi, on peut dire que les droits de l'homme expriment une vérité universelle sur un mode particulier, celui du *logos* occidental. Mais, selon Panikkar, les « bonnes manières » dans la philosophie chinoise de Confucius évoquent sur un autre mode ces mêmes valeurs. Au fond, le projet de Panikkar consiste principalement à déconnecter les droits de l'homme de la forme occidentale qu'ils ont prise afin d'en faire des valeurs véritablement universelles. Une fois cette universalité posée, on peut alors la décliner au gré des langues, des imaginaires, des contextes.

En effet, de toutes les valeurs que j'ai citées et analysées, celle qui est la moins consensuelle, dont l'universalité pose le plus de problèmes, est la notion de liberté. Le vrai clivage se fait autour de la notion moderne d'autonomie du Sujet. Comme on l'a vu, l'émancipation de l'individu par rapport au groupe, à la communauté, à la tradition, constitue la rupture philosophique et politique majeure entre monde traditionnel et monde moderne. Et c'est bien ce qui continue de marquer la plus forte différence entre le monde occidental et les autres aires de civilisation, lesquelles ont pour la plupart emprunté les traits technico-économiques de la modernité sans en épouser la valeur philosophico-politique cardinale : le Sujet autonome.

Nous avons également vu que c'est à travers la notion de droits de l'homme que s'est formalisée la pensée occidentale moderne. Ces droits représentent le « sacré » de nos sociétés. Ils expriment la quintessence de nos valeurs morales, celles pour lesquelles nous serions prêts à descendre dans la rue. Ces valeurs dépassent aujourd'hui chez nous tous les clivages sociologiques et idéologiques : hommes/femmes ; riches/pauvres ; droite/gauche ; croyants/incroyants.

Ce dernier clivage a pourtant été difficile à surmonter, car la religion, qui unit les croyants entre eux, les éloigne de ceux qui ne partagent pas leur foi et les valeurs qui en découlent. Or, la force des valeurs éthiques et politiques occidentales modernes – parfaitement synthétisées dans la devise de la République française : « Liberté, Égalité, Fraternité » –, c'est qu'elles parlent autant aux croyants qu'aux incroyants, car elles sont pour partie le fruit d'une laïcisation, opérée par Kant et les philosophes des Lumières, des valeurs chrétiennes les plus fondamentales. Depuis Kant, les non-croyants les considèrent comme fondées sur la raison humaine et regardent surtout l'héritage grec dont elles sont aussi issues, cependant que les croyants y retrouvent la substance du message des Évangiles : liberté de conscience de l'individu, égale dignité de tous les êtres humains, fraternité humaine universelle. Comme l'a fort bien exprimé Marcel Gauchet, « le christianisme est la religion de la sortie de la religion ». Il possède en lui les germes de la modernité, y compris de la laïcité, puisque Jésus a clairement refusé d'assumer un rôle politique : « Mon Royaume n'est pas de ce monde » (Jean 18, 36) ; « Rendez à César ce qui est à César et à Dieu ce qui est à Dieu » (Matthieu 22, 21). Ce n'est donc pas un hasard si les droits de l'homme – même s'ils existent selon des formulations et des degrés divers dans toutes les cultures – se sont surtout développés, formalisés et incarnés de manière juridique en Europe, et non dans l'Empire chinois ou ottoman.

C'est une des principales critiques formulées à l'encontre de la philosophie des droits de l'homme, qui ne serait en fin de compte que l'expression d'une culture particulière : celle de l'Occident moderne aux racines grecques et judéo-chrétiennes. Cette critique rencontre un écho populaire, notamment dans le monde musulman, et se trouve fortement amplifiée par le constat des contradictions souvent flagrantes entre les discours et les actes de certaines nations occidentales. Car la référence aux droits de l'homme n'accompagne pas nécessairement une démarche humaniste et vertueuse. Si l'Association des chrétiens pour l'abolition de la torture, Amnesty International, les diverses ligues de défense des droits de l'homme ou la Cimade se réclament explicitement des droits de l'homme et de l'idéal démocratique, elles le font dans une perspective radicalement différente de celle dans laquelle s'est placée la droite néo-conservatrice étasunienne, depuis le 11 septembre 2001, pour légitimer sa logique de guerre au nom de la lutte contre le « terrorisme », bafouant bien souvent sur le terrain les droits humains les plus fondamentaux (que l'on songe à la torture et aux humiliations d'ordre sexuel infligées aux prisonniers irakiens par certains GI's). Les droits de l'homme des uns ne sont pas les droits de l'homme des autres. Un autre type de critique émane évidemment des régimes dictatoriaux encore au pouvoir à travers le monde : pour eux, la défense des droits de l'homme équivaut tout simplement à une ingérence dans leurs affaires intérieures.

Cette dernière critique, que l'on entend formuler de manière récurrente en Chine, en Russie, en Iran ou en d'autres pays sous le joug de régimes autoritaires, n'a évidemment aucune pertinence. Quant à la critique visant l'invocation des droits de l'homme comme discours légitimateur par des gouvernements qui ne les respectent pas, si fondée soit-elle, elle n'invalide en rien leur nécessité. Elle rappelle seulement, et à juste titre, que ceux qui les mettent en avant doivent donner l'exemple de leur respect. Pour autant, elle ne remet pas en cause leur caractère universel.

Seule la première de ces critiques pose la question fondamentale entre toutes : parce qu'ils sont issus de la culture occidentale et de sa conception moderne des libertés individuelles, les droits de l'homme sont-ils universels ? Peuvent-ils constituer pour toute l'humanité une valeur phare intangible ? Peuvent-ils être la valeur suprême d'une vraie civilisation planétaire édifiée à partir d'un dialogue des cultures, et non pas seulement par une domination culturelle exclusive de l'Occident sur le monde ?

Pour répondre à cette question cruciale, commençons par revenir au texte même de la Déclaration dite universelle adoptée dans le cadre des Nations unies. S'inspirant des « Bill of Rights » anglais et américain ainsi que de la Déclaration française des droits de l'homme et du citoyen, la « Déclaration universelle des droits de l'homme » a été rédigée en 1948 sous l'égide de l'ONU. Elle rappelle la dignité fondamentale de tout être humain et vise à le prémunir contre toute forme d'atteinte à son intégrité physique ou morale, contre toute forme de discrimination ou d'arbitraire. En cela, elle dépasse le cadre de la liberté pour mettre en avant d'autres valeurs comme la justice, le respect et la fraternité. Elle souligne ainsi d'emblée que « la reconnaissance de la dignité inhérente à tous les membres de la famille humaine, et de leurs droits égaux et inaliénables, constitue le fondement de la liberté, de la justice et de la paix dans le monde ». L'article premier stipule :

« Tous les êtres humains naissent libres et égaux en dignité et en droits. Ils sont doués de raison et de conscience, et doivent agir les uns envers les autres dans un esprit de fraternité. » La liberté et l'égalité de chaque être humain sont ainsi clairement énoncées et placées dans un rapport intime avec la fraternité : nous retrouvons là la triade des valeurs républicaines. Ce lien entre liberté, égalité et fraternité est capital, car la principale critique que l'on peut adresser à l'Occident moderne, c'est d'avoir oublié l'idéal de fraternité en se concentrant aussi exclusivement tantôt sur les questions d'égalité, tantôt sur les libertés individuelles.

J'ai déjà évoqué l'analyse de Ferdinand Tönnies, qui montre que nous sommes historiquement passés de la Communauté (*Gemeinschaft*) à la Société (*Gesellschaft*). Dans le cadre de la société moderne, l'individu gagne en liberté ce qu'il perd aussi en solidarité, en communion. L'acquisition de son autonomie lui permet de construire sa vie en totale liberté. Ainsi, l'évolution actuelle des sociétés occidentales par rapport au mariage homosexuel ou à l'homoparentalité, qui choque encore une bonne partie de la population, s'inscrit pourtant dans la logique profonde et naturelle d'une culture fondée sur l'autonomie de l'individu, signant la fin des normes, des morales et des repères collectifs. Chacun, tant qu'il observe les lois de la cité garantissant le respect d'autrui, peut vivre comme bon lui semble. Cette forme de liberté est exaltante pour l'individu, et il est rare qu'une personne qui a goûté à cette autonomie ait envie d'y renoncer, même si le tribut à payer est parfois lourd. Car la liberté, dans le cadre de la *Gesellschaft*, fait évoluer l'individu dans un monde désenchanté et de plus en plus impersonnel. C'est le risque que court l'autonomie du Sujet : se voir transformée en individualisme forcené. Cette critique faite au principe d'autonomie du Sujet, qui fonde la liberté dans le contexte de la modernité européenne, est essentielle et mérite d'être prise au sérieux. À la fin du XIXe siècle, déjà, Tönnies avait souligné l'importance de l'urbanisation dans l'émergence de la *Gesellschaft*. Que dirait-il aujourd'hui, avec l'explosion urbanistique planétaire que j'ai évoquée dans la première partie de ce livre ? Il est manifeste qu'il existe un rapport entre cette « mégapolisation » du monde et les processus de dissolution du lien social que nous pouvons repérer et déplorer çà et là (mais qui génèrent en contrepartie une quête effrénée du lien). En effet, quelle liberté réelle peut exister dans une situation d'anonymat ? La liberté de l'homme est-elle même possible si nous opposons autonomie du Sujet et socialité ?

Pour la plupart, les individus vivant dans des cultures traditionnelles sont à la fois fascinés par le modèle occidental d'émancipation de l'individu et conscients du caractère parfois « inhumain », en tout cas déshumanisé, de nos vies modernes. Ils constatent les dégâts de l'individualisme, l'absence de chaleur et de communion de nos sociétés, l'éclatement ou l'effacement des repères, le culte exclusif de l'argent, le toujours-plus de la consommation exalté par la publicité, et ils n'ont guère envie d'aboutir à ce mode de vie. Ils aspirent certes à plus de liberté individuelle, à plus de justice, à moins d'arbitraire, mais restent

majoritairement attachés au modèle de la communauté, celui du groupe soudé autour d'une morale
ou d'une religion commune, créant de puissants liens
de solidarité, offrant du sens et garantissant une profondeur spirituelle à la vie. Comment concilier ces
deux aspects ? Tradition et modernité peuvent-elles
cohabiter ?

Ces questions sont au cœur des révolutions qui
secouent le monde arabe depuis 2010. L'aspiration
à davantage de justice et de liberté a conduit plusieurs peuples à se soulever contre les dictatures
en place dans leurs pays et a ouvert la voie à des
élections qui ont porté au pouvoir non pas des élites
occidentalisées, mais des mouvements islamistes déjà
bien ancrés dans la société. Ce paradoxe illustre
parfaitement mon propos. Il se passerait très probablement la même chose en Chine si le pouvoir venait
à vaciller : des partis nationalistes enracinés dans
les valeurs confucéennes auraient plus de chances
de l'emporter que des partis démocrates-libéraux
prônant une société coupée de sa culture millénaire
et fondée sur une conception non spirituelle de
l'individu.

Dès lors, comment concilier les aspirations aux
libertés individuelles avec les usages et traditions qui
imposent un certain « moule » aux individus ? Par
exemple, l'homosexualité est fermement condamnée
par l'islam : *quid* de la liberté de choix des homo-
sexuels au sein du monde musulman ? Ou bien de la
liberté religieuse et de la possibilité de critiquer la religion ? Ou bien encore de l'émancipation de la femme,
qui va à l'encontre de son approche traditionnelle

en de nombreuses régions du monde ? La difficulté est majeure, et je crois qu'il ne faut pas se leurrer : il n'est pas possible de faire cohabiter l'univers clos de la tradition avec l'univers ouvert de la modernité. Dès lors que l'on accepte le principe d'autonomie de l'individu, qu'on lui reconnaît des droits inaliénables en matière de religion, d'expression, de circulation, de choix de vie, etc., on se heurtera inévitablement à certains codes moraux ou religieux traditionnels qui imposent une norme collective.

Je suis convaincu que les droits de l'homme tels que les définit la Charte des Nations unies constituent une avancée décisive dans l'histoire en protégeant chaque personne humaine de l'arbitraire et en reconnaissant son droit à l'épanouissement selon son mode singulier. Ce principe si durement acquis en Occident – les bûchers de l'Inquisition ne se sont éteints, les lettres de cachet n'ont disparu qu'à la fin du XVIIIe siècle – représente un progrès pour *tous* les êtres humains. Mais ce qui pourrait contribuer à débloquer l'opposition radicale entre tradition et modernité, c'est une compréhension plus large de la liberté, incluant sa dimension holistique et spirituelle, et une « rejonction » entre la liberté et la fraternité. Revenons brièvement, pour voir ce qu'il en est, sur l'histoire de l'Occident moderne.

Généalogie de la liberté

Nous connaissons tous le tableau d'Eugène Delacroix, achevé en 1830, que conserve le musée du Louvre : *La Liberté guidant le peuple*. On y voit la Liberté représentée par une femme brandissant le drapeau tricolore. À ses pieds, des corps gisants ; autour d'elle, des hommes en armes. Le drapé de sa robe fait référence aux statues de déesses de la Grèce antique. La scène décrit un épisode des Trois Glorieuses, l'insurrection populaire qui eut lieu à Paris les 27, 28 et 29 juillet 1830. Elle incarne donc, pour nous, dans cette itinérance de la liberté, les différentes insurrections populaires de l'Occident moderne (la révolution américaine et, pour la France, celle de 1789, les Trois Glorieuses de 1830, la révolution de 1848, la Commune de Paris de 1871). Si la peinture de Delacroix peut être considérée comme symbolisant la liberté au XIXe siècle dans le cadre de la bataille des peuples pour le droit et la démocratie, c'est très certainement *L'Homme de Vitruve*, que Léonard de Vinci dessina vers 1492, qui mérite d'être reconnu comme symbole de la liberté à la Renaissance. Campé au centre de l'univers, l'homme y affirme sa présence par de superbes proportions. Nous ne sommes pas loin de l'idéal grec tel qu'il fut interprété par le philosophe Protagoras (– 490/– 420). Platon rapporte de lui cette maxime : « L'homme est la mesure de toute chose. »

En raison même de sa durée et de la dense créativité qui le caractérisa, l'humanisme occidental moderne fut un mouvement contradictoire. Plusieurs images de l'homme et de sa liberté s'y affrontèrent. Les deux postures intellectuelles les plus importantes par rapport à la valeur de liberté pourraient être présentées comme suit[72] :

La première posture, historiquement la plus ancienne, celle de la Renaissance (XVe-XVIe siècle), définit la liberté de l'homme comme une expansion de la conscience jusqu'aux confins mêmes de l'univers. C'est la figure de l'*Homo universalis* qui exprime cette conception. L'homme affirme sa liberté dans la conscience qu'il a du fait qu'il contient en lui tout l'univers. Il est microcosmos. Comme l'humanisme grec, l'humanisme de la Renaissance est de nature holistique. De ce point de vue, la liberté équivaut à la prise de conscience du caractère *relationnel* de l'identité humaine. Le maître mot de cette liberté est la correspondance, ou encore l'analogie : dans le cosmos, tout est relié, des choses visibles aux réalités invisibles, des couleurs aux étoiles, des plantes aux organes du corps, des métaux aux humeurs et aux saisons.

La seconde posture intellectuelle, qui perce vers la fin de la Renaissance et s'affirme à partir du XVIIe siècle, est placée sous le signe de l'*autonomie*, et non plus de la relation. René Descartes donne philosophiquement ses lettres de noblesse à ce nouvel humanisme. Le changement de registre est net : l'homme trouve sa liberté dans sa solitaire individualité, et même, plus précisément, dans sa conscience rationnelle personnelle : « Je pense, donc je suis. » Ce second humanisme va triompher dans la philosophie occidentale et renvoyer l'héritage humanisto-cosmique de la première Renaissance aux marges de la pensée et de la culture.

Or, à la différence de ce second temps fort de la modernité, l'humanisme de la Renaissance reste profondément enraciné dans une vision spirituelle. Il insiste certes sur le caractère rationnel de l'homme, et revendique déjà son autonomie (voir, par exemple, *De la dignité humaine*, de Pic de la Mirandole), mais cette autonomie ne doit pas couper l'individu du monde. Dans la vision humaniste de la Renaissance, l'individu ne peut s'exprimer pleinement en tant qu'homme, réaliser son potentiel personnel, que s'il demeure relié au cosmos et aux autres humains. Quant à sa liberté, elle est tout autant perçue comme politique (fin de l'arbitraire) que comme holistique (il affirme sa place au centre du cosmos et doit se relier de manière juste aux autres) et intérieure (maîtrise de soi), ce qui reste en conformité avec l'héritage grec et chrétien qui met l'accent, nous l'avons vu, sur la dimension relationnelle et spirituelle de la liberté. On peut donc dire que le second moment de la modernité, celui issu de la rupture cartésienne et des Lumières, a en partie délaissé une conception plus riche et complète de la liberté humaine, pour ne se préoccuper que de l'émancipation du sujet par rapport à la tradition, et du respect de ses droits en tant que sujet.

On ne saurait donc faire des droits de l'homme la valeur commune à une civilisation planétaire, selon moi, sans préciser que la dimension spirituelle de l'existence est essentielle, et que l'amour, la fraternité, la communion, la relation sont aussi nécessaires au plein épanouissement de la vie humaine que le respect de la liberté individuelle. Nous avons vu que ce point est évoqué dans la Déclaration de 1948 quand elle met l'accent sur la fraternité. Reste à nos sociétés occidentales, pour se targuer d'être vraiment des modèles universels, à traduire davantage cette fraternité en actes et à réhabiliter la dimension spirituelle de l'homme, dimension trop rapidement confondue, et rejetée comme telle, avec la religion dogmatique.

Ces précisions me semblent importantes si l'on veut intégrer les droits de l'homme à une compréhension plus profonde, et du coup plus universelle, de la liberté. Car ce n'est pas l'individualisme utilitariste contemporain qui peut être posé en modèle de civilisation. Dans mon esprit, cela n'altère en rien la justesse de la notion de droits de l'homme, ni n'entame d'un iota leur nécessaire application. Il est d'ailleurs significatif que l'on retrouve, parmi les huit pays (sur cinquante-huit) qui s'abstinrent lors du vote de la Déclaration des Nations unies en 1948, les pays du bloc soviétique, l'Afrique du Sud (à cause du régime d'apartheid encore en vigueur) et l'Arabie saoudite (qui refuse le principe d'égalité des droits entre hommes et femmes). Ce sont là des régimes qui bafouaient ou enfreignaient encore de manière diverse les droits au respect et à la dignité des personnes, récusant de même la démocratie et les droits de l'homme. Souhaitons que ces régimes continuent de disparaître les uns après les autres ! Mais soyons également conscients que nous avons nous aussi à faire évoluer nos propres sociétés vers davantage de justice sociale, de solidarité, de communion, de fraternité et de reconnaissance de la dimension spirituelle de l'homme, lequel, fût-il comblé matériellement, ne cesse de se poser la question du sens de sa vie. Pour le dire plus abruptement : nos sociétés modernes crèvent d'un manque de fraternité et de spiritualité, et nous pouvons apprendre des autres, tout comme retrouver dans notre propre héritage, ce qui nous fait cruellement défaut.

Il me semble donc tout à fait souhaitable que les univers encore traditionnels puissent basculer dans l'horizon moderne de la démocratie et des droits de l'homme. Mais sans se départir pour autant de leur dimension spirituelle et fraternelle, et en tenant compte de leur identité, de leur langage, des éléments qui, au sein de leur culture, puissent dire la vérité universelle des droits de l'homme sur un mode qui leur soit propre, ainsi que l'évoquait Raímon Panikkar.

QUELLE HIÉRARCHIE DES VALEURS ?

La seule poursuite des valeurs matérielles – réussite sociale, profit, confort de vie – est insuffisante pour apporter un véritable épanouissement à l'être humain et constituer des repères valables d'un bout à l'autre de la planète. C'est donc à travers les grandes valeurs éthiques et existentielles que nous avons tenté de rechercher des repères universels. Il nous faut cependant franchir maintenant un pas de plus et poser la question de la hiérarchie des valeurs, qui est une des questions centrales de la philosophie. Si la liberté, entendue au sens d'autonomie du sujet, figure au faîte de la hiérarchie des valeurs en Occident, ce n'est globalement pas le cas pour les mondes chinois, musulman, indien, bouddhiste ou animiste, qui représentent près des deux tiers de l'humanité. Le Bouddha mettait au sommet des valeurs la liberté spirituelle, conçue en termes de libération intérieure. Socrate et Confucius auraient très probablement mis la justice, Moïse la Loi divine, Jésus l'amour, et Muhammad la foi. Même si les grandes valeurs que nous avons évoquées sont présentes dans toutes les aires de civilisation, leur hiérarchie n'y est pas la même.

Dans l'optique d'une civilisation à l'échelle de la planète se pose donc la question capitale d'une hiérarchisation des valeurs, ce qu'on appelle en philosophie l'axiologie. Un Occidental peut fort bien faire siennes toutes ces valeurs, mais les relativiser en fonction de celle qu'il considère comme ultime : son autonomie. Or nous avons vu que l'autonomie sans la communion, sans l'amour, sans le lien fraternel, entraîne nos sociétés dans l'impasse de l'individualisme utilitariste. De même, un musulman peut lui aussi adhérer à toutes les valeurs évoquées, mais estimer que sa foi l'oblige à appliquer la *charia* dans une interprétation radicale – de type salafiste, par exemple –, ce qui entre en contradiction avec certaines composantes des droits de l'homme comme l'égalité homme/femme ou la liberté de conscience.

Justice, liberté, fraternité

Ce travail de hiérarchisation des valeurs à l'échelle planétaire ne peut qu'être le fruit d'un véritable dialogue des cultures. Mais j'aimerais indiquer ici une piste qui prolonge ce qui vient d'être évoqué. À la manière de la devise républicaine, on pourrait reprendre une triade destinée à lier ensemble les trois valeurs les plus essentielles parmi celles que nous avons qualifiées d'universelles.

Je commencerai par la justice, partout présente de manière forte et qui inclut aussi, nous l'avons vu, une poursuite et une pratique de la vérité, ainsi que la notion d'égalité. Aucune société, en effet, n'est harmonieuse sans une justice impartiale fondée sur la vérité des faits et qui propose à tous ses membres les mêmes droits et les mêmes devoirs.

La deuxième notion fondamentale est celle de liberté. Mais j'entendrai ici la liberté autant dans son acception moderne d'autonomie du sujet que dans celle, plus spirituelle, de liberté intérieure d'un individu relié au monde.

Enfin, au sommet de cette triade, la notion d'amour qui existe dans les relations interpersonnelles, mais qui s'incarne aussi de manière collective à travers la notion de fraternité. Comme nous l'avons constaté, l'idée de compassion et celle de fraternité humaine qui la sous-tend sont partout présentes. Certaines cultures, comme l'Inde ou le bouddhisme, étendent la compassion à tous les êtres vivants, notamment aux animaux, tandis que d'autres se cantonnent à un horizon anthropique. Hormis cette différence, la notion d'amour du prochain étendue à la bonté, à la miséricorde, au pardon, au don, à la compassion pour tout être en situation de détresse, est un invariant culturel. Elle est vraiment universelle et montre qu'on peut s'appuyer sur l'amour/compassion et sur l'idée de fraternité comme valeur-phare d'une civilisation planétaire. Elle intègre également celle de respect, tout en la dépassant, et permet de corriger les possibles excès d'une justice trop impersonnelle ou d'une liberté trop individualiste. C'est aussi, à mon sens, par cette compréhension et cette hiérarchisation des valeurs que l'on peut concevoir et vivre les droits de l'homme dans une dimension véritablement universelle.

Réenchanter le monde

Avec celle des valeurs, une autre question philosophique gît au cœur de la problématique de la guérison du monde. J'ai montré dans la première partie
de ce livre que la multitude des crises qui frappent
l'humanité et la Terre sont les diverses dimensions
d'une seule et même crise globale, de nature systémique, à l'échelle même de la planète. Or le caractère systémique de cette crise n'est pas seulement
lié à l'interdépendance entre différents phénomènes
économiques, environnementaux, sociaux, techno-
scientifiques, politiques, culturels ou encore sanitaires. Certes, ce sont bien là les interactions que
l'on peut constater entre crises sectorielles, plus précisément entre leurs conséquences et leurs impacts,
qui confèrent à la crise globale sa puissance et sa
dramatique intensité. Mais je suis persuadé que la
guérison du monde est un processus qui ne peut se
satisfaire d'une action « thérapeutique » portant sur
les seuls effets. Il s'agit d'aller plus haut et plus loin,
d'essayer de cerner non pas uniquement les causes

de telle ou telle crise particulière, mais la cause de la crise globale elle-même.

En première partie, j'ai déjà évoqué au rang des facteurs explicatifs les diverses mutations que notre monde a connues au cours des deux derniers siècles. J'aimerais insister ici sur la cohérence « idéologique » de cette crise globale. En effet, en analysant les problèmes qui se posent en tel ou tel domaine, on peut repérer à la fois des permanences et des traits communs. L'un des défis, pour la pensée, est de déterminer *ce qui passe* d'une crise sectorielle à l'autre, ce qui fait sens du point de vue de la crise globale. L'une des clés qui peut nous aider à entrevoir l'explication de la crise socio-anthropologique et écologique planétaire est la différence qui existe, dans notre rapport au monde, entre la conception *mécaniste* et la conception *organique* que nous en avons.

Mécanisme et réductionnisme

La vision mécaniste ne se contente pas de considérer toutes les réalités comme objectivables, qu'elles soient humaines ou non humaines, culturelles ou naturelles, abstraites ou concrètes. Elle affirme que cette entreprise d'objectivation, autrement dit de quantification, cette mise en équation est la seule voie permettant d'accéder aux significations de la réalité. René Descartes a fourni la méthode de l'objectivation mécaniste et a favorisé, entre autres, le développement des sciences. Mais cette méthode offre une vision philosophique bien réductrice du réel : l'univers devient un champ de forces et de mouvements relevant de la mécanique, et l'être humain se réduit à l'« individualisme utilitariste » des libéraux, à l'« homme unidimensionnel » de Herbert Marcuse, à l'*homo economicus* de Louis Dumont. Or la plupart des problèmes évoqués dans ce livre résultent d'une vision mécaniste du monde et de son application dans les différents champs de l'activité humaine.

La crise environnementale en est l'expression la plus frappante : on a oublié que la Terre est un organisme vivant, reposant sur des équilibres extrêmement subtils que l'on a violentés à des fins productivistes. La crise agricole n'est-elle pas aussi en partie liée aux schémas réductionnistes de l'agriculture chimique intensive pour lesquels seuls comptent les taux de rendement, au détriment de la qualité des sols et des aliments produits ? Dans le domaine médical, l'attrait de plus en plus marqué pour l'homéopathie et les approches orientales ou complémentaires n'illustre-t-il pas l'impasse d'un certain réductionnisme qui tend à réduire la personne malade à une machine corporelle déréglée, avec ses pannes à réparer et ses pièces à changer ? Et la crise religieuse planétaire que l'on observe n'est-elle pas elle-même le symptôme de l'essor d'un réductionnisme dans la compréhension du sacré, du rituel et du spirituel ? C'est sur la réduction du sacré à un corpus de textes juridiques visant à formater les comportements que prospèrent un peu partout les fondamentalismes et les intégrismes religieux.

En fait, dans quelque domaine que ce soit, il est possible de repérer, avec la crise globale, la montée en puissance du mécanisme et du réductionnisme :

le vivant se résume à un assemblage de gènes, la conscience à un assemblage de neurones, la matière à un assemblage de particules, la spiritualité à un assemblage de croyances et de codes. Le tout est réduit à la simple addition de ses parties. Or cette vision mécaniste du monde ne peut exprimer la totalité ni la complexité du réel. Face à cette conception philosophique dominante en Occident depuis plus de deux siècles, il existe un grand courant philosophique transversal – des Grecs aux romantiques en Occident, en passant par l'Inde, la Chine, le bouddhisme et le chamanisme, la mystique juive et musulmane médiévales – qui offre un tout autre regard sur le réel. À la différence des philosophies mécanistes pour lesquelles la réalité est essentiellement une *machine*, ce courant de pensée, auquel j'adhère pleinement, estime qu'elle est essentiellement un *organisme*.

Sympathie universelle

En Grèce, les sages stoïciens et néoplatoniciens cultivent une valeur centrale que nous retrouvons aujourd'hui avec la démarche systémique et la conscience écologique : la « sympathie universelle ». Pour les stoïciens, le monde qui nous entoure est pénétré en tous ses lieux par un principe de cohésion, de mouvement et de vie, le *logos*. « À supposer, écrivait Cicéron, que la nature forme un Tout bien lié et cohérent [...] que tout l'univers soit un [...] que tout se tienne dans la nature universelle, de fait, les stoïciens en donnent plus d'un exemple [...]. Si l'on touche les cordes d'une lyre, les autres cordes résonnent ; les huîtres et les autres coquillages croissent et décroissent avec la Lune [...]. Le flux et le reflux de la mer sont commandés par les phases de la Lune[73]... » Pour sa part, Plotin dira que la sympathie est « comme une unique corde tendue qui, touchée à un bout, transmet le mouvement à l'autre bout[74] ».

Les sagesses indiennes, chinoises, africaines et amérindiennes défendent avec d'autres mots une même vision du monde avec ses valeurs de cohérence cosmique, de correspondance universelle, d'équilibre entre le Ciel et la Terre, d'énergie cosmique et tellurique, etc. Ainsi, la philosophie bouddhiste ne dit pas autre chose avec sa notion centrale d'*interdépendance* de tous les phénomènes. On retrouve encore cette notion dans la pensée médiévale musulmane et juive, notamment la Kabbale.

Elle tient une place plutôt marginale dans la théologie chrétienne médiévale, mais prend un nouvel essor en Occident avec la Renaissance, dont les grands représentants – Pic de la Mirandole, Marsile Ficin, Léonard de Vinci – développent, dans la pensée et dans l'art, la vision d'un humanisme cosmique tel que je l'ai évoqué précédemment. Elle se poursuit aux XVIᵉ et XVIIᵉ siècles avec la pensée ésotérique et alchimique (Paracelse, Boehme).

C'est alors qu'intervient la rupture cartésienne et que s'élabore, dès la fin du XVIIᵉ siècle, la conception mécaniste du monde qui favorise par sa méthode réductionniste le développement de la science expérimentale, des techniques et de l'idéologie productiviste d'un capitalisme qui va connaître son plein essor aux siècles suivants. C'est face à cette logique mécanique et en opposition avec elle que va naître en Occident, à la fin du XVIIIe siècle, un vaste courant philosophique et artistique visant à renouer avec la conception organique du monde : le romantisme. Le constat alarmiste des romantiques sur l'évolution d'un monde soumis aux seules logiques mécanistes et marchandes m'apparaît, deux siècles plus tard, d'une telle justesse prémonitoire qu'il n'est pas inutile de l'exposer ici en quelques pages[75].

REFUSER LA QUANTIFICATION DE LA VIE

Loin de se réduire à un courant poétique ou à une forme d'expression littéraire, le romantisme constitue une authentique vision du monde. Multidimensionnel, l'impératif romantique est une contestation en règle de la conception matérialiste, mécaniste et désenchantée qui prévaut dans la civilisation moderne occidentale. Face aux tenants du mécanisme qui privilégient l'approche rationnelle et cartésienne d'une nature objectivable, il s'inspire des divers courants que je viens d'évoquer pour leur opposer la vision d'une nature vivante, c'est-à-dire organique. Les romantiques montrent que la vision mécaniste affecte l'ensemble de l'existence humaine, et sont convaincus qu'elle est l'expression d'une logique de mort[76]. Ce qui se joue là, dans la culture européenne, au tournant des XVIIIe et XIXe siècles, c'est l'élaboration d'une pensée aux accents divers qui entend proposer une alternative à la vision mécaniste du monde héritée du réductionnisme scientifique et qui imprègne déjà en Grande-Bretagne, comme elle le fera bientôt en France, la civilisation capitaliste issue de la révolution industrielle.

Le sociologue Michael Löwy souligne ainsi : « Le principal trait de la civilisation industrielle rejeté par le romantisme est la *quantification de la vie*, la domination totale des critères quantitatifs, des calculs en pertes et profits – ce que Max Weber appelle la *Rechenhaftigkeit* de l'éthique capitaliste – sur le tissu de la vie sociale. Pour les romantiques, la modernité bourgeoise se caractérise par la toute-puissance de la valeur d'échange, par la réification généralisée des rapports sociaux et par le déclin correspondant des valeurs qualitatives (sociales, religieuses, éthiques, culturelles ou esthétiques), la dissolution des liens humains qualitatifs. Si le capitalisme traduit, selon la célèbre définition de Max Weber, le *désenchantement du monde*, l'alternative romantique constitue une tentative désespérée de *ré-enchantement du monde*[77]. »

« La poésie est le réel absolu »

C'est dans cette perspective que l'on peut mieux comprendre l'importance que les romantiques accordent à la poésie. Comme l'explique Novalis dans ses fragments : « La poésie est le réel absolu. Plus une chose est poétique, plus est elle vraie. » La « poésie » des romantiques réside donc moins dans l'illustration d'un genre littéraire que dans une attitude, une conception de la vie, de la mort, de l'amitié, de l'homme et de la nature. La poésie est ce qui permet au monde et à l'existence d'être organiques et non plus mécaniques, vivants et non plus morts, subtils et non plus grossiers, spirituels et non plus lestés du poids de la matière. En ce sens, la sensibilité poétique contribue au réenchantement d'un monde désormais privé de ses charmes et de son aura par une modernité marchande. En littérature même, la poésie romantique n'est pas que poésie, mais aussi bien fragment, conte, roman, ballade : le travail des frères Jakob et Wilhelm Grimm – récolte et mise en forme des traditions populaires, puis rédaction des célèbres *Contes* qui portent leur nom – en est une excellente illustration.

En fait, cette capacité de la poésie romantique à féconder des genres littéraires différents est liée à son indétermination foncière. On peut d'ailleurs se demander si cette indétermination ne relève pas tout simplement de l'opposition radicale au mécanisme, à son déterminisme et à son caractère prévisible. Le « Fragment 116 » de l'*Athenaeum* écrit par Friedrich Schlegel le suggère : « Le genre poétique romantique est encore en devenir, et c'est son essence propre de ne pouvoir qu'éternellement devenir et jamais s'accomplir. Aucune théorie ne peut l'épuiser. »

La Naturphilosophie

La *Naturphilosophie* est la science des romantiques allemands. Elle est la manifestation d'une alternative au scientisme, dont elle conteste le caractère mécaniste et réductionniste. Schelling, Schlegel, Novalis, Ritter participent de ce mouvement. Le nom de

Goethe doit également être mentionné car, malgré ses mots durs contre le mouvement romantique, il s'apparente largement à ce courant de pensée, ne serait-ce que par ses travaux novateurs et originaux sur la métamorphose des plantes (1790) et les couleurs (1810). C'est d'ailleurs à partir de ces travaux que le philosophe Rudolf Steiner élaborera un siècle plus tard sa propre science de l'esprit, l'« anthroposophie ». À l'aide de la *Naturphilosophie*, le romantisme va réhabiliter une conception de la nature qui doit beaucoup aux théosophes et aux alchimistes des siècles antérieurs. Vivante, la nature n'est pas réductible, aux yeux des romantiques, au monde matériel, au monde sensible, au monde objectivable par la rationalité. Elle est, en profondeur, l'« Âme du monde » (l'*anima mundi* des Anciens). Schelling, Baader, Novalis vont la célébrer comme médiatrice entre notre réalité physique et le monde des théophanies, des intuitions, des expériences intérieures. L'Âme du monde est le concept qui permet ainsi aux romantiques de dépasser le dualisme cartésien entre objet et sujet, transcendance et immanence. Il fait aussi écho, dans un nouveau contexte, à la Présence divine (*Shekina*) dans le judaïsme, à la grâce et aux énergies divines dans le christianisme, au monde imaginal (*'alam al-mithal*) des spirituels de l'islam.

La *Naturphilosophie* n'est pas seulement un moment dans l'histoire du romantisme. Elle est aussi une matrice qui va féconder de nombreuses recherches ultérieures. Mentionnons ici l'œuvre de Carl Gustav Carus (*Psyché*, 1848), l'homéopathie élaborée par Friedrich Hahnemann (1775-1843), pour une grande part le fruit de cette philosophie des subtilités et des flux invisibles qui fait de la nature une réalité organique, ou encore la « psychologie des profondeurs » de Carl Gustav Jung, déjà évoquée.

Des États-Unis à l'Inde

Le romantisme a ainsi mobilisé les ressources de l'Âme allemande pour tenter de résister au « désenchantement du monde »[78]. Mais, s'il est vrai que les Allemands lui ont donné ses lettres de noblesse, il ne faudrait pas occulter l'universalité de ce courant de pensée. On peut mettre en évidence dans de nombreuses régions d'Europe, et même hors de ce continent, des dynamiques culturelles et intellectuelles imprégnées du même esprit et qui procèdent du même paradigme. De la musique populaire hongroise de Béla Bartok à la peinture des préraphaélites anglais (Edward Burne-Jones, William Morris, Gabriel Rossetti), à la poésie des Arabes du *Mahjar* (l'émigration syrienne aux Amériques) comme Khalil Gibran, nous sommes en présence d'un même élan qui vise à restituer tous ses droits à la vie face à une raison alliée à la modernité matérialiste du « capitalisme historique ». Je me limiterai à souligner ici l'importance du transcendantalisme, cette forme américaine du romantisme, dont les grands noms sont Henry David Thoreau, Ralph Waldo Emerson et Walt Whitman. C'est au milieu du XIXe siècle que, au cœur de ce qui deviendra la puissance hégémonique du capitalisme mondial, ces écrivains et poètes se lancent dans une recherche qui articule le plus souvent quête spirituelle, vision cosmique et humanisme. Ces romantiques nord-américains entendent être à la fois de véritables modernes (ils insistent sur la subjectivité de l'individu) et de véritables spirituels (ils mettent en avant la vie intérieure).

Très critiques à l'égard de la modernité technicienne, les romantiques sont par contre fascinés par l'Inde. « Berceau de l'humanité », patrie des « sages nus », monde témoin de la « pureté des origines », « antique d'aujourd'hui et de toujours », l'Inde semble répondre en effet au rêve romantique d'un Âge d'or de l'humanité qui s'est perpétué jusqu'à nos jours au sein d'une civilisation radicalement différente de la nôtre : sauvage, primitive, exempte de tout matérialisme. C'est pourquoi, en 1800, Frédéric Schlegel peut affirmer : « C'est en Orient que nous devons chercher le romantisme suprême[79]. » La découverte de l'Orient permet aussi aux romantiques d'aiguiser leurs critiques à l'encontre du rationalisme et du machinisme européens. Au rationalisme de l'*Aufklärung*, Herder et Schlegel opposent l'imagination et la poésie de l'Inde. Face au culte moderne du progrès, ils magnifient les âges primitifs et mythiques. Face à un Occident soumis au machinisme et à un matérialisme destructeur, ils exaltent un Orient mystique et, reconnaissons-le, largement idéalisé. « L'Orient spiritualiste, écrit René Girard, est appelé au secours de l'Occident menacé par la machine. Mus par un pressentiment presque inconcevable aujourd'hui, les jeunes romantiques ont entrevu les conséquences, non sociales certes, mais métaphysiques, de la mécanisation, et tenté, par impuissance politique et économique selon d'aucuns, par humanisme selon d'autres, de s'y opposer de toutes leurs forces[80]. »

DE LA « CONTRE-CULTURE »
AUX ALTERMONDIALISTES

Le courant romantique n'a pas atteint son objectif de « réenchanter » le monde. La vision mécaniste et la logique productiviste du capitalisme l'ont emporté. Mais il a été l'une des principales matrices du mouvement de la « contre-culture », qui a émergé dans les années 1960 aux États-Unis. En quête d'une alternative à la « société bourgeoise » occidentale, essentiellement axée sur la poursuite du profit, de la consommation et du confort matériel, ce mouvement contestataire tente d'élaborer un nouveau système de sens. Il continue certes de mettre en avant l'individu – fait acquis de la modernité –, mais entend substituer l'« éveil de la conscience » (développement personnel) à la recherche systématique de la préservation des intérêts. Dès le début des années 1960, la « contre-culture » américaine prend ainsi une orientation spirituelle en empruntant à l'Orient, à la suite des romantiques, ses valeurs d'expérience intérieure et de réalisation de soi (opposée à la réussite sociale de la culture dominante), de lien avec le cosmos (opposée à l'exploitation de la nature), de communion avec le maître spirituel (opposée à l'organisation bureaucratique des Églises). Les jeunes poètes de la *Beat Generation* (Ginsberg, Kerouac) s'initient à la méditation zen et sont parmi les premiers Occidentaux à aller rencontrer le dalaï-lama fraîchement exilé en Inde.

Conscience de soi et conscience planétaire

Les promoteurs de la « contre-culture » ont voulu montrer que la transformation sociale devait aller de pair avec une transformation intérieure. Le social, l'écologique, le spirituel doivent être liés afin de faire advenir une authentique conscience planétaire. Mais cette « contre-culture » n'a pas réussi pour autant à trouver d'alternatives aux nécessités de la production technique, du marché, de la bureaucratie, de la science opérationnelle. Si ses thèmes utopistes prônant de radicales transformations politiques, économiques et sociales ont fait long feu, elle a néanmoins servi de détonateur à une nouvelle prise de conscience des impasses de l'idéologie consumériste et de la nécessité de croiser les savoirs entre Orient et Occident, d'une part, et entre science, psychologie et spiritualité, d'autre part.

C'est dans ce contexte qu'en 1961 plusieurs psychologues et artistes comme Richard Price et Michael Murphy ont créé l'Institut Esalen à Big Sur, en Californie. Son principal objectif consiste à relier les spiritualités orientales aux savoirs psychologiques occidentaux dans la perspective d'un accomplissement des potentialités de l'être humain et d'une nouvelle alliance entre l'homme, le monde et le divin. C'est ainsi que vont émerger la plupart des courants de thérapies transpersonnelles évoqués dans le chapitre consacré au développement personnel.

Les altermondialistes

Depuis une dizaine d'années, les altermondialistes, qui refusent la « marchandisation du monde », s'inscrivent, parfois sans le vouloir et sans le savoir, dans le sillage des romantiques et de la contre-culture des années 1960. En prônant un monde plus équitable, plus solidaire, plus respectueux de l'environnement, de la diversité culturelle et des droits humains, ils dressent le même constat critique que leurs aînés et aspirent de la même manière à un monde où la qualité l'emporte sur la quantité, la fraternité sur la seule recherche du profit. Mais, à la différence des romantiques ou des promoteurs de la contre-culture américaine, la thématique spirituelle est chez eux moins présente, et leur critique est moins fondée sur une philosophie alternative – celle d'une pensée organique du monde – que sur une simple dénonciation de tous les dangers et impasses d'une mondialisation obéissant aux seuls critères marchands. Or je reste convaincu qu'il ne suffit pas de s'attaquer aux différents symptômes pour guérir une maladie, mais qu'il faut en comprendre les causes profondes. C'est ainsi, et seulement ainsi, qu'on pourra trouver une solution aux crises sectorielles auxquelles nous sommes confrontés. La vision organique qui prévaut dans toutes les sagesses du monde, qui est proposée en Occident par les philosophes grecs et remise en valeur par les humanistes de la Renaissance et les romantiques du XIX\ :superscript:`e` siècle, me semble la juste voie.

LA RÉVOLUTION SCIENTIFIQUE

On pourra m'objecter que la science moderne a suffisamment apporté de preuves de sa validité pour qu'on ne remette pas en cause le postulat réductionniste et mécaniste sur lequel elle repose. Je répondrai deux choses. D'abord, que le réductionnisme fonctionne fort bien comme méthode, celle de l'expérimentation, mais ne doit pas pour autant devenir une vision du monde. Or c'est bien ainsi qu'il tend à s'imposer. Cette position a été affirmée avec fracas par Jacques Monod en 1970 dans son immense best-seller *Le Hasard et la Nécessité*. Prix Nobel de médecine pour avoir découvert avec François Jacob et André Lwoff le mécanisme clé du vivant, la synthèse des protéines à partir de l'information génétique, Monod entreprit d'en tirer les conséquences philosophiques. Nul doute à ses yeux, les êtres vivants et même conscients ne sont que d'immenses machineries chimiques dont l'existence n'a strictement aucune signification. Il conclut son livre en proclamant ainsi le désenchantement du monde : « L'homme sait enfin qu'il est seul dans l'immensité indifférente de l'Univers d'où il a émergé par hasard. Non plus que son destin, son devoir n'est écrit nulle part. À lui de choisir entre le Royaume et les ténèbres. » On comprend qu'un tel message ait frappé les esprits. Mais est-il assuré que notre Prix Nobel ne s'aventurait pas en terrain inconnu quand il passait de la recherche scientifique à la philosophie ?

On peut parfaitement analyser chaque particule d'un être humain au microscope sans pour autant affirmer qu'on connaît exhaustivement et globalement cette personne. Car ce qui fait la richesse d'un individu ne se résume pas à l'exploration de son patrimoine génétique ni à l'assemblage de ses molécules. De même, on peut observer le monde d'un point de vue mécaniste, décrire ses lois physiques fondamentales, sans pour autant en saisir la beauté profonde ni la force mystérieuse qui lui confère son harmonie et nous relie à lui. Einstein ne disait pas autre chose : « L'expérience la plus belle et la plus profonde que puisse faire l'homme est celle du mystère. C'est sur lui que se fondent les religions et toute activité sérieuse de l'art ou de la science. Celui qui n'en fait pas l'expérience me semble être sinon un mort, du moins un aveugle. Sentir que derrière tout ce que nous pourrons découvrir il y a quelque chose qui échappe à notre compréhension et dont la beauté, la sublimité ne peuvent nous parvenir qu'indirectement, voilà ce que c'est que le sentiment du sacré, et, en ce sens, je peux dire que je suis religieux. Et il me suffit de pouvoir m'émerveiller devant ces secrets et de tenter humblement de saisir par l'esprit une image pâlie de la sublime structure de tout ce qui est[81]. »

De tels propos, dans la bouche du plus grand homme de science de l'époque moderne, surprendront ceux qui restent attachés à la vision scientiste du monde héritée du XIXe siècle. Or – et c'est là mon second élément de réponse – la science et le regard philosophique qui l'accompagne ont été totalement bouleversés au cours du XXᵉ siècle, rendant caduque la vision réductionniste et mécaniste du réel.

Les nouveaux paradigmes de la science

La notion de paradigme est utilisée depuis quelques décennies par référence au travail de l'épistémologue et historien des sciences américain Thomas Kuhn. Dans ses *Structures des révolutions scientifiques*[82], il a montré que l'histoire n'était pas réductible à un simple processus d'accumulation des connaissances allant d'un point du passé où la science est plutôt pauvre jusqu'à un point de l'avenir où elle sera au contraire plus riche et plus intense. Sans nier l'importance de cette dimension accumulative, Thomas Kuhn préfère mettre en évidence les révolutions scientifiques qui se produisent périodiquement. C'est au cours de ces révolutions scientifiques qu'ont lieu les fameux changements de paradigmes. Ces derniers sont en quelque sorte des cadres cognitifs, des espaces de sens, des contextes idéologiques qui permettent de rendre intelligibles les pratiques et les interprétations scientifiques. Quand un changement de paradigme se produit, la science (ou, plus justement, telle ou telle discipline scientifique) remet en question l'objet de son travail, sa méthode d'investigation, son appareil conceptuel, etc. Dans la perspective kuhnienne, les révolutions paradigmatiques sont donc des périodes où les questionnements de type épistémologique et philosophique se posent avec une grande intensité.

Or l'émergence, entre le dernier tiers du XIXᵉ et le premier tiers du XXᵉ siècle, des géométries non euclidiennes, des relativités restreinte et générale, de la mécanique quantique, de la thermodynamique du non-linéaire, des mathématiques non standard, etc., a conduit à un changement de paradigme scientifique majeur touchant la plupart des grandes disciplines. Il a abouti à la déconstruction de l'appareil conceptuel de la science moderne hérité du paradigme mécaniste et réductionniste cartésien (dit aussi, dans ce contexte, « ancien paradigme scientifique »), ainsi qu'à une contestation en règle du système de valeurs positiviste qui l'accompagnait. Pour de nombreux scientifiques et philosophes, cette science-là n'est plus, même si son esprit prévaut encore dans les représentations de la plupart de nos contemporains.

La mécanique quantique

Prenons un seul exemple de cette formidable révolution : celui de la physique. La physique quantique, dite aussi mécanique quantique, est née au début du XXe siècle avec les travaux de Max Planck et d'Albert Einstein. Mais c'est très certainement avec l'école de Copenhague que cette nouvelle science de l'infiniment petit renouvelle non pas uniquement la connaissance de la matière, mais également, et de façon plus fondamentale, l'interprétation que nous en faisons. Cette école est emmenée par le Danois Niels Bohr (1885-1962) et l'Allemand Werner Heisenberg (1901-1976). D'autres scientifiques participent à cette aventure scientifique et intellectuelle, comme Paul Dirac, Wolfgang Pauli, Erwin Schrödinger, etc.

Deux découvertes majeures vont alors bouleverser la conception classique de la physique.

Tout d'abord, le principe d'incertitude mis en évidence par Heisenberg, qui découle de la découverte qu'on ne peut pas connaître la position et la vitesse d'une particule au même moment, ce qui signifie qu'il existe une imprédictibilité radicale dans l'univers. Cette théorie révolutionne la physique classique héritée de Newton et Laplace, qui offrait une vision déterministe selon laquelle le futur serait (au moins en théorie) totalement prédictible par une connaissance parfaite des éléments et des lois qui régissent l'univers.

Ensuite, la théorie de la « non-séparabilité » élaborée par l'école de Copenhague, qui postule que deux particules provenant à l'origine d'un même atome continuent de former une seule entité, alors même qu'elles sont séparées dans l'espace et dans le temps. Même séparées par des kilomètres, ce qui représente des années-lumière à l'échelle des particules, elles se comportent exactement comme si elles ne formaient qu'un seul et même objet. La localisation dans l'espace qui structure le monde macroscopique n'existe pas dans l'univers quantique de l'infiniment petit. La science découvrait donc à la base de notre monde un univers tout différent qui était proprement inconcevable à l'esprit humain. Du moins à l'esprit rationnel occidental.

Révolution conceptuelle et appel de l'Orient

Cette révolution conceptuelle issue de la physique quantique va redonner une nouvelle crédibilité aux intuitions des sagesses anciennes et orientales, mais aussi à la perception des romantiques qui, nous l'avons vu, offre une vision organique et holistique du monde. Elle renforce la conception d'une interdépendance de tous les phénomènes et de la solidarité de l'homme et de l'univers, comme l'exprime si bien le proverbe taoïste : « Qui cueille une fleur dérange une étoile. » En passant d'une vision mécanique et réductionniste du cosmos à une vision plus ouverte sur l'aléatoire, à la possibilité d'un niveau invisible de la réalité – un « réel voilé », selon la belle expression de Bernard d'Espagnat[83] –, la science contemporaine s'ouvre à un nouveau regard philosophique qui entre en résonance avec les sagesses holistiques anciennes, la *Naturphilosophie* des romantiques et la métaphysique orientale.

Ainsi, l'une des problématiques de l'école de Copenhague consiste à mettre en évidence combien le langage commun a du mal à rendre compte des paradoxes, des « bizarreries » que nous pouvons découvrir dans le monde subatomique. La logique d'Aristote, à travers son « tiers exclu », ne peut rendre compte de la simultanéité des aspects ondulatoire et corpusculaire de la particule quantique. En réalité, cette crise du langage traduit une crise de la philosophie. Le déterminisme, le mécanisme, le dualisme vont faire l'objet d'une remise en cause radicale d'où naît un nouvel appareil conceptuel. C'est pourquoi la plupart des fondateurs de la mécanique quantique se révélèrent aussi des philosophes. À leurs yeux, cette révolution scientifique bouleversait la vision dominante du monde. La connexion avec un autre langage reposant sur une philosophie alternative du monde allait alors s'opérer. En effet, à partir des années 1920-1930, plusieurs de ces scientifiques se mirent en quête d'un cadre conceptuel capable de rendre intelligible leur découverte à travers un autre type de langage et de vision du monde. C'est ainsi que le recours à l'Orient trouve dans les nouveaux paradigmes scientifiques une légitimation de poids. Niels Bohr se passionne pour la Chine et intègre le Yin-Yang (symbole du *Tao Te King*) dans ses armoiries familiales, en référence au rôle joué par ce symbole asiatique dans sa découverte de la loi de complémentarité (onde/corpuscule). Erwin Schrödinger écrit, lui, son *Veda d'un physicien* en référence à la philosophie hindoue. David Böhm articule d'une manière encore plus radicale cette connexion entre sa philosophie des sciences et sa connaissance de l'Orient, notamment à travers son dialogue avec Krishnamurti. De même que Fritjof Capra, auteur du *Tao de la physique*, qui écrit : « La physique moderne a confirmé de manière spectaculaire l'une des idées de base de la spiritualité extrême-orientale : tous les concepts que nous employons pour décrire la nature sont limités, ce ne sont pas des caractéristiques de la réalité, comme nous avons tendance à le croire, mais des créations de l'esprit, parties de la carte et non du territoire. Toutes les fois que nous élargissons le domaine de notre expérience, les limitations de notre pensée rationnelle deviennent évidentes et nous devons modifier, voire abandonner, certaines de nos conceptions[84]. »

Transdisciplinarité

Si la vision mécaniste considère que l'objectivité scientifique et la rationalité technicienne sont les principaux vecteurs de la connaissance humaine dans son effort pour percer les secrets de l'univers, l'approche organique, elle, milite pour la reconnaissance, dans le processus même de la connaissance, des savoirs intuitifs, artistiques, des savoir-faire (notamment ceux issus des cultures traditionnelles marginalisées ou des peuples non occidentaux), des dynamiques psychiques, des représentations spirituelles du monde. On peut ainsi dire que l'approche organique pose un regard holistique sur le monde. Elle ne récuse pas la science, mais le scientisme qui fut, au XIXe siècle, l'expression du mécanisme. Or, on constate que cette vision organique, qui privilégie les rapports aux choses, les interactions aux parties constitutives et isolées, les processus aux situations closes et statiques, trouve une nouvelle vigueur dans le nouveau paradigme scientifique. La valeur centrale qui en émerge est en effet celle de l'harmonisation, de la mise en symphonie, de la relation, de l'accompagnement mutuel des savoirs. Dans *Le Cosmos et le Lotus*, l'astrophysicien Trinh Xuan Thuan souligne par exemple les convergences entre le bouddhisme et la vision du monde que nous offrent la mécanique quantique et la relativité. Selon lui, trois concepts sont à la charnière de ces deux visions du monde. Tout d'abord, l'interdépendance qui veut qu'aucun objet n'existe en soi. Nous percevons le monde comme composé d'objets distincts, mais le bouddhisme nous incite à distinguer notre perception de la réalité et sa vérité ultime. Or la physique nous a révélé cette interdépendance : nous sommes constitués d'atomes issus du Big Bang et de l'alchimie des étoiles, nous sommes aussi tous les descendants d'une cellule primitive datant de près de 3,8 milliards d'années. Deuxième concept en jeu : la vacuité. Si tout est interdépendant, rien n'existe en soi. C'est le cas, par exemple, de la lumière qui apparaît comme des particules ou comme une onde selon la manière dont on l'observe. Enfin, troisième concept : l'impermanence. L'univers est un flux en constante évolution ; tout – du moindre atome à l'univers, en passant par les hommes et les étoiles – change, rien ne demeure.

Au chapitre où j'abordais le thème de la systémique, j'ai déjà souligné l'importance retrouvée du lien par rapport à la chose. Dans le nouveau paradigme, le sens réside effectivement dans le trajet et non dans l'objet. Les fondateurs de la physique quantique s'emploient tous à explorer cette approche unitaire du champ de la connaissance. Pour eux, la science n'est pas uniquement une affaire de description quantitative de la réalité phénoménale ; elle se rapporte aussi à l'éthique, à la philosophie et même à la spiritualité, c'est-à-dire au vaste domaine des significations fondamentales de l'existence, des valeurs, des visions du monde. La plupart refusent le cloisonnement des disciplines et des voies de la connaissance. Niels Bohr, dans *Physique atomique et connaissance humaine*, a ainsi relevé les parentés formelles et troublantes entre la mécanique quantique et certaines connaissances en biologie et en psychologie. Pareillement, Wolfgang Pauli s'est lancé dans une vraie collaboration avec le fondateur de la « psychologie des profondeurs », Carl Gustav Jung. On sait que la notion de « synchronicité » (qui désigne une corrélation entre un état psychique et un phénomène physique) est l'un des fruits de ce dialogue entre une science dite « dure » et une science dite « humaine ».

Avec l'organisation à Cordoue en 1979 du colloque « Science et conscience. Les deux lectures de l'univers », à l'initiative de France Culture et de Michel Cazenave, s'ouvre un processus de dialogues transdisciplinaires extrêmement fécond. Plusieurs personnalités de renom participent à ce colloque, tels les physiciens David Böhm, Olivier Costa de Beauregard, Fritjof Capra, ou des anthropologues et psychologues comme Gilbert Durand, Pierre Solié, James Hillman. L'astrophysicien Hubert Reeves a résumé ainsi l'esprit de Cordoue : « Ce qu'il faut à présent, c'est réconcilier en nous les deux démarches (science et conscience) ; non pas nier l'une en faveur de l'autre, mais faire en sorte que l'œil qui scrute, qui analyse et qui dissèque vive en harmonie et en intelligence avec celui qui contemple et vénère [...]. Nous ne pouvons pas vivre une seule démarche, à peine de devenir fous ou de nous dessécher complètement. Il nous faut apprendre à vivre maintenant en pratiquant à la fois la science et la poésie, il nous faut apprendre à garder les deux yeux ouverts en même temps[85]. »

En 1986, un congrès international transdisciplinaire se réunit dans le même esprit à Venise sous l'égide de l'Unesco : « La science face aux confins de la connaissance », à l'issue duquel les participants publient une déclaration soulignant « l'existence d'un important décalage entre la nouvelle vision du monde qui émerge de l'étude des systèmes naturels, et les valeurs qui prédominent encore en philosophie, dans les sciences de l'homme et dans la vie de la société moderne. Car ces valeurs sont fondées dans une large mesure sur le déterminisme mécaniste, le positivisme ou le nihilisme. Nous ressentons ce décalage comme étant fortement nuisible et porteur de lourdes menaces de destruction de notre espèce » (article premier). L'alternative est formulée en ces termes : « La connaissance scientifique, de par son propre mouvement interne, est arrivée aux confins où elle peut commencer le dialogue avec d'autres formes de connaissance. Dans ce sens, tout en reconnaissant les différences fondamentales entre la science et la tradition, nous constatons non pas leur opposition, mais leur complémentarité. La rencontre inattendue et enrichissante entre la science et les différentes traditions du monde permet de penser à l'apparition d'une vision nouvelle de l'humanité, voire d'une nouvelle rationalité qui pourrait conduire à une nouvelle perspective métaphysique » (article 2).

En 1994, également sous le parrainage de l'Unesco, a lieu le premier Congrès mondial de la transdisciplinarité à Arribida, au Portugal, à l'issue duquel le

sociologue Edgar Morin, le physicien Basarab Nico-
lescu et le peintre portugais Lima de Freitas rédigent
une Charte de la transdisciplinarité. C'est l'un des
documents les plus forts qui ait été écrit au cours
de ces dernières années, dans lequel figure l'essentiel
du socle du regard nouveau dont notre humanité a
besoin pour faire face à ses principaux défis. Il s'agit
de surmonter la « prolifération actuelle des disciplines [...] qui rend impossible tout regard global
de l'être humain » ; de fonder « une intelligence qui
rende compte de la dimension planétaire des conflits
actuels » ; de dépasser « la rupture contemporaine
entre un savoir de plus en plus accumulatif et un
être intérieur de plus en plus appauvri [qui] mène
à une montée d'un nouvel obscurantisme ».

Chaque article de cette Charte de la transdisciplinarité évoque plusieurs valeurs et conceptions
philosophiques fondamentales. En voici quelques
exemples : la reconnaissance de l'existence de différents niveaux de réalité, régis par des logiques
différentes (article 2) ; l'ouverture, par la transdisciplinarité, de toutes les disciplines à ce qui les traverse
et les dépasse (article 4) ; la réconciliation entre les
sciences exactes, les sciences humaines, l'art, la littérature, la poésie et l'expérience intérieure (article 6) ;
la dignité cosmique et planétaire de l'être humain, la
reconnaissance de la Terre comme patrie (article 9) ;
la réévaluation du rôle de l'intuition, de l'imaginaire,
de la sensibilité et du corps dans la transmission des
connaissances (article 12) ; l'élaboration d'une économie transdisciplinaire au service de l'être humain, et
non l'inverse (article 13) ; la rigueur, l'ouverture et la

tolérance comme caractéristiques fondamentales de l'attitude et de la vision transdisciplinaires (article final).

Que cette référence à mon maître et ami Edgar Morin soit pour moi l'occasion de dire dans cet ouvrage sur la guérison du monde le caractère profondément visionnaire des travaux de ce grand philosophe et sociologue. Dès le début des années 1960, il est présent en Californie, à l'Institut Esalen, où il participe au mouvement de la contre-culture et à l'élaboration d'un nouveau dialogue entre Orient et Occident, entre science, psychologie et spiritualité. Il consacrera par la suite l'essentiel de son œuvre à montrer l'impasse du rationalisme clos et la nécessité d'une « raison ouverte » pour rendre compte de la complexité du réel. Il sera ainsi l'un des principaux penseurs de la systémique et de la transdisciplinarité qui sont, dans un autre contexte culturel et intellectuel, des reprises de l'héritage de l'ancienne vision organique. Comme nous avons pu l'observer dans le chapitre sur les « voies et expériences de guérison », c'est cette même vision qui est à l'œuvre dans les divers processus de guérison du monde, de l'économie à l'agriculture, de la géopolitique à la santé. Et ce n'est pas un hasard non plus si Edgar Morin, à la suite des romantiques, ne cesse de répéter que l'essentiel est de « vivre une existence poétique ». L'un de ses ouvrages ne s'intitule-t-il pas *Amour, poésie, sagesse*[86] ? Voilà une belle triade pour dire l'essentiel d'une existence humaine fondée sur une vision profonde et non réductrice du monde.

4

Se transformer soi-même
pour changer le monde

Une fois ces deux grandes questions philosophiques
explicitées, celle des valeurs et celle de la vision du
monde, se pose encore la question de l'instance de la
guérison de celui-ci. À quel niveau agir pour que le
monde change ? Est-ce par le biais des États-nations,
de l'ONU, des ONG, des individus eux-mêmes, que
doit s'opérer la transformation nécessaire ? La réponse
se situe évidemment à plusieurs niveaux. Mais je suis
convaincu que c'est l'individu – chaque individu,
vous, moi – qui détient aujourd'hui la principale clé
de la résolution des problèmes.

LA RÉVOLUTION INTÉRIEURE

Nous avons vu que la modernité occidentale a mis
l'individu au centre et au-dessus de tout. Tandis que
les sociétés traditionnelles insèrent les individus dans
un moule de normes et de représentations collectives,

nos sociétés modernes les en libèrent et sont entièrement axées sur la satisfaction des besoins et désirs
des individus. Depuis la fin du XVIIIᵉ siècle et jusqu'au
milieu du XXᵉ, le principal objectif a été d'offrir aux
individus des droits fondamentaux pour leur permettre de vivre dans la dignité. Cela a été l'avènement
de la démocratie et des droits de l'homme, la fin de
l'esclavage et des ségrégations raciales, l'accès gratuit
aux soins et à l'éducation, le droit du travail et le syndi-
calisme, l'émancipation progressive de la femme, etc.
De nombreux progrès sont encore à accomplir dans
ces domaines et l'on déplore parfois de spectaculaires
retours en arrière – que l'on songe aux idéologies
totalitaires du XXᵉ siècle en Europe, aux dictatures
militaires latino-américaines ou, plus récemment et
dans une bien moindre mesure, à l'Amérique réac-
tionnaire de George W. Bush –, mais cela reste un
objectif permanent des sociétés modernes.

À cet objectif *qualitatif*, d'émancipation de l'individu et de progrès social, s'est articulé un second
objectif, plus *quantitatif* : l'amélioration du confort
matériel et l'accroissement de la richesse. Alors que
l'amélioration des conditions de vie et ce qu'on pourrait appeler les « bases du confort moderne » (avoir
un toit, une voiture, divers appareils ménagers) étaient
atteints dès les années 1960 en Occident, l'idéologie
consumériste s'est développée et l'on est entré dans
l'ère du « toujours plus », bien décrit par François de
Closets[87]. L'individu occidental est devenu un perpétuel insatisfait qui aspire à gagner toujours plus
d'argent, à posséder toujours davantage d'objets et à
en changer sans cesse. La société de consommation

est ainsi entièrement fondée sur cette idéologie perni-
cieuse qui fait croire aux individus que leur épanouissement passe exclusivement par l'« avoir ». Bien des
maux actuels, dénoncés dans la première partie de cet
ouvrage, sont issus de cette quête sans fin du profit,
de la course à la possession. Tant que nous resterons
dans cette logique du « toujours plus », et que cette
logique continuera à se répandre à travers la planète,
rien ne pourra changer, et notre monde poursuivra sa
marche aveugle vers de multiples catastrophes absolument prévisibles.

Je viens d'évoquer la question des valeurs et celle
de la vision du monde. Il est bien évident que la
guérison de celui-ci passera par l'adoption d'autres
valeurs que celles du profit et de la réussite matérielle, et par le dépassement de la vision mécaniste
qui prévaut encore dans les esprits. Mais ce sont précisément ces esprits qu'il convient de changer. Or, si
des discussions interculturelles à divers niveaux (instances internationales, ONG, associations religieuses
et philosophiques, etc.) sont incontestablement utiles
et fécondes, c'est au bout du compte à chacun de
nous d'opérer cette conversion spirituelle, doublée
d'un changement de mode de vie. C'est précisément
parce que la modernité a mis l'individu au centre
du dispositif que le monde ne pourra changer que
lorsque les individus eux-mêmes changeront.

Dans un État démocratique, rare est le gouvernement qui osera prendre une mesure qui n'est pas
souhaitée par la majorité des citoyens. Les hommes
politiques ont les yeux rivés sur les enquêtes d'opinion. À quelques exceptions près (comme l'abolition

de la peine de mort voulue par François Mitterrand, en France, en 1981), ils ne font qu'accompagner les changements désirés par les individus eux-mêmes. Nous touchons là aux limites du système démocratique, « le pire des systèmes de gouvernement à l'exception de tous les autres », disait Churchill ; à quoi d'aucuns ajoutent : « le moins propre à faire le bien des citoyens contre leur gré. » N'attendons donc pas des gouvernements qu'ils soient le fer de lance du changement ; ils peuvent jouer un rôle utile d'éducateurs, mais les vraies mesures ne seront prises que parce que les citoyens seront prêts à les adopter dans leur vie quotidienne et, par extension, à les voir mises en œuvre dans la sphère publique.

Voilà qui me semble d'une limpide évidence : c'est quand la pensée, le cœur, les attitudes de la majorité auront changé que le monde changera. Ce constat va bien au-delà des réponses techniques, du savoir intellectuel ou scientifique qui peuvent ponctuellement résoudre l'un ou l'autre des problèmes que nous affrontons, mais qui ne peuvent suffire à mener à la guérison globale et en profondeur de nos maux. La solution doit venir de chacun de nous, appelé à un travail sur soi, à une conversion du regard, à un changement de mode de vie. C'est la somme des nouvelles individualités qui créera une collectivité nouvelle. Il s'agit donc, pour chacun, d'examiner ce qui, en lui et dans sa vie, contribue à empoisonner le monde, de revoir ce qui, dans sa manière d'être ou de vivre, concourt aux dysfonctionnements et aux malheurs du monde.

On peut discerner en particulier trois maux que j'appellerai les « trois poisons » – parce qu'ils intoxiquent littéralement l'esprit humain. Ces poisons ne sont pas nés de la modernité : ils ont toujours existé dans le cœur de l'homme, ont toujours été à l'origine des problèmes auxquels ont dû faire face les sociétés humaines. Cependant, le contexte de l'hyper-modernité et de la globalisation les rend encore plus virulents, plus destructeurs. Bientôt, peut-être, annihilateurs. Ces trois poisons sont la convoitise, le découragement qui débouche sur l'indifférence passive, et la peur.

De la convoitise à la sobriété heureuse

La convoitise est une attitude qui nous pousse à vouloir ce que possède l'autre. René Girard a admirablement montré le caractère mimétique du désir, autrement dit le fait que tout désir est imitation du désir d'un autre. Il cite l'exemple d'enfants qui ont pléthore de jouets à leur disposition, mais qui ne se les disputent pas moins : en réalité, chacun veut d'abord le jouet que l'autre tient entre ses mains, qui devient objet de désir parce qu'il est l'objet d'une convergence des désirs, et pour lequel ces enfants-là vont se battre. Il pose ainsi la théorie du triangle formé par le Sujet, l'objet, et puis l'Autre qui s'interpose entre le Sujet et l'objet. Au fond, dit-il, ce n'est pas tant l'objet que l'on désire s'approprier, que le désir qu'en a un autre. Le désir n'est pas besoin, insiste-t-il, parce que, contrairement au besoin, il recèle un caractère illimité. Et la violence est essentiellement le fruit du désir mimétique.

La convoitise – désirer posséder ce que l'autre a – n'est donc pas le propre de notre époque, mais elle est devenue à notre époque un mal mortel. D'une part, parce que, comme je viens de l'évoquer, nous avons fait de la possession des objets une valeur suprême, un but en soi ; d'autre part, parce que le désir mimétique a dépassé le cadre d'un groupe humain local pour s'étendre à la planète entière. À l'ère de la globalisation médiatique, ce sont tous les êtres humains qui voient et peuvent désirer ce que les autres possèdent, et ce, à l'échelle du globe.

Or, ce qui est aussi pernicieux dans l'idéologie consumériste, c'est que l'argent et les objets ne sont plus simplement offerts comme moyens d'améliorer le confort de vie, ou même comme pouvant procurer du plaisir, ce qui peut sembler légitime, mais ils nous sont présentés par le matraquage publicitaire et médiatique comme les principaux vecteurs de la reconnaissance sociale. Dès lors, ce n'est plus seulement par besoin ni même par plaisir que nous désirons posséder un nouveau téléphone portable, une nouvelle voiture, voire une nouvelle paire de chaussures, mais pour être socialement reconnus. En possédant ce que les gens riches et puissants possèdent, nous pensons accéder à une certaine forme de statut social. Cela vaut tout aussi bien pour les élèves de collège dans une cour de récréation, obsédés par l'acquisition de la dernière marque de baskets ou de la console de jeu à la mode, que pour les milliardaires qui entendent exhiber leur réussite à travers les dimensions et le luxe de leur yacht. Dans *Homo economicus*[88], l'économiste Daniel Cohen cite une expérience illustrant bien cette forme de convoitise qui consiste à vouloir avant tout plus que son voisin : appelés à choisir entre deux scénarios, des étudiants américains déclarent en grande majorité qu'ils préfèrent gagner 50 000 dollars dans un monde où leurs condisciples en touchent 25 000, plutôt qu'en gagner 100 000 quand les autres en perçoivent 200 000.

Le publicitaire français Jacques Séguéla a bien exprimé cet état d'esprit en affirmant le plus sérieusement du monde : « Si, à cinquante ans, on n'a pas une Rolex, c'est quand même qu'on a raté sa vie ! » Tant que nous associerons argent et réussite sociale, acquisition d'objets et vie épanouie, nous resterons enfermés dans la logique infernale du « toujours plus », liée au désir mimétique. Ce qui, à l'échelle de la planète, fait quelque sept milliards d'individus risquant d'aspirer à vivre selon les standards de vie d'une poignée de milliardaires. Il faudrait probablement plusieurs milliers de planètes équivalant à la nôtre pour fournir les ressources nécessaires à une telle débauche de superflu.

Diogène d'Œnanda, disciple d'Épicure, qui vécut en Anatolie à la fin du IIᵉ siècle de notre ère, faisait déjà remarquer que « la richesse anormale ne sert pas plus que l'eau à un vase qui déborde » (*Fragment* 108). De fait, toutes les traditions philosophiques et religieuses ont mis en garde contre la convoitise, ce penchant si humain, donc si ancien, montrant que le vrai bonheur de l'homme passe au contraire par une domination de son désir de posséder ce que l'autre possède. Dans la Genèse, mise par écrit aux environs du VIᵉ siècle avant notre ère, la convoitise est stigmatisée par le dixième et dernier des commandements bibliques ; elle est la source de toutes les fautes selon la tradition juive. Dans le bouddhisme, elle est l'essence même du mal qui nous ronge, et crée les conditions de la perpétuation de la souffrance. Jésus en dénonce la vacuité : « Que sert à l'homme de posséder l'univers s'il vient à perdre son âme ? » (Matthieu 16, 26). À plusieurs reprises, dans ses épîtres, saint Paul l'assimile à une forme d'idolâtrie (Colossiens 3, 5). Et il est écrit dans le Coran : « Ne convoitez pas ce qu'Allah a attribué aux uns d'entre vous plus qu'aux autres » (4, 32).

Face à la convoitise, les philosophes grecs prônent la tempérance qui permet de lutter contre la démesure du désir. Par la maîtrise de soi, l'homme parvient à modérer ses désirs, véritable condition du bonheur individuel et de l'harmonie sociale. L'un des drames de notre époque est que la convoitise n'est plus perçue par la majorité comme un vice pernicieux devant être combattu, mais comme un comportement normal, quasiment à encourager. Encore une fois, c'est toute l'idéologie consumériste, escortée et stimulée par le matraquage publicitaire, qui finit par opérer ainsi un véritable lavage de cerveau. Tant que nous croirons que bonheur et reconnaissance viendront essentiellement de l'« avoir », il y a peu de chances que nous changions notre regard sur le monde et nos modes de vie. C'est cet état d'esprit, encore largement dominant dans nos sociétés, qui fait que des pères de famille, honteux d'avoir perdu leur emploi et de n'en avoir pas retrouvé, n'osent pas avouer à leurs proches qu'ils sont au chômage, ou que ne plus pouvoir changer de voiture apparaît comme une calamité à de nombreux foyers en difficulté.

C'est un changement de conscience individuel et collectif qu'il convient donc d'opérer, impliquant le passage d'une logique de l'« avoir » à une logique de l'« être ». Apprenons à réorienter nos désirs vers des choses plus simples, vers une qualité de vie qui produise un « mieux être ». La presse populaire en fait ses choux gras : on peut être richissisme et très malheureux ; ce que les médias montrent moins, c'est qu'on peut vivre sobrement et être heureux. Parce qu'on prend du temps pour contempler, du plaisir à se promener, à lire, à nourrir des besoins qui ne sont pas matériels, à tisser ou resserrer des liens avec sa famille, ses amis, ses voisins. J'ai dressé dans la première partie de ce livre le portrait de Pierre Rabhi ; c'est à cette philosophie de la « sobriété heureuse » qu'appelle notre philosophe et agriculteur : « Seul le choix de la modération de nos besoins et désirs, le choix d'une sobriété libératrice et volontairement consentie, permettra de rompre avec cet ordre anthropophage appelé "mondialisation"[89]. »

Du découragement à l'engagement

Le deuxième poison est presque aussi nocif, car il nous empêche de réagir : c'est le découragement. De quoi s'agit-il ? Pendant des millénaires, les individus avaient leur village et ses alentours pour scène du monde. Ils étaient parfois témoins de drames : des récoltes ruinées par la sécheresse ou la grêle, des enfants malades, un vieux tombé dans un puits, des disputes, des décès. Mais ils étaient aussi témoins d'événements positifs : des moissons abondantes, des naissances, des mariages, des réconciliations. Bonnes et mauvaises choses se contrebalançaient, on se réjouissait des bonnes, on essayait d'intervenir sur les mauvaises, parfois avec succès : l'enfant malade pouvait guérir, le vieux être retiré du puits dans lequel il avait chu, des médiateurs se précipiter pour arbitrer les disputes et y mettre fin.

Aujourd'hui, par Internet et médias interposés, le monde que nous voyons est celui de la planète entière. Et de ce monde ne nous parviennent que les échos négatifs puisque, comme on sait, les médias parlent essentiellement de ce qui va mal : des assassinats et des actes de barbarie, des tsunamis et des incendies, des pays en proie à de graves troubles économiques et sociaux, des guerres, etc. Pourtant, des milliards d'individus passent des journées heureuses et nous n'en saurons jamais rien. Des centaines de millions d'avions, de bateaux, de trains, de voitures arrivent chaque jour sans encombre à destination, mais nous ne connaîtrons que les accidents. De même les usines en déroute, les forêts qui brûlent, les épidémies qui fauchent des milliers de vies. Cette vision déformée de la réalité nous procure le sentiment que tout, absolument tout, va de mal en pis, que notre Terre est en permanence au bord du chaos.

Ce sentiment est exacerbé par le fait que nous sommes réduits au rang de simples spectateurs du monde : nous ne sommes plus acteurs comme hier dans le village, quand nous pouvions intervenir dans les disputes, donner un coup de main au voisin pour sauver ses récoltes, courir avec des seaux d'eau pour éteindre l'incendie d'une grange. Mais que faire face aux guerres civiles en Afrique, aux tremblements de terre dévastateurs en Chine, aux actes de terrorisme perpétrés aux quatre coins du monde ? Nous y assistons par écrans interposés. Nous voyons les forces occultes de la finance se livrer des combats titanesques, des États sombrer dans la faillite, des cyclones emporter des dizaines de milliers de vies en moins de temps qu'il n'en faut pour l'écrire. Nous en arrivons à la conviction que ce monde-là est désormais immaîtrisable, qu'il nous échappe totalement, que nous ne pouvons plus rien faire à titre individuel. D'où le sentiment d'impuissance et parfois le désespoir qui nous étreignent face à cette scène du monde dont nous ne voyons que la face ensanglantée, meurtrie, grimaçante et dangereuse.

Nombreux sont ceux qui, spectateurs indifférents, réagissent avec cynisme, fermant les yeux, se bouchant les oreilles, choisissant de vivre dans leur bulle. D'autres aimeraient agir, mais l'ampleur de la tâche les inhibe. Ils pourraient se mobiliser, mais ils se laissent gagner par le découragement, baissent les bras et optent pour la passivité. C'est le cas de beaucoup de jeunes que je vois rivés à leurs écrans, bombardés d'informations négatives : ils ne croient pas en l'avenir et sont convaincus que demain sera bien pire qu'aujourd'hui ; par l'usage de drogues ou de l'alcool, ils versent parfois dans une fuite du réel. Ce découragement, cet abattement, ce désespoir sont un mal pernicieux, non seulement parce qu'il perturbe psychologiquement beaucoup d'individus, mais aussi parce qu'il les empêche de se mobiliser, de se mettre en marche pour changer le cours négatif des choses.

Il existe des antidotes au poison du découragement et de la passivité qu'il entraîne. Il convient d'abord d'avoir à l'esprit que le monde que nous voyons à travers les médias n'est pas le monde réel, mais un *spectacle* du monde, quotidiennement mis en scène par les médias selon une partition limitée à la litanie des mauvaises nouvelles. À moins de vivre dans les pires ghettos de misère et de non-droit (ce qui malheureusement concerne encore une trop forte minorité de la population), on peut voir autour de soi que la violence n'est pas omniprésente, qu'il existe plein de gens heureux, positifs, que l'amour, la famille, l'amitié sont des valeurs encore puissantes, que la solidarité s'exprime de mille et une manières. Certaines émissions de radio et de télévision constituent d'ailleurs un formidable antidote à ce négativisme en montrant des gens épanouis, des expériences solidaires, des initiatives magnifiques à travers la planète. Une émission comme « Rendez-vous en terre inconnue », de Frédéric Lopez, diffusée plusieurs fois par an sur France 2, est véritablement d'utilité publique, et son extraordinaire succès prouve à quel point les téléspectateurs sont demandeurs de programmes humanistes et positifs. On peut donc diffuser et regarder des informations positives, montrer et voir ce qui va bien, sur la planète et autour de soi, tourner son regard vers la part lumineuse et fraternelle de l'humanité plutôt que vers sa part de ténèbres et de haine. « Le regard devient ce qu'il contemple », disait le philosophe antique Plotin. À force de ne regarder que des informations déprimantes à la télévision ou sur le Net, on finit en effet par être déprimé. Sans ignorer les mauvaises nouvelles, regardons aussi et plus encore des programmes positifs, constatons autour de nous que nombre de gens, même placés dans des situations parfois difficiles, manifestent de grandes qualités de cœur et restent attachés à des valeurs fondamentales comme le respect, la justice, le partage.

Cette attitude positive ne conduit nullement à nier les problèmes – j'en ai assez fait la démonstration dans cet ouvrage ! –, mais permet de les relativiser et de sortir du découragement et de l'attitude passive qu'il provoque. Elle nous redonne confiance pour nous battre, nous impliquer, nous engager. Pour être des acteurs de la guérison du monde.

Il est possible, au moins en France et dans certains pays européens, qu'une certaine forme de passivité des individus soit liée à une logique d'obéissance héritée de la catholicité médiévale et reprise par l'État-providence : nous attendons que tous les problèmes soient réglés « d'en haut ». La météo est catastrophique ? Au Moyen Âge, on invoquait et priait les saints ; de nos jours, on engueule l'État parce qu'il n'a pas su nous alerter à temps ! Dans les deux cas, nous restons en situation de passivité, de docilité. Les pays anglo-saxons, héritiers de la Réforme protestante qui a mis à l'honneur la notion de responsabilité individuelle, sont beaucoup moins passifs ; les gens s'y prennent davantage en main et n'attendent pas tout de l'État. Ils savent que, quand des rouages se grippent à n'importe quel niveau, il échoit d'abord à chacun de trouver une issue positive.

La logique d'obéissance/passivité qui domine encore en France et dans certains pays européens ne peut plus se perpétuer. Entendons-nous : il ne s'agit pas de remettre en cause les acquis sociaux de la modernité, mais d'apprendre à les gérer avec une maturité nouvelle. En d'autres termes, il va nous falloir désormais apprendre à conjuguer responsabilité individuelle (« je suis capable de me prendre en main ») et responsabilité collective (« je peux aussi compter sur les autres et je les aide à mon tour »). Cette équation n'est pas impossible, et nombreux sont ceux qui la mettent déjà en œuvre au quotidien. C'est le cas lorsque nous militons dans une association humanitaire, achetons des produits issus de l'agriculture biologique ou du commerce équitable, aidons une personne âgée à traverser la rue ou laissons notre place à une femme enceinte dans un bus, éteignons les lumières inutiles, veillons à fermer les robinets d'eau, utilisons moins nos voitures, ramassons les restes après un pique-nique en pleine nature, non par obligation, mais par solidarité, pour le bien commun. Une telle logique n'implique pas un désengagement de l'État, au contraire : plus responsables, nous pouvons d'autant mieux demander des comptes à nos dirigeants, leur réclamer d'infléchir leur politique dans un sens plus écologique, plus éthique, plus solidaire, moins soumis aux lois aveugles du marché.

L'engagement individuel se situe à divers niveaux : personnel, local, national, mondial.

À l'ère du village planétaire, nous avons en effet plusieurs identités. Nous sommes d'abord naturellement enracinés dans notre lieu de vie quotidienne. Notre première identité est donc locale et régionale, et nous sommes attachés à des traditions culturelles singulières, à une manière de vivre typique d'un terroir ou d'une région. Mais nous sommes aussi citoyens d'une nation avec laquelle nous entretenons un lien affectif fort, et nous sommes même marqués par sa langue, sa culture, son histoire. À cette identité nationale s'ajoute une identité continentale. Nous partageons aussi une histoire et une culture communes avec diverses nations appartenant à une même aire de civilisation : l'Europe, l'Afrique du Nord, l'Asie du Sud-Est, l'Amérique latine, etc. Enfin, nous nous sentons citoyens du monde, un monde devenu village, dont les crises nous concernent tous, et la souffrance de tout être humain comme les blessures de la Terre ne nous laissent pas indifférents.

Le processus de guérison du monde passe précisément par la reconnaissance de ces multiples identités et par leur juste imbrication. Il y aurait une forte incohérence chez un individu qui se passionnerait pour la cause des Indiens d'Amazonie, mais qui ne montrerait aucune préoccupation pour les difficultés de ses voisins immédiats. De même, ceux qui placent l'intérêt de leur nation au-dessus de tout restent dans une logique égoïste de type communautariste qui peut déboucher sur des désastres : guerres, hégémonie économique aux effets néfastes, refus de participer au bien commun planétaire, etc. Que nous le voulions ou non, nous sommes aujourd'hui tous solidaires. Notre planète est devenue notre « Terre-Patrie », pour reprendre l'expression d'Edgar Morin.

C'est la raison pour laquelle, si l'individu est le principal responsable du changement, il peut et doit influencer les institutions politiques à tous les niveaux pour tenter de résoudre les problèmes aux échelons qui le dépassent, de la région à la nation, jusqu'à la planète entière. La création de l'ONU a déjà constitué un formidable progrès. Mais, pour faire face aux défis qui nous attendent, il faudra arriver à lui conférer plus de poids et à la doter d'un véritable pouvoir transnational. Tant que les nations resteront l'instance suprême de la décision politique, bien des problèmes ne pourront être résolus, que ce soit sur les plans économique, écologique, agricole, sanitaire, ou sur celui du respect des droits de l'homme. C'est pourquoi, en pacifistes et militants mondialistes convaincus, Gandhi, Einstein ou l'abbé Pierre ont montré les dangers du nationalisme et milité toute leur vie pour la création d'instances supranationales ayant force de droit sur les États-nations. Leur vision me semble parfaitement juste, mais elle ne pourra aboutir que si une majorité d'individus, partout à travers le monde, le souhaitent, l'expriment et, ce faisant, l'imposent à leurs gouvernants.

De la peur à l'amour

Les mutations analysées en première partie de cet ouvrage sont à l'origine de nombreuses peurs. Parce

que tout va trop vite, parce que les repères sont bouleversés ou brouillés, parce que la crise devient globale
et touche tous les domaines de l'activité humaine,
de plus en plus d'individus sont angoissés, doutent
d'eux-mêmes, ont peur à la fois des autres et du lendemain. Du fait de la pression économique et de ses
impératifs de rentabilité, nous craignons désormais en
permanence d'être « dépassés », de ne plus être assez
compétitifs, efficaces, reconnus. Alors que les entreprises étaient jadis des lieux de perfectionnement, de
sociabilité, voire de solidarité, elles deviennent des
lieux de rivalités et de défiance. D'où les suicides qui
se multiplient dans certaines firmes où la pression
chiffrée et le stress ont brutalement annihilé toute
dimension humaine.

Avec l'intensification des flux migratoires, le métissage culturel et religieux est devenu la norme dans
la majorité des pays développés. Comme l'écrit le
sociologue italien Serge Manghi, « nous assistons à
l'émergence de la première société humaine dépour-
vue d'un épicentre organisateur, unique et hiérar-
chisant, dont les frontières territoriales coïncident
avec la planète entière. Cette nouveauté, si radicale
à l'échelle de l'histoire humaine, met en échec nos
catégories sociologiques usuelles [...]. Nos frontières
apparaissent toujours plus poreuses, évanescentes et
instables[90] ». Il en résulte une peur profonde de la
dilution, de la perte d'identité. Un sondage européen
(Ifop, janvier 2011) révèle que 42 % des Français
et autant d'Allemands voient dans la présence des
musulmans sur leur territoire une menace pour leur
identité. Jamais les questions identitaires n'ont été

aussi préoccupantes, tant pour les individus que pour les nations.

Cette peur est à l'origine de l'exacerbation des identités religieuses à laquelle nous assistons. Ce retour à la religion comme vecteur identitaire ne concerne pas que les pays du Sud, dominés économiquement et culturellement par l'Occident. En effet, dans un univers religieux de plus en plus éclaté, atomisé, des individus qui, paradoxalement, revendiquent de plus en plus d'autonomie sont effrayés par la perte du « parapluie sacré » qui les protégeait des incertitudes du monde et de la vie. Ils craignent d'être dilués dans une foule de plus en plus métissée sociologiquement, culturellement et religieusement, et partent en quête de racines présumées qu'ils retrouvent dans une communauté se présentant elle-même comme salvatrice. Le recours au religieux devient ainsi une manière de se différencier de l'Autre, celui qui, justement, par ses différences, fait peur. Ce mouvement de communautarisation – accompagné d'un fort conservatisme – s'observe dans toutes les traditions religieuses.

Ces peurs sont aussi, à l'évidence, fortement attisées par le spectacle du monde offert par les médias, tel que je viens de l'évoquer. On est paniqué par l'annonce fracassante des actes criminels perpétrés par un musulman fanatique ou par les agissements barbares d'une bande de jeunes d'une banlieue-ghetto, et l'on s'imagine que tous les musulmans leur ressemblent peu ou prou. Or il suffit de rencontrer autour de soi des familles d'origine maghrébine ou de voyager en Afrique du Nord pour découvrir que l'écrasante majorité des musulmans sont chaleureux, accueillants, solidaires, et vivent leur religion de manière pacifique. De même, la très forte médiatisation du dramatique conflit israélo-palestinien a des conséquences désastreuses, créant dans l'esprit de nombreux musulmans un amalgame entre Israéliens et juifs, entre conflit pour un territoire et guerre de religions. Il suffit de consulter sur le Net certains sites communautaires musulmans pour voir comment toute victime palestinienne devient l'occasion de fustiger non seulement Israël, mais aussi les « lobbies juifs mondiaux », les médias occidentaux « vendus aux juifs », etc. Mais on peut aussi bien déplorer la propagande de certains sites communautaires juifs qui justifient tout acte de guerre ou toute extension des colonies par Israël, et où la moindre déclaration, le moindre acte antisémite commis de par le monde est immédiatement relayé, donnant l'impression à leurs abonnés que la planète entière est en proie à la folie de l'antisémitisme.

Face à toutes ces peurs qui conduisent au repli sur soi, il nous faut reprendre confiance en nous pour mieux reprendre confiance dans les autres. Voir et accueillir les mains tendues. Redécouvrir nos capacités à nous laisser entraîner dans une communion, une vibration de cœur avec les autres. C'est à cette condition que nous nourrirons une part essentielle de notre être qui, à l'image des sociétés humaines, ne peut s'épanouir dans l'autarcie ou un frileux repli communautaire. La fraternité humaine universelle est la seule réponse aux peurs et violences qui secouent le monde. Les exemples de Gandhi ou de Nelson Mandela montrent que l'esprit de pardon et de fraternité peut venir à bout de toutes les peurs et de toutes les haines. Il a suffi en Afrique du Sud que quelques leaders en soient habités pour entraîner des millions de personnes dans leur sillage. Cela peut advenir partout. La bonté est contagieuse. Peut-être beaucoup plus que le mal ! Il appartient donc à chacun de devenir acteur d'un monde plus fraternel pour aider à ce que le monde change.

Sur ce terrain aussi, je remarque autour de moi des frémissements : un système associatif qui s'étend, des individus qui transcendent leurs propres problèmes pour s'impliquer aux côtés des autres dans des actions écologiques, humanitaires, culturelles, actions visant toutes à sortir notre monde de sa torpeur et de ses peurs. On constate – les études l'attestent – que la solidarité favorise l'épanouissement personnel et, cela va sans dire, aide à résoudre un certain nombre de problèmes qui requièrent l'investissement de chacun. Qui ne voit l'efficacité des associations de quartiers, des groupes de jeunes qui organisent des actions de nettoyage ponctuel, des volontaires qui, à tous niveaux, nous l'attestent qu'un autre monde est possible ? La France compte à elle seule plus d'un million d'associations actives, au sein desquelles œuvrent 16 millions de bénévoles : associations sportives (elles sont les plus nombreuses : 16 % du total), culturelles, caritatives, sanitaires, sociales ; elles constituent désormais « une véritable troisième force aux côtés de l'État et du marché », pour reprendre l'expression du sociologue Jean-Louis Laville qui s'est penché sur ce phénomène[91]. Une étude chiffrée publiée par le réseau « Recherches et solidarités » indique que, depuis une dizaine d'années, 70 000 nouvelles associations voient le jour chaque année en France, nettement en réponse à la crise sociale, économique et politique. On n'attend plus seulement l'aide « d'en haut » : c'est chacun, à son niveau, et tous ensemble que nous trouverons une issue aux principaux problèmes du monde.

LES TROIS RÉVOLUTIONS INDIVIDUALISTES

Comme nous avons pu le constater tout au long de cet ouvrage, les notions d'individu et d'individualisme ne sont pas univoques. Je crois qu'on peut pointer trois grands moments, qui correspondent à trois révolutions, dans la manière dont l'individu issu de la modernité se conçoit et agit par rapport au groupe.

L'individu émancipé

Le premier moment commence vers la fin du XVIIe siècle avec l'avènement du sujet autonome. Ce processus d'émancipation de l'individu par rapport aux communautés, aux traditions, à la religion, se généralise en Occident à partir du XVIIIe siècle et prend la forme des différentes révolutions politiques qui aboutiront à l'établissement d'un État de droit et aux droits de l'homme. L'individu s'est émancipé du groupe, la communauté est devenue société, chaque citoyen jouit des mêmes droits et des mêmes devoirs. Mais n'oublions pas que ce processus d'émancipation s'inscrit dans un vaste mouvement collectif de croyance au *progrès*. On croyait au progrès des indi-

vidus et des sociétés, et on militait pour lui. La raison, la science, le droit, l'éducation, le développement
technique, la protection du travail : tout concourait
à rendre l'homme et la société meilleurs. Nos aïeux
étaient certes libérés de la tutelle du groupe, mais ils
étaient encore habités par des grands idéaux républicains de liberté, d'égalité et de fraternité. Le souci de
l'amélioration de son propre sort était toujours plus
ou moins relié à un souci du bien commun, même si
les valeurs universalistes des Lumières ont vite fait
place, au XIXᵉ siècle, aux intérêts nationalistes qui ont
abouti aux guerres atroces du siècle suivant.

Pourtant, les grands idéaux collectifs n'ont pas
disparu pour autant et, au lendemain de la Seconde
Guerre mondiale, la volonté de changer le monde
galvanisait encore des dizaines de millions d'individus. Les communistes croyaient en une société idéale
possible pour laquelle ils se battaient. Du docteur
Schweitzer à l'abbé Pierre, les chrétiens sociaux
s'engageaient à fond pour améliorer la condition de
leurs semblables. Les hippies de la « contre-culture »
brandissaient la bannière « Peace and Love ! ».

L'individu narcissique

La révolution culturelle et des mœurs de la fin
des années 1960 a marqué un profond tournant. Elle
a favorisé une accélération des libertés individuelles
dans le cadre d'une société de consommation exacer-
bée. Ainsi, dès le milieu des années 1970, les individus, de plus en plus préoccupés d'eux-mêmes et de
la satisfaction de leurs désirs, ont consacré l'essentiel

de leurs efforts à accroître leur confort matériel et leur réussite sociale.

Nous avons assisté pendant deux décennies à l'essor, puis au triomphe d'une nouvelle forme d'individualisme. Dans son essai sur *L'Ère du vide*[92], Gilles Lipovetsky a remarquablement analysé cette seconde révolution individualiste. Tandis que l'individu issu de la première révolution (avènement de la modernité) était encore imprégné des grands idéaux républicains, de projets collectifs, d'un vif intérêt pour la chose publique, l'individualisme contemporain se réduit à un narcissisme. Chacun n'est plus préoccupé que par la recherche de son plaisir immédiat, de sa réussite et de son intérêt. L'égocentrisme, l'indifférence aux autres et au monde sont devenus, pour beaucoup, la norme.

On retrouve dans les romans de Michel Houellebecq une illustration parfaite de cet individualisme narcissique : ses personnages sont apathiques, égoïstes, frustrés, cyniques, adeptes d'un hédonisme sans joie, d'un narcissisme désabusé. Le slogan de ce type d'individualisme pourrait être : « Après moi, le déluge. » D'un point de vue psychologique, je crois que ce genre de comportement s'enracine dans les logiques de convoitise, de découragement et de peur que je viens d'exposer. Toujours désireux de posséder davantage, toujours obsédés par l'argent et le pouvoir, nous sommes néanmoins conscients des limites et des dangers de la logique mercantile qui gouverne le monde. Mais, convaincus qu'il ne sert à rien d'œuvrer pour tous, que nous sommes pris dans des logiques mortifères qui nous dépassent, confrontés à nos peurs et à notre impuissance, il nous reste à donner libre cours à nos désirs pulsionnels dans une sorte de nihilisme passif.

L'individu global

Or, bien que ces comportements soient, à des degrés divers, encore largement dominants, nous assistons depuis une quinzaine d'années à la naissance d'une troisième révolution individualiste. Comme nous l'avons vu au long de cet ouvrage, quelque chose a commencé à changer à la fin des années 1990 et au début des années 2000 avec, de manière concomitante, la naissance du mouvement altermondialiste et des forums sociaux, le progrès de la conscience écologique, l'essor du développement personnel, des spiritualités orientales ou de la philosophie comme sagesse, l'irruption de nombreuses initiatives de solidarité à l'échelle de la planète, comme le microcrédit, la finance solidaire, ou encore, plus récemment, le mouvement des Indignés.

Ces divers mouvements sont révélateurs d'un formidable besoin de sens. Besoin de redonner du sens à la vie commune à travers un regain des grands idéaux collectifs ; besoin de donner un sens à sa vie personnelle à travers un travail sur soi et un questionnement existentiel. Les deux quêtes apparaissent souvent intimement liées. Ce sont fréquemment les mêmes personnes qui accomplissent un travail psychologique ou spirituel sur elles-mêmes, se montrent sensibles à l'écologie, s'engagent dans des associations humanitaires, participent à des actions citoyennes, etc. L'époque du clivage entre le militant politique ou humanitaire n'ayant aucune préoccupation d'ordre spirituel ou existentiel et le méditant « New Age » uniquement soucieux d'améliorer son karma est déjà en grande partie derrière nous. Comme nous l'avons vu, les préoccupations spirituelles et planétaires, le souci de soi et la conscience du monde sont liés.

J'avais déjà pointé ce fait en 2003[93], et le sociologue Raphaël Liogier l'a également bien montré dans un récent essai[94] en évoquant la nouvelle figure de l'« individu global » en quête de sa « vérité intérieure », du développement de son potentiel personnel, et en même temps relié au cosmos et citoyen engagé du monde. On voit ainsi émerger une nouvelle forme d'individualisme non plus « numérique », mais « qualitatif », pour reprendre les catégories de Georg Simmel à propos de la distinction entre l'individualisme issu du libéralisme et celui hérité des romantiques. Celui d'un individu dont le souci de soi s'ouvre à la dimension spirituelle et à la préoccupation d'autrui.

Certes, il s'agit encore d'une minorité et toutes les expériences de guérison du monde évoquées ici représentent peu de chose à côté des logiques dominantes. L'individualisme narcissique et l'idéologie consumériste tiennent encore largement le haut du pavé en Occident. Mais les nombreux « signaux faibles » que j'ai repérés constituent une alternative cohérente, présente aux quatre coins du monde, à ces logiques destructrices. Ils prennent de l'ampleur et peuvent devenir un jour majoritaires, ce qui conduirait à une profonde amélioration de notre rapport à la Terre, à l'humanité et à nous-même.

UN NÉCESSAIRE RÉÉQUILIBRAGE

Les penseurs chinois ont souligné comment l'harmonie du monde reposait sur une série d'équilibres subtils : le Yin et le Yang, la nuit et le jour, le féminin et le masculin, l'intérieur et l'extérieur, l'attente et l'action, etc. Or on peut constater que l'être humain, et particulièrement l'homme occidental, a créé toute une série de déséquilibres qui sont, de mon point de vue, des clés essentielles pour comprendre la plupart des problèmes auxquels nous nous heurtons aujourd'hui. Tout au long de ce livre, j'ai déjà évoqué plusieurs d'entre eux : trop grandes disparités des revenus, excès de matérialisme, excès de liberté sans communion ni responsabilités ou, à l'inverse, excès de liens communautaires étouffants pour l'individu, etc. Voici trois autres exemples, parmi les plus frappants, qui concernent les déséquilibres internes à l'individu ayant également des conséquences sur le monde.

De l'extériorité à l'intériorité

Depuis plusieurs siècles déjà, nous avons privilégié l'extériorité sur l'intériorité. L'Occidental moderne est devenu un pur extraverti, au sens où il se préoccupe bien davantage des choses extérieures, matérielles, que de son propre univers intérieur. La transformation du monde est devenue son principal objectif. Il s'est entièrement projeté hors de lui-même pour conquérir la matière et la modeler à sa guise. Dans sa vie personnelle, il privilégie aussi ce qui a rapport à l'extérieur : l'accroissement de son confort matériel, sa réussite au sein de la société, son apparence physique. Ne supportant plus de se retrouver seul avec lui-même, l'homme moderne est un angoissé qui se fuit perpétuellement dans l'agitation, la relation, la distraction. Incapable de vivre sereinement dans l'instant présent, il se projette perpétuellement dans le futur (qui l'angoisse en même temps) et devient esclave des nouveaux moyens de communication qui l'extraient de lui-même en permanence. Le psychiatre Christophe André a remarquablement analysé les conséquences désastreuses pour la psyché de cette fuite hors de soi, de cette peur de se retrouver seul avec soi-même, de ce constant besoin d'être « connecté » à l'extérieur. La méditation est une solution qu'il propose pour remédier à ce grave déséquilibre, mais c'est toute notre manière de vivre qu'il convient de rééquilibrer : réserver chaque jour un peu de temps pour soi, savoir décrocher de nos outils de communication, vivre davantage dans l'instant présent, redécouvrir les vertus du silence et de l'introspection, prendre quelques instants pour réfléchir, savourer l'évolution de nos états d'âme après avoir rencontré un ami, vu un film ou lu un livre qui nous ont émus, etc.

Pour s'épanouir, l'être humain a autant besoin d'intériorité que d'extériorité, de méditation que d'action, de se connaître lui-même que d'aller à la rencontre des autres. J'ajouterai que plus son action est importante, plus sa projection dans le monde est forte, plus le corps et la matière occupent une place déterminante dans sa vie, plus il lui faut se recentrer, aller vers l'intériorité, pour véritablement en assumer le poids et en maîtriser les conséquences. C'est ce qu'avait très bien senti et exprimé le philosophe Henri Bergson en 1932 en évoquant les fabuleux progrès matériels de la modernité : « Le corps agrandi attend un supplément d'âme et la mécanique exigerait une mystique[95]. »

Du cerveau gauche au cerveau droit

Nous savons depuis peu – et la recherche scientifique apporte chaque jour de nouveaux progrès dans ce domaine – que l'épigénèse du cerveau, c'est-à-dire son développement, est fonction de l'environnement de l'individu, notamment de son environnement culturel, mais aussi matériel. En France, l'un des premiers chercheurs à avoir fait état de ces recherches, alors embryonnaires, est le neurobiologiste Jean-Pierre Changeux. Dans son ouvrage majeur, *L'Homme neuronal*, il ouvrit la voie à ce qu'il a appelé « la relation d'interaction réciproque qui s'établit chez l'homme entre le social et le cérébral ». « L'interaction avec l'environnement contribue désormais au déploiement d'une organisation neurale toujours plus complexe en dépit d'une mince évolution du patrimoine génétique. Cette structuration sélective de l'encéphale par l'environnement se renouvelle à chaque génération. Elle s'effectue dans des délais exceptionnellement brefs par rapport aux temps géologiques au cours desquels le génome évolue. L'épigénèse par stabilisation sélective économise du temps. Le darwinisme des synapses prend le relais du darwinisme des gènes[96]. » Jean-Pierre Changeux s'inquiétait, à ce sujet, des liens de plus en plus dégradés entre l'homme et son environnement, et des risques que cela fait courir au cerveau humain – d'où, notait-il, le recours de plus en plus fréquent aux tranquillisants pour pouvoir continuer à vivre et à se supporter.

Le chercheur a également mis en avant la différenciation entre les deux hémisphères du cerveau, le droit qui « analyse et produit préférentiellement des images », c'est-à-dire des « objets mentaux à composante réaliste », et le gauche qui « se spécialise dans des opérations à la fois verbales et "abstraites"[97] ». Les nombreuses recherches effectuées depuis lors sur nos deux hémisphères cérébraux ont permis de confirmer et de préciser le caractère rationnel, logique, verbal, porté vers l'abstraction, de l'hémisphère gauche, et le caractère émotionnel, intuitif, relationnel, porté vers l'image, de l'hémisphère droit.

J'ai déjà évoqué ce point dans la première partie de cet ouvrage lorsque j'ai abordé la question du « processus de rationalisation » mis en lumière par Max Weber. Il convient maintenant d'y revenir. Avec l'apparition des premiers villages il y a douze mille ans, les humains, qui vivaient jusque-là au jour le jour et migraient au gré des cueillettes et des chasses, se sont stabilisés en un même lieu qu'ils ont dû penser, agencer, organiser. Ce début de sédentarisation signe le passage de l'ère paléolithique à l'ère néolithique. Des grottes aux maisons. La psyché de ces humains s'est alors transformée du fait d'un processus de rationali-sation qui s'est brutalement accéléré : une fois deve-nus sédentaires, les hommes ont eu pour principale préoccupation de rationaliser leur existence et celle de leur communauté. C'est-à-dire qu'ils ont réajusté, de manière optimale, les moyens en fonction des fins. Ils ont ainsi mis en œuvre des systèmes politiques, économiques, militaires, religieux, administratifs, etc. Le cultivateur a, par exemple, appris à gérer ses récoltes, et l'éleveur ses troupeaux. Cette organisation rationnelle de la société a permis à la collectivité des avancées technologiques et des progrès qui se sont manifestés dans tous les domaines de la vie matérielle.

La dimension logique et rationnelle, celle de l'hé-misphère gauche, s'est donc amplement développée au détriment de la dimension intuitive, émotionnelle et sensitive de l'hémisphère droit. C'est cette dernière dimension que l'on retrouve par exemple encore for-tement prédominante au sein des peuples premiers, ces tribus qui subsistent à l'écart de ce que nous appelons « civilisation », notamment en Papouasie et en Amazonie, qui possèdent encore ce « sixième sens » indispensable à leur survie et qui sont en lien immédiat avec un environnement naturel qu'ils savent « écouter ».

Au fil des millénaires, particulièrement au cours des cinq derniers siècles en Occident, ce déséquilibre n'a cessé de s'accentuer. La dimension logique, ration-nelle, verbale, l'emporte de nos jours largement sur la dimension intuitive, émotionnelle et relationnelle. Les qualités du cerveau droit ont même été déconsidérées en autant de tares – on dirait aujourd'hui de freins à la compétitivité. Les rêveurs, les émotifs, les intuitifs, les mystiques ont été perçus comme des personnages atypiques, relégués aux marges de ces sociétés dont ils ne pouvaient pas, ou ne voulaient pas, suivre l'accélération. Il faut désormais être réactif, méthodique, rationnel, performant, dur. Ce déséquilibre interne à notre cerveau n'est pas sans conséquences : nous avons bien souvent perdu nos capacités intuitives, pourtant si précieuses ; nous avons disqualifié les émotions, soit en les refoulant sous la critique du mental, soit, inversement, en leur donnant libre cours de manière anarchique ; nous sommes habités par le fantasme de pouvoir contrôler totalement notre existence par la raison ; nous avons intellectualisé et codifié le sacré au lieu d'apprendre à le ressentir, etc.

Comme l'a montré Jean-Pierre Changeux, en réorganisant notre vie, en agençant notre monde, nous imprimons la marque de notre nouvel environnement sur notre cerveau. Si nous sommes attentifs à développer les qualités de notre cerveau droit, nous allons ainsi voir émerger des potentialités enfouies par des siècles de rejet – qui ne les ont pas annihilées, mais tout juste endormies. Il est donc de notre ressort, par une attention et un changement d'attitude, de procéder à un rééquilibrage entre nos deux hémisphères cérébraux. Il n'est d'ailleurs pas impossible – mais cela demanderait à être scientifiquement prouvé – que la place de plus en plus grande de l'image et l'utilisation parfois intuitive de l'ordinateur contribuent déjà, *de facto*, à un tel rééquilibrage.

Du masculin au féminin

Autre conséquence de l'avènement du néolithique : la prééminence du masculin sur le féminin et l'apparition des sociétés patriarcales qui vont consacrer la domination de la femme par l'homme. Pourtant, avec la création des premiers villages, aux époques natoufienne et khiamienne, lorsque apparaissent les premiers dieux, ceux-ci sont en réalité des déesses, comme en témoignent les sculptures exclusivement féminines exhumées par les archéologues. Elles sont aussi opulentes que les Vénus rudimentaires, datant d'une trentaine de milliers d'années, retrouvées en Europe et en Sibérie, et elles ne tardent pas à être associées à des figures de taureaux, représentant la puissance masculine, qu'elles dominent et contrôlent. Ce système à deux personnages prime jusqu'à l'âge de bronze, quand commencent à se constituer de vraies cités – la plus ancienne semble être Eridu, en Mésopotamie, qui comptait près de 4 000 habitants vers 4000 avant notre ère. À Eridu, dans un premier temps, plusieurs dieux coexistent avec la déesse suprême. Mais peu à peu, à l'image des hommes de la cité qui gèrent et ordonnent, pratiquent les rituels et les sacrifices, les dieux gagnent en importance, tandis que la déesse commence à s'effacer. Enki devient le dieu de la ville, le temple du Tell lui est dédié, avec sa large terrasse, ses tables d'offrandes et son autel. La déesse, elle, sera bientôt reléguée au culte domestique. Cette histoire n'est pas spécifique à la ville d'Eridu : elle se reproduira dans toutes les autres cités. Et trouvera son aboutissement avec Yahvé, le dieu de la Bible, qui, dès l'origine, fut conçu comme un dieu forcément mâle, puisque tout-puissant.

On voit ainsi se développer dans toutes les grandes civilisations antiques des sociétés dites patriarcales, c'est-à-dire fondées sur l'autorité du père, au sein desquelles la femme n'a pas d'autonomie propre. Du statut de fille, elle passe au statut d'épouse et mère, restant toujours en situation de dépendance et d'infériorité à l'égard de l'homme. Cette situation perdure encore dans de nombreuses cultures, et ce n'est finalement que depuis très peu de temps qu'elle s'est estompée en Occident.

Le fait que les hommes, dans les sociétés antiques, aient pris le pouvoir au détriment des femmes les a naturellement entraînés à imposer leur « tempo » dans la gestion des affaires du monde : une idéologie guerrière, pétrie de convoitise et de volonté de domination, voire de tyrannie, plutôt que d'échanges. Nous percevons bien aujourd'hui les épouvantables dégâts et les limites de cette attitude, et beaucoup – hommes et femmes – aspirent à en sortir. Je pense que nous sommes en train de basculer. Non seulement la femme recouvre progressivement une juste place dans la société et la gestion des affaires du monde – même si le chemin à parcourir est encore long –, mais nous assistons aussi à l'émergence dans nos sociétés modernes d'un féminin si longtemps refoulé, à travers, notamment, une féminisation des valeurs. Les logiques écologiques, de respect de la vie et de l'environnement, de solidarité, de droits de l'homme, du primat de l'être sur l'avoir, etc., que nous avons évoquées au long de cet ouvrage, vont clairement dans ce sens.

Le film *Avatar*, de James Cameron, est pour moi une belle illustration de ces grands rééquilibrages que nous avons à opérer entre l'intériorité et l'extériorité, entre la logique et l'intuition, entre la force de domination masculine et l'accueil de la vie au féminin. L'histoire est celle de l'opposition entre deux mondes. Le premier, celui de la technologie machiste, est incarné par les humains qui, forts de leurs prouesses technologiques, partent à l'assaut d'une lointaine planète, avec l'ambition de piller ses ressources naturelles, sans respect ni considération pour ses habitants. Les habitants de Pandora – c'est le nom de cette planète – vivent selon des valeurs qui relèvent du cerveau droit et sont donc typiquement féminines : en harmonie avec leur environnement, ils sont naturellement reliés au monde, procèdent par intuition plutôt que par raison, et cette planète au nom féminin est gouvernée par des femmes. *Avatar* est une très belle allégorie du combat entre un monde typiquement masculin et matérialiste et un monde typiquement féminin et spirituel. Avouons-le pour ceux qui ont vu le film : nous aurions beaucoup plus envie de vivre sur Pandora plutôt que sur notre Terre ! Notre planète peut-elle devenir Pandora ? Certes non. Ce monde-là est une utopie. Néanmoins, le succès populaire et planétaire du film de Cameron révèle une profonde aspiration collective à rééquilibrer notre propre monde. Pour mener une existence pleinement humaine, une « vie bonne », nous avons autant besoin de nous tourner

vers nous-même que vers l'univers extérieur, de rationalité que d'émotion, de masculin que de féminin.
Et ce qui est vrai au niveau de l'individu vaut tout
autant à l'échelle de la planète : bien des blessures de
la Terre et de l'humanité pourront guérir parce que
nous aurons opéré le nécessaire rééquilibrage entre
les différentes polarités qui nous habitent.

Conclusion

L'homme est-il seulement un *homo economicus* ? Le progrès de l'humanité se résume-t-il à l'augmentation du pouvoir d'achat des ménages ? La guérison du monde passe-t-elle par la reprise de la croissance ? Ces questions peuvent sembler ubuesques, et pourtant elles se posent très sérieusement lorsqu'on relève les discours, les pratiques et les logiques encore dominants aujourd'hui. Jean-Claude Guillebaud faisait ainsi récemment remarquer que toutes les questions posées par l'Insee pour mesurer le « moral des Français » ne concernaient que la dimension économique et financière de l'existence[98] ! Aucune n'avait trait à d'autres dimensions comme l'amour, l'amitié, les loisirs, le travail, la spiritualité. « Ce ne sont pas les Français que l'on sonde, mais le consommateur qui sommeille en eux, écrit l'essayiste. Au final, notre "moral" se résume tout bêtement à notre envie d'acheter. Notre âme, celle de nos concitoyens et concitoyennes, se trouve ainsi indexée sur la seule agilité de leur carte de crédit. » L'espoir d'un retour à une forte croissance est tout à fait illusoire. Nous vivons déjà très largement au-dessus de nos moyens et de ceux de notre planète. Il est plus vraisemblable que nous nous acheminions vers une certaine décroissance, ce qu'aucun homme politique n'ose dire, ni peut-être même concevoir. Toutefois, comme l'a fait remarquer Edgar Morin, la décroissance de certains secteurs peut s'accompagner d'une croissance en d'autres domaines : ceux, par exemple, des énergies renouvelables, de l'agriculture biologique, des soins alternatifs, des nouveaux outils de communication, etc. En réduisant globalement leurs dépenses, que ce soit malgré eux ou en changeant volontairement de mode de vie, les individus vont consommer moins (ce qui provoquera de la décroissance dans les secteurs traditionnels), mais aussi autrement (ce qui créera de la croissance ailleurs). Notre époque exige de nous une grande souplesse, de l'adaptabilité, de la créativité, une capacité à travailler et à vivre autrement. Et, quoi qu'il en soit, de renoncer à la logique dominante du « toujours plus » – source de tant d'injustices, mais aussi de tant de dépressions – pour aller vers celle de la sobriété et du « mieux-être ».

Ce que j'affirme ici ne constitue pas une simple critique de l'idéologie libérale consumériste, mais bien une remise en cause de la philosophie quantitative et productiviste qui la sous-tend et qui peut tout à fait s'exprimer dans un autre cadre idéologique. Le communisme en est un bel exemple. Lénine l'avait défini d'une formule : « Le communisme, c'est les soviets plus l'électricité. » Autrement dit, on reste dans la logique de la société productiviste, mais en substituant l'économie planifiée à l'économie de marché.

Ce que notre humanité peut et doit redécouvrir, c'est que la vie n'est pas seulement quantifiable. Aux logiques quantitatives et marchandes qui président à la destinée d'un monde malade, on peut substituer des logiques qualitatives et gratuites. Notre équilibre et notre épanouissement dépendent essentiellement, une fois notre sécurité vitale assurée, de la *qualité* de notre rapport à nous-même, aux autres et au monde. Bref, de notre qualité de vie, laquelle ne se résume pas, si important cela soit-il, au confort matériel et à la réussite sociale. La réussite et l'harmonie d'une vie ne dépendent pas uniquement des conditions extérieures, mais aussi, et sans doute davantage encore, des liens que nous tissons avec les autres ; de la capacité que nous avons à regarder la beauté partout présente dans le monde et à expérimenter le sacré ; de la possibilité de nous réaliser dans ce pour quoi nous sommes faits.

Pour que le monde guérisse, il nous faut ainsi passer de la logique quantitative dominante à une logique qualitative encore marginale. La mauvaise nouvelle, c'est que peu d'individus en sont déjà conscients et se sentent prêts à effectuer cette conversion intérieure et ce changement d'attitude. La bonne nouvelle, c'est que les aspirations de chaque être humain à la vérité, à la justice, à la liberté, au respect, à l'amour, à la beauté, à toutes ces valeurs essentielles qui peuvent changer le monde, sont universelles ; et, j'en suis convaincu, plus fortes et plus profondes que les pulsions égoïstes encouragées par l'idéologie consumériste. Plus fortes et plus profondes que l'esprit de convoitise et de domination, que les peurs et les découragements, qui entraînent actuellement notre planète vers des catastrophes écologiques, économiques et politiques parfaitement prévisibles. Nous sommes à la croisée des chemins. La guérison est encore possible. L'avenir de la prodigieuse aventure humaine n'est pas scellé, et nous l'écrivons tous jour après jour.

Henri Bergson a écrit en 1932 ces paroles magnifiques : « L'humanité gémit, à demi écrasée sous le poids des progrès qu'elle a faits. Elle ne sait pas assez que son avenir dépend d'elle. À elle de voir d'abord si elle veut continuer à vivre. À elle de se demander ensuite si elle veut vivre seulement, ou fournir en outre l'effort nécessaire pour que s'accomplisse, jusque sur notre planète réfractaire, la fonction essentielle de l'univers, qui est une machine à faire des dieux[99]. »

La divinisation de l'homme à laquelle Bergson fait référence est pourtant à l'exact opposé de la voie sur laquelle nous sommes actuellement engagés, qui est celle, non pas de l'accomplissement de nos potentialités créatrices les plus profondes, mais de la démesure. Nous sommes plongés dans ce que les anciens Grecs appelaient *l'hybris* : le désir de sortir de la mesure de sa propre condition qui peut conduire à l'ambition démesurée de vouloir tout posséder, tout dominer. Nous avons sacrifié l'ambition spirituelle de réalisation intérieure et de transformation du monde qui en découle au profit de l'ambition matérielle de maîtrise technique et d'exploitation du monde. Notre humanité a besoin de retrouver le sens de la mesure, de la limite volontairement consentie. Elle a besoin de retrouver un équilibre harmonieux. C'est pourquoi j'ai tenté de montrer que la guérison du monde passe essentiellement par une série de rééquilibrages vers plus de qualitatif, d'être, d'intériorité, de féminin, de gratuité, de partage, de justice, de respect, de liberté responsable, de fraternité.

À certains égards, ce livre peut paraître utopique, et je l'assume pleinement. Car il y a deux sortes d'utopies. Celles, irréalistes, qui décrivent des mondes parfaits – comme l'Utopia de Thomas More ou Pandora de James Cameron – et nous permettent d'imaginer ce que pourrait être un monde totalement libéré du mal. Et celles, réalistes, qui traversent aussi l'histoire humaine et proposent des visions anticipatrices de ce qui pourrait améliorer le monde, le rendre meilleur. Je prendrais un seul exemple : celui des Lumières. Une poignée de penseurs européens a imaginé et s'est battue en plein XVIIIe siècle monarchiste et dominé par la religion, pour que puissent un jour exister des États démocratiques et laïcs, où les individus seraient tous libres et égaux en droits. Ce qui était alors jugé comme une utopie est devenu réalité. Sans utopie, au sens réaliste de désir et de propositions d'amélioration du monde, nous vivrions encore sous le règne universel de la loi du plus fort et des luttes tribales.

La guérison du monde est un objectif qui ne sera jamais définitivement atteint, car les égoïsmes, les peurs et les conflits d'intérêts existeront sans doute toujours. Mais c'est un *processus* dans lequel il faut résolument s'engager pour inverser la pente actuelle qui nous conduit au désastre. Un chemin long et exigeant, mais réaliste. Il suffit de le savoir, de le vouloir et de se mettre en route, chacun à notre niveau. Tel est l'objectif de ce livre : montrer qu'un autre état du monde est envisageable, que les logiques mortifères qui dominent encore ne sont pas inéluctables, qu'un chemin de guérison est possible.

Notes

1. Edgar Morin, *La Méthode*, Seuil, 2004, t. 6, p. 188.
2. Montesquieu, *De l'esprit des lois*, IV, 1748.
3. Hartmut Rosa, *Accélération, une critique sociale du temps*, La Découverte, 2010.
4. www.lavoixdunord.fr/France_Monde/actualite/Secteur_France_Monde/2010/11/12/article_urbaniste-et-philosophe.shtml.
5. Jacques Ellul, *Le Bluff technologique*, Hachette, 1988, p. 413.
6. Joël de Rosnay, *Surfer la vie. Comment sur-vivre dans la société fluide*, Les Liens qui Libèrent, 2012.
7. Edgar Morin, *Le Paradigme perdu*, Seuil, 1973, p. 114-115.
8. C'est au Ier millénaire avant notre ère, en réaction à la bureaucratisation des religions, qu'on voit émerger des courants mystiques qui cherchent, à travers les jeûnes, les visions, l'ascétisme, à retrouver l'émotion religieuse.
9. http://www.nature.com/nature/journal/v486/n7401/full/nature11018.html.
10. Hubert Reeves et Frédéric Lenoir, *Mal de Terre*, Seuil, 2003.
11. Communiqué de presse de la FAO, Rome, 11 avril 2008 : « La facture céréalière des pays pauvres s'envole, les gouvernements tentent de limiter l'impact. »

12. www.alencontre.org/ImpMond/ViaCampesina06_08. html.

13. « Piraterie et biopiraterie », *Le Journal de Montréal*, 12 juillet 2009.

14. In *Finance et Développement*, septembre 2011.

15. Jürgen Habermas, *La Constitution européenne*, Gallimard, 2012.

16. Gilles-Eric Seralini, *Tous cobayes*, Flammarion, 2012.

17. Corinne Lepage, *La Vérité sur les OGM, c'est notre affaire*, Éditions Charles Léopold Mayer, 2012.

18. Interview dans *Figaro Madame*, 23 avril 2007.

19. www.cepii.fr/rdv/publications/dossiers/pdf/dossier-mondialisation17.pdf.

20. Voir à ce sujet Docteur Édouard Zarifian, *Le Prix du bien-être. Psychotropes et société*, Odile Jacob, 1996 ; Philippe Pignarre, *Comment la dépression est devenue une épidémie*, Hachette littératures, 2003 et *Les Malheurs des psys : psychotropes et médicalisation du social*, La Découverte, 2006.

21. www.place-des-idees.fr/presentation.html.

22. Pour une bonne compréhension de ce thème essentiel de la pensée contemporaine, je renvoie à l'*Introduction à la pensée complexe*, d'Edgar Morin (ESF, 1990), et aux ouvrages de Joël de Rosnay, au Seuil, *Le Macroscope, vers une vision globale* (1975), et *L'Homme symbiotique, regards sur le troisième millénaire* (1975).

23. Josué de Castro, « Le développement, virtualités et obstacles », *Tiers Monde*, 1964, t. 5, n° 20, p. 649-660.

24. Correspondance avec l'auteur, juin 2012.

25. Fondé en 1980 par le journaliste Jakob von Uexhull, le Right Livelihood Award, appelé aussi prix Nobel alternatif, est décerné chaque année dans l'enceinte du parlement suédois. Il vise à « honorer et soutenir ceux qui offrent des réponses pratiques et exemplaires aux

défis les plus urgents auxquels nous devons faire face aujourd'hui ».

26. Nathalie Calmé, *Gandhi aujourd'hui*, éditions Jouvence, 2007.

27. Je n'aborderai pas ici le contenu philosophique et ésotérique de la pensée de Rudolf Steiner. Je renvoie à deux de ses livres, *Goethe et sa conception du monde*, Yverdon-les-Bains, Éditions anthroposophiques romandes, 2006, et *Naissance et devenir de la science moderne*, Montesson, éditions Novalis, 1997, ainsi qu'à sa biographie rédigée par Geneviève et Paul-Henri Bideau, *Une biographie de Rudolf Steiner*, Montesson, éditions Novalis, 1997.

28. Ibrahim Abouleish, *Sekem. Une communauté durable dans le désert égyptien*, Laboissière-en-Thelle, Aethera, 2007.

29. Préface de Pierre Rabhi à *Sekem. Une communauté durable dans le désert égyptien, op. cit.*

30. Les titres de certains de ses ouvrages illustrent bien certaines des dimensions de sa pensée : *Du Sahara aux Cévennes : itinéraire d'un homme au service de la Terre-Mère*, Albin Michel, 2002 ; *Parole de Terre : une initiation africaine*, Albin Michel, 1996 ; *Graines de possibles, regards croisés sur l'écologie*, avec Nicolas Hulot, Calmann-Lévy, 2005 ; *Conscience et environnement*, Le Relié, 2006 ; *Terre-Mère. Homicide volontaire ?*, Le Navire en pleine ville, 2007.

31. *Le Monde*, 20 août 2009. Bernard Lietaer est l'auteur de *Monnaies régionales*, éditions Charles-Léopold Mayer, 2008.

32. Lors de l'indépendance de l'Inde en 1947, les musulmans souhaitent fonder un État séparé. Ce sera le Pakistan, composé de deux parties distantes de 1 500 kilomètres : le Pakistan occidental, celui que nous connaissons aujourd'hui, et le Pakistan oriental, l'actuel Bangladesh.

Ce dernier, parent pauvre de cette partition, se révolte en 1971 et, après de violents affrontements, devient indépendant cette même année.

33. *Libération*, 8 mars 2011.

34. Nicanor Perlas, *La Société civile : le troisième pouvoir*, éditions Yves Michel, 2003, p. 21-132.

35. *Ibid.*, p. 83.

36. www.dialoguesenhumanite.org

37. Je renvoie ici au film magnifique de John Boorman, *In my Country* (2004), dans lequel deux journalistes interprétés par Juliette Binoche et Samuel L. Jackson décrivent l'atmosphère au moment des travaux de la commission. J'aimerais citer aussi l'émouvant livre de Mgr Desmond Tutu sur cette expérience réconciliatrice : *Il n'y a pas d'avenir sans pardon*, Albin Michel, 2000.

38. Cf. site Internet de Sant'Egidio : www.santegidio.org.

39. J'aurais pu aussi parler d'Alfred Adler, de Marie-Louise von Franz, de Carl Rogers, de Norman Vincent Peale, d'autres encore : je laisse au lecteur le soin d'approfondir par lui-même cette formidable quête de sens moderne aux multiples visages.

40. Carl Gustav Jung, *Ma vie. Souvenirs, rêves et pensées*, Gallimard, 1973, p. 457.

41. Carl Gustav Jung, *Dialectique du Moi et de l'inconscient*, Gallimard, 2001, p. 115.

42. Abraham Maslow, *A Theory of Human Motivation*, 1943.

43. David Servan-Schreiber, *Guérir le stress, l'anxiété et la dépression sans médicaments ni psychanalyse*, Robert Laffont, 2003.

44. David Servan-Schreiber, *Anticancer. Prévenir et lutter grâce à nos défenses naturelles*, Robert Laffont, 2007.

45. David Servan-Schreiber, *On peut se dire au revoir plusieurs fois*, Robert Laffont, 2011.

46. www.psychologies.com/Bien-etre/Sante/David-Servan-Schreiber.

47. *Médecines et alimentation du futur*, sous la direction de Philippe Desbrosses et Nathalie Calmé, éditions Le Courrier du Livre, 2009, p. 93.

48. http://nccam.nih.gov/health/whatiscam.

49. Christophe André, *Méditer*, L'Iconoclaste, 2011.

50. Platon, *Phédon*, 65d, édition Garnier, 1958.

51. Jean 18, 37.

52. Chronique du *Monde des religions*, janvier-février 2009.

53. Aristote, *Éthique à Nicomaque*, V, 3.

54. Platon, *Gorgias*, 469b.

55. *Ibid.*, 509c.

56. *Ibid.*, 478d.

57. François Daumas, *La Civilisation de l'Égypte pharaonique*, Arthaud, 1965.

58. Marie-Joseph Seux, *Lois de l'Ancien Orient*, Éditions du Cerf, 1986, p. 29-30.

59. Exode 20, 2-17.

60. Olivier du Roy, *La Règle d'or. Histoire d'une maxime morale universelle. I. De Confucius à la fin du XIXe siècle* et *II. Le XXe siècle, et essai d'interprétation*, Éditions du Cerf, 2012.

61. « Mou Zongsan (1909-1995) et son recours problématique au taoïsme », *Revue internationale de philosophie*, 2/2005 (n° 232), p. 247-266.

62. Je renvoie aux ouvrages de François Cheng, notamment *Vide et plein : le langage pictural chinois*, Seuil, 1979 ; *L'Espace du rêve : mille ans de peinture chinoise*, Phébus, 1980 ; et *Chu Ta : le génie du trait*, Phébus, 1999.

63. Benoît XVI, *Deus caritas est*, 25 décembre 2005.

64. Ibn Arabi, *Le Chant de l'ardent désir*, Sindbad, 1989.

65. http://dictionnairesahajayoga.blogspot.fr/search/label/amour

66. www.uqac.uquebec.ca/zone30/Classiques_des_
sciences_sociales/index.html

67. http://www.buddhaline.net/L-empathie-et-la-pratique

68. Devî Atharvashiras (1-2).

69. Fédor Dostoïevski, *L'Idiot*, t. II, traduction d'André
Markowicz, Actes Sud, « Babel », 1993, p. 102.

70. http://classic.weltethos.org/pdf_decl/Decl_french.pdf

71. Cité dans *Médiation et diversité culturelle*, sous la
direction de Carole Younes et Étienne Le Roy, Karthala,
2002, p. 280.

72. Je reprends ici une thématique déjà abordée dans mon
livre *Les Métamorphoses de Dieu* (Plon, 2003), qui s'inspire de la problématique posée par Mohammed Taleb
dans l'ouvrage qu'il a dirigé : *Sciences et Archétypes.
Fragments philosophiques pour un réenchantement du
monde* (Dervy, 2002).

73. Cicéron, *De la divination*, II, 14, § 33-34.

74. Plotin, *Ennéades*, IV 4, p. 41.

75. Je reprends ici en synthétisant les pages que j'avais
consacrées à cette question dans *Les Métamorphoses de
Dieu* en 2003.

76. Le romantique allemand Franz von Baader a été l'un
de ceux qui ont le mieux explicité cet enjeu dans ses
*Contributions à la philosophie dynamique, opposées à la
philosophie mécaniste*, 1809.

77. « L'alternative romantique », *Revue d'Allemagne*,
Strasbourg, n° 3, juillet-septembre 1990, p. 317.

78. Ce qui ne sera pas sans conséquence dramatique,
puisqu'un des prolongements idéologiques du romantisme allemand a été, dans le dernier tiers du XIXᵉ siècle,
l'idéologie *völkisch* qui exaltait l'image idéalisée du
peuple allemand et de son génie propre, issu de son
rapport à la nature, à la terre allemande et à un passé
historique revisité et glorieux. Cette idéologie a ensuite

participé des fondements culturels du nazisme, comme l'a montré notamment l'historien américain George Mosse (*Les Racines intellectuelles du IIIe Reich*, Calmann-Lévy, 2006).

79. « Im Orient müssen wir das höchste Romantische suchen », *Rede über die Mythologie*, 1800, p. 204.

80. René Girard, *L'Orient et la pensée romantique allemande*, Nancy, Thomas, 1963, p. 93.

81. J'ai trouvé cette belle profession de foi d'Albert Einstein, qui corrobore de nombreuses autres déclarations de l'homme de science, en préface au livre de Jean-Marie Vigoureux, *La Quête d'Einstein*, Ellipses, 2005 ; il s'agit de la retranscription d'un discours enregistré en 1932 au profit de la Ligue des droits de l'homme.

82. Thomas Kuhn, *Structure des révolutions scientifiques*, Flammarion, 1972.

83. Bernard d'Espagnat, *Le Réel voilé*, Fayard, 1994.

84. Fritjof Capra, *Tao de la physique*, Sand, 1975, p. 165.

85. Michel Cazenave (dir.), *Science et conscience. Les deux lectures de l'Univers*, Stock et France Culture, 1980.

86. Edgar Morin, *Amour, poésie, sagesse*, Seuil, 1997. Je renvoie aussi à son dernier livre, *La Voie*, Fayard, 2011, consacré aux grands défis de notre temps.

87. François de Closets, *Toujours plus*, Grasset, 1982.

88. Daniel Cohen, *Homo economicus. Prophète (égaré) des temps nouveaux*, Albin Michel, 2012.

89. Pierre Rabhi, *Vers une sobriété heureuse*, Actes Sud, 2010.

90. « Edgar Morin, aux risques d'une pensée libre », *Hermès*, n° 60, p. 50-51.

91. Jean-Louis Laville, *Politique de l'association*, Seuil, 2010.

92. Gilles Lipovetsky, *L'Ère du vide*, Gallimard, 1983.

93. En évoquant dans mon ouvrage *Les Métamorphoses de Dieu* l'avènement de l'« individu holistique », autant préoccupé de sa réalisation intérieure que de son lien avec le cosmos et la planète entière.

94. Raphaël Liogier, *Souci de soi, conscience du monde*, Armand Colin, 2012.

95. Henri Bergson, *Les Deux Sources de la morale et de la religion*, 1932, conclusion.

96. Jean-Pierre Changeux, *L'Homme neuronal*, Fayard, 1983, p. 330.

97. *Ibid.*, p. 203.

98. « Notre moral manipulé », *Le Nouvel Observateur*, 6 septembre 2012.

99. Henri Bergson, *Les Deux Sources de la morale et de la religion*, 1932.

REMERCIEMENTS

Un grand merci à Djénane Kareh Tager pour sa complicité et son aide qui me sont si précieuses. Cet ouvrage est aussi nourri d'échanges philosophiques avec Mohammed Taleb qui durent depuis plus de dix ans. Qu'il en soit vivement remercié, ainsi que pour ses pertinentes remarques. Merci enfin à mes éditeurs, Claude Durand, Sophie de Closets et Olivier Nora, qui m'ont accompagné avec amitié et relu avec vigilance tout au long de cette belle aventure éditoriale !

www.fredericlenoir.com

Table

Table 327

Frédéric Lenoir
dans Le Livre de Poche

Comment Jésus est devenu Dieu   n° 32522

Écrit comme un récit, cet ouvrage captivant permet de comprendre la naissance du christianisme ainsi que les fondements de la foi chrétienne, et pose avec acuité la question centrale : qui est Jésus ?

L'Oracle della Luna   n° 37261

Au cœur d'un XVIᵉ siècle hanté par les querelles religieuses et philosophiques, la quête initiatique de Giovanni, le jeune paysan qui avait osé lever les yeux sur la fille des Doges.

La Parole perdue   n° 37290
(avec Violette Cabesos)

Violette Cabesos et Frédéric Lenoir nous entraînent dans un formidable thriller historique et métaphysique, un jeu de piste archéologique où premiers temps de la chrétienté, Moyen Âge et temps présents se retrouvent confrontés à l'énigme de la parole divine.

La Promesse de l'ange   n° 37144
(avec Violette Cabesos)

Au début du XIe siècle, les bâtisseurs de cathédrales éri-
gèrent sur le Mont-Saint-Michel une grande abbaye romane
en l'honneur de l'Archange. Mille ans plus tard, une jeune
archéologue se retrouve prisonnière d'une énigme où le
passé et le présent se rejoignent étrangement.

Le Secret   n° 15522

Que s'est-il donc passé dans la vieille vigne abandonnée
où l'on a retrouvé Pierre Morin inanimé après deux jours
d'absence ? Dans le village, tous s'interrogent, se pas-
sionnent, et cherchent à percer à tout prix son secret.

Socrate, Jésus, Bouddha   n° 32096

Socrate, Jésus et Bouddha sont trois maîtres de vie. Leur
parole a traversé les siècles sans prendre une ride, et, par-
delà leurs divergences, ils s'accordent sur l'essentiel : l'existence humaine est précieuse et chacun, d'où qu'il vienne,
est appelé à chercher la vérité, à se connaître dans sa profondeur, à devenir libre, à vivre en paix avec lui-même et
avec les autres.

Du même auteur :

Fiction

L'Oracle della Luna, tome 3 : *Les Hommes en rouge*, Glénat, 2013.

Nina, avec Simonetta Greggio, roman, Stock, 2013.

L'Oracle della Luna, tome 2 : *Les Amants de Venise*, Glénat, 2013.

L'Âme du monde, conte de sagesse, NiL, 2012.

L'Oracle della Luna, tome 1 : *Le Maître des Abruzzes*, scénario d'une BD dessinée par Griffo, Glénat, 2012.

La Parole perdue, avec Violette Cabesos, roman, Albin Michel, 2011 ; LGF, 2012.

Bonté divine !, avec Louis-Michel Colla, théâtre, Albin Michel, 2009.

L'Élu, le fabuleux bilan des années Bush, scénario d'une BD dessinée par Alexis Chabert, Écho des savanes, 2008.

L'Oracle della Luna, roman, Albin Michel, 2006 ; LGF, 2008.

La Promesse de l'ange, avec Violette Cabesos, roman, Albin Michel, 2004, Prix des Maisons de la Presse 2004 ; LGF, 2006.

La Prophétie des deux Mondes, scénario d'une saga BD dessinée par Alexis Chabert, 4 tomes, Écho des savanes, 2003-2008.

Le Secret, conte, Albin Michel, 2001 ; LGF, 2003.

Essais et documents

Du bonheur : un voyage philosophique, Fayard, 2013.

Petit traité de vie intérieure, Plon, 2010 ; Pocket, 2012.

Comment Jésus est devenu Dieu, Fayard, 2010 ; LGF, 2012.

La Saga des francs-maçons, avec Marie-France Etchegoin, Robert Laffont, 2009 ; Points, 2010.

Socrate, Jésus, Bouddha, Fayard, 2009 ; LGF, 2011.

Petit traité d'histoire des religions, Plon, 2008 ; Points, 2011.

Tibet, 20 clés pour comprendre, Plon, 2008, Prix « Livres et droits de l'homme » de la ville de Nancy ; Points, 2010.

Le Christ philosophe, Plon, 2007 ; Points, 2009.

Code Da Vinci, l'enquête, avec Marie-France Etchegoin, Robert Laffont, 2004 ; Points, 2006.

Les Métamorphoses de Dieu, Plon, 2003, Prix européen des écrivains de langue française 2004 ; Pluriel, 2005.

L'Épopée des Tibétains, avec Laurent Deshayes, Fayard, 2002.

La Rencontre du bouddhisme et de l'Occident, Fayard, 1999 ; Albin Michel, « Spiritualités vivantes », 2001 et 2012.

Entretiens

Dieu, Entretiens avec Marie Drucker, Robert Laffont, 2011.

Mon Dieu… Pourquoi ?, avec l'abbé Pierre, Plon, 2005.

Mal de Terre, avec Hubert Reeves, Seuil, 2003 ; Points, 2005.

Le Moine et le Lama, avec Dom Robert Le Gall et Lama Jigmé Rinpoché, Fayard, 2001 ; LGF, 2003.

Sommes-nous seuls dans l'univers ?, avec J. Heidmann, A. Vidal-Madjar, N. Prantzos et H. Reeves, Fayard, 2000 ; LGF, 2002.

Entretiens sur la fin des temps, avec J.-C. Carrière, J. Delumeau, U. Eco, S.J. Gould, Fayard, 1998 ; Pocket, 1999.

Les Trois Sagesses, avec M.-D. Philippe, Fayard, 1994.

Le Temps de la responsabilité. Entretiens sur l'éthique, postface de Paul Ricœur, Fayard, 1991.

Direction d'ouvrages encyclopédiques

La Mort et l'Immortalité. Encyclopédie des croyances et des savoirs, avec Jean-Philippe de Tonnac, Bayard, 2004.

Le Livre des sagesses, avec Ysé Tardan-Masquelier, Bayard, 2002 et 2005 (poche).

Encyclopédie des religions, avec Ysé Tardan-Masquelier, 2 volumes, Bayard, 1997 et 2000 (poche).

Le Livre de Poche s'engage pour
l'environnement en réduisant
l'empreinte carbone de ses livres.
Celle de cet exemplaire est de :
350 g éq. CO$_2$
Rendez-vous sur
www.livredepoche-durable.fr

PAPIER À BASE DE
FIBRES CERTIFIÉES

Composition réalisée par NORD COMPO

Achevé d'imprimer en février 2014 en France par
CPI BRODARD ET TAUPIN
La Flèche (Sarthe)
N° d'impression : 3004214
Dépôt légal 1re publication : mars 2014
LIBRAIRIE GÉNÉRALE FRANÇAISE
31, rue de Fleurus – 75278 Paris Cedex 06